Astrid Martini
Sandra Henke
Emilia Jones
Kerri van Arden

Engel der Schatten

Vier übersinnliche erotische Novellen

Plaisir d'Amour Verlag

Bibliographische Information Der Deutschen Nationalbibliothek: Die Deutsche Nationalbibliothek verzeichnet diese Publikation in der Deutschen Nationalbibliografie; detaillierte bibliografische Daten sind im Internet über http://dnb.ddb.de abrufbar.

Astrid Martini, Sandra Henke, Emilia Jones, Kerri van Arden

Engel der Schatten

Vier übersinnliche erotische Novellen

www.plaisirdamourbooks.com
info@plaisirdamourbooks.com
Plaisir d'Amour Verlag
Postfach 11 68
D-64684 Lautertal
Herstellung: Books on Demand GmbH, Norderstedt
Coverfoto: © Jiang Jingjie - Fotolia

ISBN-10: 3-938281-20-0
ISBN-13: 978-3-938281-20-8

Inhaltsverzeichnis

Herrin von Vandalis

Sandra Henke

Morgana reist seit frühester Kindheit mit ihrer Mutter durch das Krisis-Gebiet. Doch eines Tages verschwindet die Mutter unter mysteriösen Umständen, und Morgana wird von ihrem verschlossenen Vater, dem Herrscher des Landes Wahnstein, auf dessen Kastell Vandalis geholt.
Nachts hört sie dort leidvoll-lüsterne Schreie und macht sich erregt auf die Suche nach dem Ursprung. Ihre Fantasien sind wollüstig, seit sie nun in der Nähe des Dämonenwaldes, der sich vor den Toren von Vandalis befindet, lebt. Sie spürt eine starke Sehnsucht nach Lusterfüllung, während die kalten Mauern ihres Heims sie gefangen halten. Weshalb quält sie das Verlangen nach der Dämonenwelt, von der sie sich unbedingt fernhalten soll?
In den Katakomben von Vandalis begegnet sie dem von Lust getriebenen, gefährlichen Schinderjaan …

Hinweis: „Herrin von Vandalis“ gehört zwar lose zu Sandra Henkes Roman „Purpurfalter“, beide Geschichten stehen jedoch für sich alleine.

Es geschah im westlichen Krisis-Gebiet im Lande Wahnstein. Der Krieg gegen die Südkrisis war verloren, weil sie sich unerwartet mit Valkenhorst, dem Land der Vampire, verbündet hatten. Doch das Kastell Vandalis war längst umzingelt von neuen Feinden, den Dämonen, und nachts geschahen Dinge, die die westliche Krisis für immer verändern würden ...

Wieder ein Aufschrei, leidvoll, lüstern, dann obszönes Stöhnen.

Stundenlang wälzte ich mich im Bett hin und her und blieb dann steif wie ein Brett auf dem Rücken liegen. Dem inneren Wunsch aufzustehen, um dem Ursprung der frivolen Schreie nachzugehen, die ich seit meiner Ankunft nachts hörte, versuchte ich zu trotzen. Meine Fantasie spielte mir Streiche. Sie ließ immer wieder neue Trugbilder von dem, was irgendwo in diesem Kastell geschah, vor meinem inneren Auge erscheinen. Und es waren keine zuckersüßen Kleinmädchenträume! Dafür klangen die Schreie zu gequält lustvoll.

Ich hatte Vater nach ihnen gefragt, aber er sagte nur, dass das unheimliche Treiben der Dämonen und Geister außerhalb der Mauern bei Nacht Quell von Gräueltaten sei. Doch mein Fenster war verschlossen und Vandalis gut bewacht. Vater warnte mich, jemals das Kastell bei Dunkelheit zu verlassen.

„Wäre Mutter doch nur bei mir“, dachte ich und setzte mich kerzengerade im Bett hin. Lange reisten wir ohne Vater umher. Wie alles begann, daran kann ich mich nicht mehr erinnern. Ich war zu klein. Aber an die Zeit in der Siedlung Markscheid, wo ich aufwuchs, auf der Grenze von Ingrimm und Valkenhorst, kann ich mich entsinnen. Dann begann der Krieg und wir flüchteten in den Ruten-Hain, wo wir uns von dem ernährten, was die Natur uns schenkte. Ich sehnte mich nach Markscheid, nach der vertrauten Umgebung und den lieb gewonnenen Menschen. Aber es gab kein Zurück.

Mutter sagte: „Wir dürfen nicht zurückschauen, nur nach vorne.“

Doch eines Tages packte sie wieder unsere wenigen Habseligkeiten und zog mich mit sich.

„Die Schatten kommen“, flüsterte sie besorgt.

Ich fragte: „Die Vampire?“

Mutter schüttelte nur den Kopf und schwieg, auch später in Firn, als ich sie erneut nach den Schatten fragte.

Wir bereisten das gesamte Krisis-Gebiet, aber meinen Fuß ins Reich Wahnstein setzte ich erst, nachdem Mutter eines Tages nicht vom Angeln in den Eislöchern der Pökel'schen Seenplatte zurückkehrte. Was geschehen war, verschwieg man mir. Ich sei noch zu jung. Doch mittlerweile waren meine Brüste prall, und ich blutete regelmäßig. Ich wusste, die Zeit war nah, um die Wahrheit zu erfahren.

Jetzt hatte ich endlich ein richtiges Zuhause bei meinem Vater, doch er hatte etwas in seinem Blick, das mich ängstigte. Er schaute mich stets prüfend und durchdringend an, als versuchte er in mein Inneres zu sehen. Mutter fehlte mir sehr.

Wieder ein frivoler Aufschrei, dann ein behagliches Seufzen. Was geschah auf Vandalis? Ich verspürte eine bittersüße Furcht in mir, eine Angst, die mich abstieß und gleichzeitig anzog – von dem Unbekannten, dem Bösen, dem Triebhaften. Fast beiläufig glitt meine Hand unter das Nachthemd zwischen meine Schenkel. Warm und weich hieß mich mein pulsierender Schoß willkommen. Ich tauchte mit dem Zeigefinger in meine Scheide ein, rührte darin herum wie in einer Backschüssel und leckte meinen Finger ab, als wäre daran Kuchenteig.

Ich erschrak! Hatte ich nicht ein Kratzen gehört?

Die Unruhe in meinem Inneren quälte mich, und so stand ich mit einem Schwung auf. Langsam näherte ich mich den Fenstern meines Schlafgemachs, die mit dicken schwarzen Samtvorhängen verdeckt waren. Nur schwer ließen sie sich zur Seite schieben. Der Reiz des Verbotenen war groß. Sehr groß! Zu groß, um ihm widerstehen zu können, denn die Welt dort draußen, vor der mich mein Vater seltsamerweise sowohl tags als auch nachts abschirmte, zog mich magisch an.

Meine Augen brauchten eine Weile, um die Welt außerhalb meines Gemachs, das sich in einem der Türme Vandalis' befand, wahrzunehmen. Nebelschwaden waberten über dem Waldboden. Die Baumkronen schaukelten gespenstisch im fahlen Mondlicht, als würde eine unsichtbare Hand sie schütteln. Hier und da glaubte ich eine schwache Bewegung im Dickicht zu erspähen, doch kein Werwolf oder Waldgeist zeigte sich mir.

Aber was war das? Erschrocken taumelte ich vom Fenster rückwärts, bis ich ungeschickt aufs Bett fiel. Ich bekam eine Gänsehaut von dem, was ich sah. Das Schlagen der Flügel gegen die Glasscheibe brachte mein Herz zum Rasen. Eine solche Kreatur konnte nicht wirklich existieren. Oder doch? Wieso blieb ich ungläubig, wo ich sie doch mit meinen eigenen Augen sah? Bücher, ja in Büchern hatte ich über sie gelesen und amüsiert Zeichnungen betrachtet, jedoch nie und nimmer in meinen kühnsten Träumen es in Erwägung gezogen, dass eine Harpyie tatsächlich gemeinsam mit mir im Krisis-Gebiet lebte.

Es schien mir fast, als wollte sie mit ihren Flügelschlägen die Scheibe zerbrechen, um meinen zitternden Körper ergreifen zu können. Ich schrie auf. Ihre Klauen kratzten am Glas, und die Haare auf meinen Unterarmen stellten sich auf. Nun wurde mir auch klar, warum sich vor allen Fenstern Gitterstäbe befanden. Bei meiner Ankunft hatten diese mir einen gehörigen Schrecken eingejagt, sodass ich noch nicht einmal wagte, meinen mir bis dahin fremden Vater nach dem Grund zu fragen. Doch später erfuhr ich, dass die Gitter zu meinem Schutz da waren, um die Dämonen fernzuhalten. Vielleicht war ja mein Vater ein herzensguter Mensch und sein prüfender Blick nur Fürsorge.

„Hau ab!“, rief ich, doch die Harpyie versuchte weiterhin in mein Gemach

einzudringen.
„Garstiges Vieh!“ Endlich konnte ich meine Glieder wieder bewegen und hastete zum Vorhang, um den schweren Samt mit ungeheurer Kraft wieder vor das Fenster zu ziehen. Angewidert rümpfte ich die Nase. Wie konnte es nur eine Kreatur auf dieser Welt geben, die halb Vogel und halb Mensch war?
Ich flog herum, als erneut qualvolle, doch lüsterne Schreie an meine Ohren drangen. Diese kehligen Laute kamen von einem Menschen innerhalb Vandalis’. Was, um Himmels, willen ging in den Katakomben dieses Kastells vor? Ich musste es herausfinden! Schlafen würde ich eh nicht mehr können. Also lief ich barfuß und ohne eine passende Kleidung über mein Schlafgewand zu ziehen die Treppen meines Gemachs hinunter.
Während meine linke Hand über die kalten Steine des Kastells glitt, umfasste meine rechte Hand eine der Fackeln, die jeweils an den Seiten des Abganges angebracht waren. In meinem weißen Gewand musste ich wie ein Geist aussehen. Ich verkniff mir ein Kichern, als ich erneut das Stöhnen hörte.
„Was machst du hier, Kind?“
Ich zuckte zusammen, als hätte mir der leibhaftige Teufel seine Hand urplötzlich an die Kehle gelegt.
„Magolat, Ihr habt mich erschreckt! Ich zittere immer noch.“ Mit unschuldiger Miene hielt ich ihm meinen rechten Unterarm vor die Nase und hätte ihm beinahe mit der Fackel seine Haare verbrannt. Zudem fürchtete ich, er würde meinen Lustsaft riechen, der an den Fingern klebte.
„Du solltest in deinem Bett liegen und schlafen, Morgana. Lauf nicht mitten in der Nacht in solch einem Aufzug herum. Dein Vater würde das überhaupt nicht gut heißen!“ Er runzelte mürrisch die Stirn.
„Lieber, lieber Magolat. Ihr sagt ihm doch nichts, oder?“
Er knurrte und winkte ab. „Aber was um Himmels willen hast du hier zu suchen?“
Ich überlegte kurz, ob ich ihm eine Lüge auftischen sollte, aber ich entschied mich für die Wahrheit. Vielleicht konnte er mir Genaueres über diese nächtlichen Schreie erzählen, die mir den Schlaf raubten.
„Diese Wehlaute! Sie machen mich verrückt. Woher stammen sie?“
Seine Augen wurden zu argwöhnischen Schlitzen. „Was redest du für einen Unsinn, Mädchen? Geh zurück ins Bett!“
Ich konnte nicht fassen, dass er sie nicht hörte. „Aber lauscht doch nur in die Stille hinein, Magolat. Da sind sie wieder. Immer und immer wieder. Ich ertrage das nicht länger.“ Das frivole Stöhnen erwähnte ich lieber nicht. Es erregte mich, obwohl ich ahnte, dass das Böse sein lustvolles Spiel trieb – mit seinem Opfer und mit mir.
Magolat umfasste meinen Oberarm und drängte mich rückwärts die Treppe hinauf. „Da ist nichts, außer dem Gekreische der Dämonen und dem Gejammer der Waldgeister.“

„Es kommt nicht von draußen. Es kommt von ..."

Er verstärkte seinen Griff und führte mich die ersten Treppenstufen zu meinem Schlafgemach hoch. „Du bist diese unmenschlichen Laute nicht gewohnt, bist gerade erst hergezogen. Schlaf schnell ein – und du hörst sie nicht mehr!"

Ich hielt ihm meine Fackel vors Gesicht, um ihm Einhalt zu gewähren. Mitten auf der Treppe blieben wir abrupt stehen. „Aber Ihr seid doch ein Zauberer der hohen Kunst. Habt Ihr etwa auch Angst vor den Monstern, die sich die Nacht zum Verbündeten gemacht haben?"

„Ha!" Ein griesgrämiges Lächeln huschte über sein faltiges Gesicht. „Magolat hat vor nichts und niemandem Angst."

„Habt Ihr sie denn schon einmal gesehen? Seid Ihr ihnen dort draußen begegnet?"

Auf einmal hörten wir Gejammer, und diesmal meinte ich die Worte „bitte nicht mehr. Ich bin schon ganz wund", zu verstehen. Magolat ließ meinen Arm frei und blickte sich irritiert um.

„Geh jetzt schlafen, Morgana. Es wird Zeit, dass die Traumfeen dich in ihr Land entführen."

Er wollte mich bis an die Tür meines Gemachs begleiten, aber ich winkte ab. Die Hoffnung, von ihm etwas über die schaurig schöne Welt außerhalb des Kastells zu erfahren, schwand dahin. Ich stellte die Fackel zurück auf ihren Platz an der Steinwand und erklomm artig die nächsten Stufen.

„Ihr habt ja Recht, lieber Magolat. Gute Nacht."

„Gute Nacht." Er sagte es beim Hinuntersteigen der Treppe und bog sogleich um die Ecke. Vandalis verschluckte ihn genauso schnell, wie es ihn ausgespuckt hatte.

Die dicke Holztür schwang knarrend auf, als ich so tat, als würde ich mein Schlafgemach betreten. Doch nicht einmal die Fußspitzen berührten den Boden meines kleinen Reichs. Ich blieb auf der Treppe stehen, blickte immer wieder verstohlen über meine Schulter, um zu sehen, ob Magolat zurückkam, und ließ die Tür dann lautstark zufallen. Ein Wimmern drang an meine Ohren, und ich machte mir ernsthaft Sorgen darüber, was der gequälten Kreatur zugestoßen sein konnte. Doch warum spürte ich dieses lustvolle Kribbeln zwischen meinen Schenkeln? Anstatt mich in meinem Bett zu verkriechen, verspürte ich eine zerstörerische Sehnsucht. Ich wollte dorthin, wo etwas schaurig Schönes geschah, das gleichzeitig einschüchternd und erregend war.

Ich fühlte sie, die dunkle Seite in mir. Tief unten in den Katakomben Vandalis' geschah etwas, das den dunklen Teil meiner Seele berührte. Noch konnte ich es nicht in Worte fassen, ich konnte es ja kaum selbst begreifen. Aber das Böse zog mich an. Etwas in mir regte sich, etwas, das bisher geschlafen hatte, und es ließ meinen Lustsaft fließen.

Meine Hand griff nach einer der Fackeln, doch ich entschied mich für die

Finsternis. Ich wollte nicht noch einmal auffallen, denn sonst konnte ich mein Vorhaben endgültig begraben.

Barfüßig schlich ich die kalten steinernen Treppenstufen hinab und spürte bei jedem Schritt meine geschwollenen Schamlippen. Ich schaute vorsichtig um die Ecke. Keine Menschenseele war zu sehen. Meine Neugier konnte es kaum erwarten, das Geheimnis des Kastells zu lüften. Ich erschrak über mich selbst. Es war verwunderlich, dass dieses mir Furcht einflößende Rätsel derart wohlige Schauer über den Körper jagte, anstatt mich unter meine Bettdecke zu treiben. Vielleicht war ich zu lange behütet gewesen und wollte dieses Abenteuer, das sich mir bot, nicht ungenutzt vorüberziehen lassen. Meine kindliche Fantasie spielte mir Streiche, denn alles um mich herum schien Geheimnisse zu bergen. Selbst meine Mutter und mein Vater. Schweigen schien ein Wesenszug von beiden zu sein. Und eines Tages würde ich auch die Jagdgründe der Schattenwesen und Nachtgeschöpfe vor den Toren Vandalis' ergründen!

Ich huschte um die Ecke, meinen Rücken an die kalten Wände gepresst. Meine Ohren führten mich zum Zentrum des Mysteriums, nicht ohne ein warnendes Klingeln ertönen zu lassen. Jeder qualvolle Schrei, jedes atemlose Stöhnen ließ mich erschaudern, mal erregt, mal ängstlich. Meine Beine zitterten nun stark. Ich schlang die Arme um meinen Körper. Auf welchen Wahnsinn ließ ich mich ein? Welcher Dämon hatte von mir Besitz ergriffen und trieb mich in die Arme des frivolen Bösen?

Als ein Gurren zu hören war, hockte ich mich und lauschte in die Dunkelheit hinein. Vielleicht reichten Geräusche, um das Geheimnis zu lüften. Aber musste ich diesem geschändeten Wesen nicht helfen? Mein Mut entwich durch meine verfrorenen Zehen, sickerte durch die Ritzen der Steine in den Boden ein und verschwand.

Unsicher blickte ich zurück.

Der Gestank von Zügellosigkeit lag in der Luft – aber auch Gefahr. Ich könnte in mein Schlafgemach zurückhasten und mich unter meiner Bettdecke vergraben. Ich könnte so tun, als wäre nichts geschehen. Unwissenheit kann ein Segen sein.

Jemand bettelte leise um Gnade. Ich bekam eine Gänsehaut und begann zu frösteln, doch ich fröstelte vor Lust. Diese Gefühle durfte ich nicht empfinden! Das Böse sollte mich nicht entflammen. Die Gefahr war zu groß, in den Flammen umzukommen.

Ich blickte zur Treppe, die hinunter zu den Katakomben führte und mir das ganze Ausmaß derber Unkeuschheit offenbaren konnte. Wollte ich das wirklich sehen?

Meine Neugier war stärker als die zahlreichen Warnungen, die in meinem Kopf widerhallten. Ich stand auf und schlich auf die Treppe zu. Ohne mir selbst Zeit zum Grübeln zu lassen, hastete ich die Stufen hinunter und traf auf eine Mauer menschlicher Abgründe.

Ich befand mich inmitten einer Folterkammer, die bestens ausgestattet war. Von Streckbänken über eiserne Büstenhalter bis hin zu Schenkelspreizern erblickte ich jedes mir bekannte Folterinstrument. Meine Fantasie begann zu arbeiten, und ich war nicht in der Lage, sie daran zu hindern, mir Bilder auszumalen, die empörend und obszön zugleich waren. Doch in meinen Tagträumen sah ich kein Blut und auch keinen Schmerz, sondern ungeahnte Lust, die nur an einem Ort wie diesem geschehen konnte, an einem Ort, der finster und verborgen war, fernab der Zivilisation mit all ihren Regeln und Moralzwängen. Diese verdorbene Stätte befreite, obwohl sie gefangen hielt.

Und plötzlich sah ich mich in meinen Träumen umringt von fünf Männern, die unter Umhängen und Kapuzen ihre wahre Identität versteckten. War es der dickleibige Koch, der mir die Hände auf den Rücken band? Zog der Kutscher meinen Kopf an den Haaren nach hinten, während der knabenhafte Diener – der mir morgens immer das Wasser zum Waschen brachte und sich vor mich kniete, um mir hingebungsvoll meine Füße zu waschen – nun mein Nachthemd mit einem Messer aufschnitt und meine nackten Brüste in seinen Händen wog? War Magolat einer der Maskierten?

Die Männer drängten mich zur einem angespitzten Holzpflock, der im Boden befestigt war und zwangen mich, darauf Platz zu nehmen. Die Spitze drang in meine Scheide, die schon feucht und entspannt von der Situation an sich war, ich – nackt und gefesselt – einer Hand voll fremder Männer in den finsteren Katakomben ausgeliefert, wo niemand mich vermuten würde.

Sie befestigten meine Handfessel an dem Pflock, sodass ich aufrecht sitzen musste und meine Brüste sich den Männern wollüstig darboten. Und sie griffen beherzt zu. Ihre Hände wanderten über meinen Körper. Sie streichelten meinen Busen, kraulten mein Schamhaar und hielten mir die Augen zu, während sie mich einer nach dem anderen küssten. Ihre Zungen drangen in mich ein. Ich schmeckte jeden einzelnen von ihnen. Sie saugten an meinen Brustwarzen. Ihre Zungen leckten über meine Lippen. Sie rieben meine geschwollene Klitoris, brachten mich zum Seufzen – und obwohl ich ihnen ausgeliefert war – dienten sie meiner Lust.

Ich stöhnte leise und schreckte aus meinem Tagtraum auf. „Ich will das nicht! Sie kehrt immer wieder, diese Gier, diese Schamlosigkeit. Das gehört sich nicht für eine junge Dame."

Ich wünschte mir die Stärke meines Vaters. Immerhin regierte er die westliche Krisis. Sein Gang war aufrecht, seine Schultern straff. Einzig ein Lächeln vermisste ich.

Durch einen der Torbögen, die in weitere Kammern führten, drang Licht zu mir herüber, begleitet von Wehklagen, das lustvoller nicht hätte sein können. Bisher hatte ich nicht gewusst, dass ein Mensch zu derartigen Lauten imstande war, Laute, die von animalischer Wollust berichteten. Und ich hörte noch ein Geräusch, das mir bisher verborgen geblieben war – Peitschenhiebe.

Langsam schritt ich auf den Torbogen zu. Dahinter lag das Mysterium, das es zu lüften gab. Vorsichtig schlich ich an den Folterinstrumenten vorbei und nahm mir vor, meinen Vater am nächsten Tag nach diesem Ort zu befragen. Es konnte unmöglich sein, dass er wusste, was hier Schreckliches geschah.

Das Licht wurde heller. Der Torbogen kam näher und das Gewimmer nahm an Lautstärke zu. Eine bittersüße Melodie zum Takt der Peitschenhiebe. Gleich um die Ecke befand sich des Rätsels Lösung. Aber wollte ich es immer noch lösen?

Vorsichtig lugte ich um die Ecke. Mein Atem stockte! Ich hatte erwartet, einen Dämon zu sehen, eine mystische Gestalt, die ihrem Hass der menschlichen Rasse gegenüber Luft machte, die es irgendwie geschafft hatte, sich in Vandalis einzuschleichen. Konnte es wahrhaftig ein Mensch sein, einer normaler Mensch wie ich, mein Vater oder Magolat, der diese Besessenheit an den Tag legte? Ich glaubte meinen Augen nicht!

Mit kaltem Blick ließ der Barbar den Lederriemen der Peitsche auf den Rücken seines Opfers niedersausen. Der Gefangene stöhnte erregt und seufzte. Seine Füße hielten ihn nicht mehr. Aufrecht gehalten wurde er lediglich durch die Fesseln an beiden Händen, die sich durch sein eigenes Gewicht in seine Handgelenke schnitten. Die Augen waren geschlossen. Der Kopf schaukelte erschöpft hin und her. Oder war es ein ekstatisches Schaukeln? Das Glied stand erigiert von seinen Lenden ab. Es zuckte durch die Peitschenhiebe lustvoll. Die pralle hochrote Eichel stieß gegen die Wand. Der Mann war am Ende seiner Kräfte, doch die Flamme der Lust loderte immer noch.

Da trat der Hüne hinter seinen Gefangenen. Er zog die Pobacken auseinander und streichelte mit den Fingerkuppen über den faltigen Ring. Ich traute meinen Augen kaum, als die Rosette sich entspannte, und das kleine Loch deutlich zu sehen war. Der After zog sich zusammen, öffnete sich wieder und schloss sich im nächsten Moment. Dann holte der Barbar sein Glied heraus, das erregt aus der Hose sprang. Die Eichel drängte sich gegen den Anus, und ich hielt fasziniert die Luft an, als sie in das verbotene Loch stieß.

Der Gefesselte stöhnte auf. Sein Penis zuckte. Behutsam zog sich der Hüne aus dem After zurück, um sofort danach kräftiger zuzustoßen und sein grausam lüsternes Spiel fortzusetzen. Er benutzte sein Opfer und erregte dieses zugleich, bis eine weiße Flüssigkeit aus dessen Penisspitze tropfte. Es war nicht mehr viel Sperma in ihm. Der Barbar hatte ihn bereits gut gemolken. Doch offensichtlich hatte er noch nicht genug, denn nachdem er sich in den After ergossen und sein erschlafftes Glied wieder in der Hose verstaut hatte, ergriff er wieder die Peitsche. Er wollte von vorne beginnen.

Ich erschrak über mich selbst, als ich aus meinem Versteck heraussprang und die Hand des Hünen ergriff.

„Hör auf, verdammt noch mal! Was tust du?“ Ich hielt sein breites Handgelenk mit meinen beiden Händen fest umklammert. Er sollte nur aufhören, den armen Kerl dort an der Wand weiter zu quälen.

„Wen haben wir denn hier?", grollte er brünstig.

Ich festigte meinen Griff um seine tellergroße Hand. Der Lederriemen der Peitsche, der vor meiner Nase tänzelte, irritierte mich.

„Wieso zum Henker bist du so grausam?" Langsam wuchs unbändige Wut in mir. „Ich habe dich etwas gefragt. Antworte gefälligst!"

Plötzlich drückte mich der Barbar gegen die Wand. Er ergriff meine Handgelenke mit einer seiner Pranken und presste sie über meinem Kopf zusammen. Mit der anderen Hand umfasste er meinen Hals, hob mein Kinn, sodass ich ihm in die Augen schauen musste. Es geschah alles derart schnell – nicht ein Funken Gegenwehr hatte Zeit in mir aufzukeimen.

Seine schwarzen Augen funkelten mich bösartig an, aber ich konnte auch Begierde in ihnen erkennen, was mich mehr ängstigte als seine Grobheit.

„Ich *bin* der Henker! Man nennt mich Schinderjaan." Sein Atem roch nach kaltem Rauch. Der Duft von neuem Leder mischte sich darunter. „Wie heißt du?"

Er lockerte seinen Griff um meinen Hals, damit ich antworten konnte. Aber anstatt ihm Auskunft über mich zu erteilen, schimpfte ich weiter: „Lass von dem armen Tropf ab. Du quälst ihn."

Schinderjaan lachte abfällig. „Vielleicht ist genau das meine Absicht. Aber augenscheinlich gefällt es ihm." Er deutete mit einem Nicken auf den Phallus des Opfers.

Die Atmosphäre in der Kammer war drückend. Mir wurde angst und bange vor diesem Teufel in Männergestalt, der offenherzig mit Sittenlosigkeit kokettierte. Und doch trieb mich die Panik dazu, mich strampelnd und zappelnd zu befreien. Ich wollte weg! Hatte mich auch die Lust in die Katakomben getrieben, so bekam ich nun fürchterliche Angst vor eben dieser.

„Ich werde dich lehren mir zu antworten, wenn ich dich etwas frage!"

Meine Glieder waren wie gelähmt, als er den Griff um meine Kehle lockerte. Aber bevor ich auch nur daran denken konnte zu fliehen, führte er den Lederriemen der Peitsche zwischen meine Schenkel und zog an beiden Enden. Der Riemen legte sich auf meine Schamlippen. Noch immer versuchte ich seinem Griff zu entkommen, aber das Leder rieb über meine Klitoris und entfachte ein Feuer, das nicht entflammen durfte. Ich dachte daran, wie ich mich in meinem Gemach selbst gestreichelt hatte. Ich erinnerte mich meines Tagtraums in der Folterkammer, den fünf vermummten Männern, die mich gefesselt und berührt hatten. Vor meinem inneren Auge sah ich den Phallus des Schinderjaans in den Anus des Gefangenen stoßen. Das alles hatte mich so sehr erregt, dass mich die Lust nun überwältigte. Ich fasste die Handgelenke des Hünen, um ihn fortzustoßen, doch in Wahrheit hielt ich mich an ihm fest, da meine Beine vor Erregung zitterten.

Ich lugte zu dem Mann, der erschöpft in seinen Fesseln hing. Sein Penis erschlaffte langsam, sehr langsam. Erwartete mich das gleiche Schicksal?

Würde der Schinderjaan mich mit unerträglicher, andauernder Lust foltern?

Panisch verstärkte ich meine Bemühungen, mich loszureißen. Meine Füße rutschten auf den blanken Steinen aus, und ich fiel. Meine Sinne vernebelten sich für einen Moment. Der Schinderjaan umschlang meine Taille mit seinen kräftigen Armen und zog mich hoch. Mir stockte der Atem. Dieser Kerl war so stark, so männlich, so ungehobelt. Meine Finger krallten sich in seine Lederweste, während er mich zur anderen Seite der Kammer trug.

Er drückte mich gegen die Wand und zeigte mit dem Kopf auf das Glied des Opfers, das nun unmittelbar neben uns hing. Lächelnd nahm er es in die Hand, schob die Vorhaut einige Male vor und zurück, bis es wieder steif war. Der gefesselte Mann wimmerte. Er konnte die andauernde Erregung nicht mehr ertragen.

Dann blickte mir der Schinderjaan kalt in die Augen. „Ich frage dich zum letzten Mal. Wie heißt du?"

Ich überlegte, ob ich ihm sagen sollte, dass ich die Tochter des Hausherrn war. Seit meiner Ankunft in der Hauptstadt Siede war ich dem Schinderjaan nicht begegnet. Vielleicht konnte ich meine Machtposition ausspielen. Ich entschloss mich, den Gedanken zu verwerfen. Der Barbar hatte in meinen Augen die Macht in den Katakomben, und ich trug nicht das stolze Herz einer Herrin in mir, sondern das gütige einer Vagabundin. Außerdem lähmte Angst meinen Mut, ja – und etwas zog mich sogar zu diesem Barbaren hin.

„Mein Name ist Morgana."

Er öffnete mit dem Knie meine Schenkel und drückte seinen muskulösen Körper gegen den meinen. Die Nähe und seine raue Männlichkeit raubten mir den Atmen. Ich musste fort. Er bedeutete Gefahr, eine Gefahr, die mich aber faszinierte. Er war das Böse, das ich so verabscheute, weil es mich verlockte.

Meine Hände pressten gegen seinen Oberkörper. Ich gab mich der Illusion hin, den Schinderjaan wegstoßen zu können. Aber eigentlich wollte ich das gar nicht. Auf bizarre Weise wünschte ich mir, seine Gefangene zu sein. Das beängstigte mich zutiefst.

„Was hast du mit mir ..."

Er legte mir einen Finger auf meine Lippen und drückte ihn sanft dagegen. „Ich habe dir nicht erlaubt zu reden. Du befindest dich in meinem Reich. Ich bin hier das Gesetz."

Ich wurde zornig. Dies war das Kastell meines Vaters. Wie konnte dieser Kerl es wagen, von seinem Reich zu sprechen! „Was fällt dir ein? Und du hast kein Recht irgendjemanden zu bestrafen."

Mein Gezeter wurde jäh unterbrochen! Der Schinderjaan riss mich wortlos herum und stieß meinen Bauch gegen die kalten Steine der Mauer. Er fesselte meine Hände über meinem Kopf. Nun war ich in der gleichen Lage wie der lustvoll gequälte Mann neben mir.

„Wie gefällt dir das, Morgana?" Sein Atem legte sich wie eine feucht-warme

Hand auf meinen Nacken.

Ich bekam eine Gänsehaut. Meine Gedanken versuchten logisch zu arbeiten und einen Ausweg aus dieser gefährlichen Lage zu finden. Doch meine Fantasie schlug Purzelbäume. Ich wollte fort und gleichzeitig nirgendwo anders sein als in diesen Katakomben – bei ihm, denn er lebte die offene Lust, nach der ich mich sehnte. Ich strebte nicht nach ehelichem Sex, der nur in absoluter Dunkelheit zaghaft unter der Bettdecke stattfand. Da war dieser dunkle Fleck auf meiner Seele, dessen Ursprung ich eines Tages kennenlernen würde.

„Was hast du vor?" Ich riss an meinen Fesseln. Die Glieder der Ketten klirrten gegen die Steinwände und störten die trügerische Ruhe der Katakomben.

Die Hand des Schinderjaans fuhr an meinem Nacken hoch. Sie vergrub sich fest in meinen Haaren. Plötzlich zog er sie nach hinten, sodass mein Kopf an seinem Brustkorb lag. Sein Atem wärmte mein linkes Ohr. „Neugier hat die Katze getötet."

Die geflüsterten Worte ließen mich erschaudern. Die Katakomben gaben ihm das Recht, unverschämt und obszön zu sein, denn hier herunter kam kaum jemand – besonders nicht bei Nacht. Dies war ein schrecklicher Ort, den jedermann mied.

„Du hast vor, mich umzubringen?" Meine Stimme zitterte. Wo war nur die Stärke meines Vaters? Sie musste doch in mir sein. Ich bestand schließlich zur Hälfte aus seinem Fleisch und Blut.

Der Hüne löste seinen Griff in meinen Haaren. Er stemmte seine großen Hände rechts und links von mir gegen die Steinwand. Mein Körper schmiegte sich gezwungenermaßen an die kalte Mauer. Meine Bewegungsfreiheit war nun fast komplett eingeschränkt. Ich zog an meinen Fesseln. Das war alles an Widerstand, den ich zurzeit leisten konnte mit der Kälte der Steine an meinem Busen und der Wärme des männlichen Körpers an meinem Gesäß.

Er lachte überheblich. „Du bist wohl eher die Maus und ich der Kater, der mit der Kleinen spielt, bis sie tot ist." Dann küsste er zärtlich meinen Hals.

Ich wagte es nicht, mich zu wehren. Was hätte ich auch tun können? Keinerlei Bewegung hätte dazu geführt, dass er von mir abließ. Sie hätte ihn lediglich verärgert und zu weiteren Taten herausgefordert. Beschämt stellte ich fest, dass meine Erregung durch seine Berührungen wuchs. Mein Lustsaft rann mir die Schenkel hinab. Ich spürte seinen Phallus an meinem Rücken und erinnerte mich der Striemen, mit der er den Gefangenen gezeichnet hatte.

„Bitte, lass mich gehen, ja?" Ich legte meine ganze mädchenhafte Unschuld in meine Stimme. Bisher hatte ich jeden Mann auf diese Art und Weise betört. „Du kannst mich nicht töten. Man wird mich vermissen."

Wieder dieser selbstgefällige Hauch eines Lachens. „Dumme, kleine Morgana. Niemand weiß, dass du bei mir bist. Niemand wird auch nur den Ansatz einer Vermutung haben, dich in den Katakomben zu suchen." Sein imposanter Daumen streichelte sanft meine rechte Wange, während seine Lippen über meine Schulter strichen.

Ich erschauderte, als seine Hand unter mein Nachthemd glitt und meinen rechten Busen erfasste. Er begann ihn zu massieren und ich fürchtete, er würde mir wehtun, aber er zwirbelte behutsam meine Brustwarzen, bis ich wohlig stöhnte. Mit aller Kraft versuchte ich mich gegen meine eigene Begierde zu wehren, zerfloss jedoch immer mehr unter seinen Berührungen, die so direkt und ungezügelt waren, wie es kein anderer Mann gewagt hätte.

Seine linke Hand stieß zwischen meine Schenkel. Zuerst legte er sie auf meine Scham, aber dann spürte er, wie feucht ich war, lachte laut auf und vergrub seine Finger zwischen meinen geschwollenen Schamlippen. „Die aufgestaute Leidenschaft einer Jungfrau. Es gibt nichts Reizvolleres!"

Ich war schockiert. Der Schinderjaan wusste von meiner Jungfräulichkeit und nahm keine Rücksicht darauf. Er behandelte mich nicht, als wäre ich aus Glas, sondern rieb kräftig über meine Klitoris. Während ich an meinen Fesseln zog und nach Atem rang, unfähig ihn abzuschütteln, ergötzte er sich an meinem lustvollen Leiden. Genüsslich begann er, seine Lenden an meinem Rücken zu reiben. Dann und wann seufzte er bewusst laut in mein Ohr. Ich war umgeben von Lust. Ich *war* Lust.

Irgendwann spürte ich, dass er sein Glied aus der Hose holte und gegen meinen Hintern drückte. Er legte es zwischen meine Pobacken, glitt vor und zurück und rieb sich an mir. Dennoch fuhr er fort, meine Klitoris mit dem Zeigefinger zu umkreisen und presste gleichzeitig den Daumen darauf. Ich war dem Höhepunkt nahe, als ich seine Eichel an meinem faltigen Ring spürte. Sie drückte gegen den Anus, forderte Einlass.

„Bitte nicht. Tu das bitte nicht. Nicht das." Ich erstarrte. Damit hatte ich nicht gerechnet. Ich war davon ausgegangen, dass der Schinderjaan meine Jungfräulichkeit wollte und den Gefangenen anal genommen hatte, da es keine andere Möglichkeit gab.

Ich erschrak, als der Barbar mir in den Hals biss. Doch er neckte mich nur. Seine Zähne bohrten sich nicht in mein Fleisch, sondern streiften lediglich meine Haut.

„Du hast einen guten Tag erwischt. Heute gehe ich auf die Wünsche meiner Opfer ein." Er zog seine Hände zurück und auch sein Mund berührte mich nicht mehr. Sein Körper löste sich von meinem.

Er verschwand aus meinem Sichtfeld. Das heiße Blut des Henkers pulsierte irgendwo hinter mir. Ich konnte ihn weder sehen noch hören, aber ich nahm ihn auf seltsame Weise wahr. Die Gefahr, sie war spürbar.

Sekunden verstrichen. Meine Angst wuchs durch das Warten. Ich wusste, dass er nichts Gutes im Sinn hatte. Natürlich würde er mich nicht einfach so gehen oder hier hängen lassen. Dafür bereitete ich ihm zuviel Spaß. Aber ich hatte ihn auch um sein Vergnügen gebracht – aber mich auch. Die unerfüllte Lust in mir schmerzte. Ich hatte kurz vor meinem ersten Orgasmus durch einen Mann gestanden – hatte ich doch bisher nur masturbiert. Nun war die Erregung stark, aber die Erlösung in weiter Ferne. Und das Schlimme war, ich konnte mich nicht einmal selbst erlösen.

Ich zuckte zusammen, als ein Peitschenhieb die Stille unterbrach.

Erschrocken versuchte ich den Kopf zu drehen, doch es ging nicht weit genug.

Wieder knallte die Peitsche, doch diesmal zeigte sich das Ende des Lederriemens neben meinem Gesicht.

Ich rang nach Atem. Das Lederband hieb auf die Steinwand neben mir und zuckte zurück. Ich wagte nicht daran zu denken, was das bedeutete, wollte nicht wahrhaben, dass er mich schlagen würde. War ich in diesem Kastell nicht sicher? Würde mein Vater mich nicht vor allem Bösen beschützen?

Aber ich gehörte auch nicht in die Katakomben Vandalis'. Ich hätte nicht in dieses verfluchte Schattenreich eindringen sollen!

Mein Kopf flog herum, als der nächste Peitschenhieb auf der anderen Seite gegen die Wand schlug. Ich spürte den Luftzug. Würde der Schmerz bald folgen?

„Das kannst du nicht tun. Das darfst du nicht tun!"

Der nächste Hieb traf zwischen meine Arme.

Hätte ich mich in diesem Moment auch nur um Haaresbreite bewegt, hätte der Lederriemen meine Haut gezeichnet.

„Halte mich davon ab, Morgana", säuselte er erhaben und lasziv.

Was sollte ich sagen, damit er sein Vorhaben nicht in die Tat umsetzte? Wie konnte ich die richtigen Worte finden, um Mitleid zu erregen? War bei einem Barbar überhaupt so etwas wie Mitleid zu finden? Und wusste mein Vater von diesem unmenschlichen Menschen, der die Katakomben sein Reich nannte?

„Was in Vandalis' Namen ist hier los?"

Jemand hatte die Katakomben betreten, ohne dass der Schinderjaan oder ich es bemerkten. Die Stimme der Person erschien mir bekannt, doch Angst verzerrte die Realität. „Häng sie sofort ab! Hast du nicht gehört? Ich sagte *sofort!*"

Im selbem Moment, indem ich mir wünschte, mein Vater wäre gekommen um mich zu retten, legten sich die tellergroßen Hände des Hünen wortlos um meine Handgelenke. Er drückte mich gegen die Steinwand und löste die Fesseln.

Wieder donnerte die vertraute Stimme: „Was hast du dir dabei gedacht? Ach, ich will es gar nicht hören. Tritt fort von ihr!"

Sein warmer Körper löste sich von meinem, und ich konnte mich endlich umdrehen. Der harte Blick des Schinderjaans ließ mich erbeben. Weshalb zog mich das an, was andere abstieß? Ich war anders als die anderen Mädchen. Das wurde mir wieder einmal bewusst. Da war diese Sehnsucht nach der dunklen Seite. Woher kam sie nur?

Er flüsterte mir eisig zu: „Ich habe den Gefangenen nur geschlagen, weil es ihn erregte. Dir hätte ich nie wehgetan, da Schmerz dir keine Lust bringt. Aber ich durchschaue dich! Dein Aphrodisiakum ist die Gefahr."

Ich schlang schützend die Arme um meinen Körper. Obwohl ich zitterte, hielt ich seinem Blick stand. Er hatte mich tatsächlich mit meiner eigenen Zuchtlosigkeit foltern wollen. Sicherlich hätte er mich durch endlose Orgasmen in den Wahnsinn getrieben. Dieser Teufel! Obwohl ich ein Nachthemd trug, kam ich mir entblößt vor. Er konnte die erotischen Fantasien in meinen Augen erkennen, und er besaß die Unverschämtheit, sie gegen mich zu verwenden. In diesem Moment wusste ich nicht, ob ich bekümmert oder erleichtert sein sollte.

Dann trat er beiseite, und ich erblickte den Mann, der mich gerettet hatte.

Magolat fuchtelte wild mit den Armen herum. Er strafte mich mit einem ebenso wütenden Blick wie den Schinderjaan.

„Wie konntest du dich meinen Befehlen widersetzen, Kind? Ich hatte dich angewiesen, in dein Schlafgemach zu gehen. Du bist selbst schuld daran, was passiert ist. Verdammt, Morgana, wie kann ich dich beschützen, wenn du nicht auf mich hörst?"

Ich wollte etwas erwidern, doch er winkte ab. Beschämt schaute ich zu Boden und verfolgte mit meinen Augen eine haarige knopfgroße Spinne.

Magolat wandte sich dem Henker zu. „Und was dich angeht, du elender Bastard, du wirst deine gerechte Strafe erhalten!"

Mein Blick schweifte von der Spinne, die die längsten und dicksten Beine aufwies, die ich jemals gesehen hatte, zu dem Herrscher der Katakomben. Automatisch faltete ich die Hände vor meiner Scham, als könnte ich somit eine Blöße bedecken, doch meine Seele war vor dem Henker enthüllt und nicht mein Körper. Ich hätte erschreckt sein sollen – und ein wenig war ich es auch. Trotzdem fühlte ich auch eine mir bisher unbekannte Nähe.

Magolat beschimpfte den Mann aufs Übelste, doch der Schinderjaan wich seinem Blick nicht aus. Im Gegenteil! Er starrte den Zauberer der hohen Kunst an, nicht demütig, wie es die Rangordnung vorschrieb, sondern hochmütig und zornig. Fast unmerklich festigte sich sein Griff um die Peitsche, die er immer noch in den Händen hielt.

Ich hielt den Atem an, weil ich befürchtete, dass der Schinderjaan mit dem Lederriemen Magolat geradewegs ins Gesicht schlagen würde. Doch er stand stumm und bewegungslos auf seinem Platz. Er verteidigte sich nicht einmal. Es schien mir, als hätte er gelernt, gehorsam zu dienen. Aber wem diente er? Mein Vater konnte unmöglich mit diesem Reich des bittersüßen Leids in Verbindung stehen!

Ich war mir sicher, dass die Dämonenwelt außerhalb Vandalis, vor der mich Magolat so eindringlich warnte, nicht furchterregender sein konnte als die Katakomben. Der heimliche Wunsch – die geheimnisvolle Welt der Geister und Schattenwesen kennenzulernen – war ungebrochen.

Magolat rang nach Luft. Sein Gesicht lief hochrot an vor Aufregung. „Du wirst es auf grausame Art büßen, dass du Hand an die Tochter deines Herrn und Meisters gelegt hast!"

Das Gesicht des Barbaren flog zu mir herum. Erstaunen milderte seine harten Gesichtszüge. Er runzelte fragend die Stirn. Die dünnen Lippen formten kein erhabenes Lächeln, und auch sein Blick hatte nichts Grausames mehr. Ungläubig sah er auf mich herab. Und trotz der Tatsache, dass die Mauern seines Reichs bröckelten, und er seine Macht verlor, machte er immer noch nicht den Eindruck eines gebrochenen Mannes.

Ich genoss diesen heroischen Moment. Mein Kinn ragte in die Luft und meine Augen funkelten ihn überheblich an. Ich wollte ihm ein hämisches Grinsen ins Gesicht schleudern, doch ich wagte es nicht. Der Schinderjaan mit seiner stattlichen Erscheinung und den tellergroßen Händen, die immer noch die Peitsche fest umschlungen hielten, flößte mir Respekt ein.

„Es ist Zeit, dich bei ihr zu entschuldigen. Knie nieder!" Ich hatte Magolat noch nie in einer derartigen Weise reden hören. Mit dem Zeigefinger deutete er ihm an, sich vor mir auf den Boden zu werfen.

Fassungslos schaute ich zuerst den Zauberer und dann den Schinderjaan an. Ich konnte mir den breitschultrigen Mann nicht vorstellen, wie er auf den Steinen vor mir herumrutschte und um Verzeihung bettelte.

„Nein!" Die tiefe Stimme des Hünen erschütterte die Gruft.

Was würde Magolat nun machen? Er konnte nicht ernsthaft geglaubt haben, dass dieser beinharte Mann sich wie ein Wurm auf dem Boden krümmte!

Die Luft im Gewölbe wurde stickiger. Es gab keine Fenster. Hier unten lüftete man nicht. Dadurch wurde verhindert, dass Schreie hinausdrangen. Dies war eine eigene kleine Welt, die Welt des Schinderjaans, der dabei war, entthront zu werden.

Magolat wandte sich mir zu. „Morgana, geh in dein Schlafgemach. Und diesmal folgst du meinen Anweisungen!"

Unsicher schaute ich beide Männer an. Was hatte die rechte Hand meines Vaters vor? Er war ein Zauberer der großen Kunst. Sicherlich würde er den Henker nun bestrafen. Alles in mir wehrte sich gegen den Gedanken. Ja, er hatte mir Unrecht getan. Er war mir zu nahe getreten, aber ich hatte es genossen. Noch bevor ich meinen Widerspruch formulieren konnte, deutete er auf den Ausgang. „Geh!"

Meine Füße trugen mich in Richtung der Treppe, die aus den Katakomben hinausführte. Der Blick des Schinderjaans haftete an mir, bis ich in die Dunkelheit eintauchte. Ich beachtete die Folterinstrumente im Zwischenraum nicht, sondern stapfte die Stufen hoch und blieb im Gang dahinter stehen.

Als seine Schmerzensschreie zu mir drangen, fuhr ich erschrocken herum. Ich schaute die Treppe hinunter, konnte jedoch nichts erkennen. Die Schreie klangen nicht lustvoll wie bei dem Mann, den der Barbar ausgepeitscht hatte um ihn zu erregen, sondern leidvoll. Meine Vorstellungskraft versuchte sich auszumalen, was dort unten geschah, was Magolat dem Schinderjaan Grausames antat, aber ich konnte die markerschütternden Schreie nicht deuten. Der Zauberer hatte natürlich auch unerschöpfliche Möglichkeiten. Mir zerriss es das Herz!

Unerwartet tauchte Magolat aus der Dunkelheit vor mir auf. „Ich sagte, geh auf dein Zimmer!“ Er umfasste meinen Arm und riss mich mit.

„Ihr tut mir weh.“ Er schenkte mir keine Beachtung. „Ich geh ja schon. Lasst mich bitte los. Euer Griff schmerzt.“

Meine Stimme hallte durch die Gänge, und endlich gab er meinen Arm frei. Ich folgte ihm bis zu den Stufen, die zu meinem Schlafgemach führten. Dann sah ich ihm tief in die Augen und setzte meinen Unschuldsengelblick auf. „Was habt Ihr mit ihm gemacht?“

„Geh schlafen, Morgana. Du hast schon genug Unsinn gemacht.“ Er sah müde und erschöpft aus. Seine Schultern hingen kraftlos hinab. Aber so leicht gab ich nicht auf.

„Bitte, lieber Magolat, sagt mir nur diese eine Sache, und ich gehe artig hinauf, ja?“

Der Zauberer seufzte tief. „Ich habe keine Kraft mehr heute Abend, Morgana. Du bist ein Wildfang – wie deine Mutter es war – und das ist nicht gut. Aber ich werde dir sagen, was ich mit dem Bastard gemacht habe. Sonst läufst du nachher noch einmal in die Katakomben und schaust nach.“

Neugierig wartete ich auf das, was er mir sagen würde. Seine Augen waren halb geschlossen, als hätte er Mühe sie offen zu halten. Er kramte in einer der Taschen seines Umhangs und beförderte ein dunkelblaues Tuch hervor.

Lautes Naseschnäuzen störte die Ruhe der Nacht. Ein Wimmern erklang aus den Katakomben. Es war kaum vernehmbar, aber ich hörte es dennoch.

Magolat steckte das Taschentuch zurück in seine Tasche. Väterlich legte er mir seine Hand an die Wange. „Kind, du darfst keinen Unsinn – wie den heute Nacht – mehr machen. Versprich mir das.“

Ich nickte, nicht ohne ein schlechtes Gewissen zu haben. Der Reiz, die Welt außerhalb Vandalis’ zu erforschen, war groß. Das Reich der Dämonen, Geister und Schattenwesen faszinierte mich.

„Dein Vater wird sehr erzürnt sein!“ Er schüttelte den Kopf, um seiner Verzweiflung Ausdruck zu verleihen. „Deine Mutter war keine einfache Frau. Sie besaß einen sturen Kopf und tat stets, was sie wollte. Morgana, bitte mach deinen Vater nicht wütend.“

Erneut nickte ich. Langsam wurde ich ungeduldig. „Was ist mit dem Schinderjaan, Magolat?“

Der Zauberer nahm seine Hand von meiner Wange. „Deine Faszination für die dunkle Seite ist zu stark. Du musst ihn vergessen und auch die Dämonenwelt!“

„Aber ich möchte sie gerne sehen.“ Ich bemerkte, dass mein Protest ihn wütend machte, doch ich fuhr trotzdem fort: „Nur ein einziges Mal möchte ich diese fremdartigen Wesen berühren."

„Daran darfst du nicht einmal denken!", rügte er mich.

Er schnippte einmal in die Luft und hielt plötzlich ein Buch mit Ledereinband in der Hand. „Hier kannst du alles über die Kreaturen der Nacht nachlesen. Und dann vergiss sie, Morgana! Sie bringen Unheil."

Er reichte mir das Buch, und ich drückte es fest an mich. Meine vor Freude funkelnden Augen stimmten ihn sanftmütig. „Danke, lieber Magolat. Aber was ist nun mit dem Schinderjaan?"

Er scheuchte mich die Treppe hinauf und drängte mich in mein Schlafgemach. Anscheinend ließ er sich diesmal nicht mit Versprechungen zufrieden stellen.

„Ich habe seine ungezügelte Lust gegen ihn gewandt. Er wird sie ab sofort verfluchen. Und dann habe ich ihn hinausgejagt zu den Dämonen und anderen Wesen, die genauso lasterhaft sind wie er!" Magolat warf die Tür ins Schloss.

Ich stand in meinem Zimmer – alleine in der Dunkelheit mit dem Buch der Dämonen an meinen Körper gepresst und war meiner unbarmherzigen Fantasie ausgeliefert. Es erschreckte mich festzustellen, dass der Barbar mir leid tat. Verdammt, er schändete jeden, den er in die Finger bekam, egal ob Mann oder Frau und hatte kurz davor gestanden, mir das gleiche anzutun – und ich empfand Mitleid. Es war unfassbar! Ich wunderte mich über mich selbst. Was war nur los mit mir? Wahnstein veränderte mich immer mehr.

Ich setzte mich auf mein Bett und schlug das in Leder gebundene Buch auf. Gebannt studierte ich jede einzelne Seite. Die Beschreibung der einzelnen Geschöpfe war detailliert. Es gab sogar Bilder. Und für kurze Zeit konnte ich den Schinderjaan und sein Schicksal vergessen.

Doch schon, als ich mich schlafen legte, drängte er sich zurück in meine Gedankenwelt. Ich stellte mir vor, was Magolat ihm angetan hatte. *Ich habe seine ungezügelte Lust gegen ihn gewandt. Er wird sie ab sofort verfluchen.* Was bedeutete das?

Und ich fragte mich, ob seine Augen noch immer hart und unerbittlich ausschauten.

Ich seufzte und schlief im nächsten Moment ein.

***

Mein Traum war seltsam und irritierend. Ich wandelte durch den nächtlichen Wald vor den Toren des Kastells. Der Morgentau benetzte meine nackten Füße. Nicht die kleinste Brise bewegte die Zweige der Tannenbäume.

Gespenstisch, hallte es in meinem Kopf wider, aber ich genoss die fremdartige Atmosphäre. Ich breitete meine Arme aus, als würde ich sie auf diese Art einfangen können. Der See vor mir lag ruhig da. Nicht das leiseste Plätschern war zu hören. Nebel waberte über die Oberfläche. Kein Vogel zwitscherte und keine Grille zirpte. Ich war endlich dort, wo ich hingehörte.

Plötzlich tauchte der Schinderjaan auf. Ich roch den Duft seiner Lenden, als würde sich mein Gesicht kurz vor seinen Genitalien befinden. Seine Augen starrten mich kalt an. Doch ich konnte nicht fortlaufen. Sein schmerzverzerrter Gesichtsausdruck erweckte Mitgefühl in mir. Sicherlich war er wütend auf mich, aber ich fühlte mich seltsamerweise zu ihm hingezogen.

Ich hätte fliehen sollen, aber ich blieb stehen. Alleine sein Blick erregte mich, die Gefahr, die er ausstrahlte, seine breiten, starken Schultern. Sekundenlang standen wir uns gegenüber und schauten uns an.

Dann machte er einen Schritt auf mich zu. Instinktiv wich ich zurück, und er blieb stehen. Sein Blick lähmte mich.

Er machte einen weiteren Schritt auf mich zu, und diesmal wagte ich es nicht, mich zu bewegen. Der Schinderjaan trat nah an mich heran, sodass unsere Nasenspitzen sich berührten. Ich spürte seinen Atem, der nach kaltem Rauch roch und sich mit dem Duft von Leder mischte.

Ich wartete auf das, was folgen würde, aber er ließ sich Zeit. Erinnerungen an die Anzüglichkeiten in den Katakomben ließen Schweißperlen auf meiner Stirn entstehen. Er hatte meinen Schoß berührt wie niemand sonst zuvor. Er hatte mich erregt, mich gefesselt und gestreichelt.

Mein Herz schlug schneller. Die gespenstische Atmosphäre des dämonischen Waldes lullte mich ein. Ich fühlte mich entrückt, herausgerissen aus meiner gewohnten Umgebung, schutzlos.

Der Schinderjaan schlang seinen muskulösen Arm um meine Hüfte. Ich spürte seine große Hand auf meinem Gesäß. Er zog meinen Körper zu sich heran, und ich legte meine Hände auf seine Schultern. Ich dachte darüber nach, ob ich ihn wegstoßen oder an mich heranziehen sollte, tat aber weder das eine noch das andere.

Ich spürte seine Wärme, als er die freie Hand an meine Wange legte. Er liebkoste sie und ließ seine Hand dann zu meinem Hinterkopf gleiten. Er vergrub seine Finger tief in meinen Haaren, um Halt zu finden. Und dann zog er sanft meinen Kopf zu sich heran. Sein Kuss war weich und warm. Seine Lippen pressten sich leidenschaftlich auf meine. Seine Zunge drang in meinen Mund ein, umspielte zärtlich meine Zähne und neckte dann meinen Gaumen.

Ich ließ mich fallen. Es ging nichts Bedrohliches von ihm aus. Lediglich seine Stärke war zu spüren.

Er drückte mich zu Boden, öffnete mit dem Knie meine Schenkel und legte meine Beine über seine Schultern. Sanft leckte er über meine Schamlippen. Er tauchte mit der Zungenspitze in meine Scheide ein, saugte zärtlich an der Klitoris und trank von mir. Der morgendliche Tau benässte meinen Rücken, während mein Lustsaft zu fließen begann. Ich schloss die Augen und genoss es, verwöhnt zu werden.

Mein Becken wippte sanft vor und zurück, als er mich mit seiner Zunge nahm. Tief drang sie in meine Vagina ein, sehr tief, was seltsam, aber himmlisch war.

Seine Hand streichelte zärtlich meinen Venushügel. Ich wunderte mich über die Schlankheit seiner Finger. In meiner Erinnerung waren seine Hände doch eigentlich groß und kräftig, als sie meine Arme hochgerissen und angekettet hatten, und als er seinen Daumen auf meine Klitoris gedrückt und gerieben hatte. Und nun fühlten sie sich so lang und dünn an, passten nicht zu seiner männlichen Statur.

Unerwartet forsch hob er meine Beine von seinen Schultern, legte sich über mich und drang ohne Umschweife in mich ein. Ich stöhnte auf. Es war ein wundervolles Gefühl, ausgefüllt zu sein. Ausgefüllt? Sein erigierter Penis war lang und dünn und schlängelte sich in meiner Scheide wie eine Schlange. Er schwamm in meinem Lustsaft wie ein Aal, zuckte und wand sich, um von einem Moment zum anderen stark anzuschwellen. Nun füllte er mich gänzlich aus, doch das Glied schwoll weiter an. Es dehnte meine Vagina. Ein herrliches Gefühl der Spannung war die Folge. Ich seufzte wohlig und gleichsam irritiert, dass ich keinen Schmerz empfand. Er musste doch mein Jungfernhäutchen durchstoßen haben.

Aber die Lust hatte mich fest im Griff. Sie trug mich empor in Höhen, die ich bisher nur alleine erklommen hatte. Sein Phallus rieb über meine Klitoris. Seine Hoden schlugen gegen meine geschwollenen Schamlippen. Und seine Zunge leckte unentwegt über meine Brustspitzen.

Als ich berauscht zusammenbrach, lächelte ich glücklich. Ich spürte, wie sein Glied in meiner Scheide erschlaffte. Es schwellte seltsam schnell ab und bewegte sich wellenförmig in mir.

Ein ungutes Gefühl breitete sich in mir aus, nun, da ich langsam wieder klarer denken konnte. Etwas stimmte nicht. Das alles war so … unnatürlich.

Ich öffnete die Augen – und schrie. Hysterisch schlugen meine Hände ins Leere. Der Schock über das, was ich sah, ließ mich aus meinem Traum erwachen.

Ich setzte mich aufrecht im Bett hin. Schweiß rann mir von den Schläfen. Ich wischte ihn weg und auch die Tränen, die meine Wange hinunterliefen. Wieso träumte ich solch einen Unsinn? Ich zog die Decke bis zum Kinn und kuschelte mich im Sitzen hinein, obwohl Hitzewellen mich quälten. Mein Bedürfnis nach einer Umarmung war groß. Dieser vermaledeite Schinderjaan! Wieso schlich er sich in meine Träume ein? Und wie konnte er es wagen, seinen Phallus in meine Scheide zu stoßen?

Ich spürte, wie mein Lustsaft aus mir herauslief, lüftete die Decke und betrachtete mein geschwollenes Geschlecht.

„Blut“, brachte ich entsetzt hervor. Ich war entjungfert worden – im Traum. Plötzlich wusste ich, was geschehen war.

Schnell stieg ich aus dem Bett, ergriff das Buch über die Dämonenwelt und glitt zurück unter die Decke. Zitternd suchte ich die Seite, an die ich mich erinnerte. Ich wusste, ich hatte ihn schon gesehen. Es konnte nur in diesem Buch gewesen sein, denn bisher hatte ich es nicht geschafft, bis vor die Tore Vandalis' vorzudringen.

Als ich die Seite fand, und seine widerliche Fratze mich von dem Blatt Papier angrinste, drehte sich mir der Magen um. Ich hielt mir vor Entsetzen die Hand vor den Mund. Das konnte nicht wahr sein! Das durfte nicht wahr sein! Dieses Monster hatte mich in meinen Träumen heimgesucht, hatte mir vorgegaukelt, der Schinderjaan zu sein, um sich mit mir zu vereinen.

Noch einmal las ich die Beschreibung des Dämons, der mich soeben geküsst und verführt hatte: „Beim Incubus handelt es sich um ein teuflisches Wesen aus der Dämonenwelt, das nachts wollüstige Träume verursacht und im Schlaf in Gestalt eines Mannes mit Frauen verkehrt, um seine Nachkommenschaft zu sichern."

Ich warf das Buch mit dem Ledereinband in die Ecke. Laut knallte es auf den Steinboden. Einzelne Seiten waren geknickt und eingerissen.

Meine Wut wuchs innerhalb kurzer Zeit an, und ich tat schwer daran, meinem Zorn nicht durch einen Ausbruch Luft zu machen. Wären Magolats Kräfte mir eigen gewesen, hätte ich mit großer Wahrscheinlichkeit den ganzen Wald niedergebrannt.

Ich schwang meine Beine aus dem Bett und stapfte zum Fenster. Mit beiden Händen zog ich den schweren Samtvorhang zur Seite. Der Wald lag immer noch in Nebel gehüllt. Selbst aus der Distanz konnte ich den Tau auf der Wiese erkennen. Das Schwarz der Nacht hellte bereits auf. Der Tag nahte!

Schnell wusch ich mich und zog mir eins der rabenschwarzen Kleider über, die ich für die Trauerzeit nach Mutters Tod hatte nähen lassen, und mit dem ich in der Dunkelheit der Nacht nicht auffallen würde. Kummer mischte sich unter meine Wut. Ich wusste immer noch nicht, was damals mit meiner Mutter so plötzlich geschehen war. Niemand berichtete mir über ihren Tod. Sie wurde eines Tages zu Grabe getragen, und mein Vater holte mich nach Wahnstein. Er zeigte kaum Gefühle, und je länger ich in diesen Mauern weilte, desto stärker wurde meine Befürchtung, dass er etwas über ihr unerwartetes Verschwinden wusste. Und dieses Gefühl ängstigte mich zutiefst.

Vorsichtig öffnete ich die Tür meines Schlafgemachs, lugte um die Ecke und schlich die Treppenstufen hinunter. Diesem teuflischen Incubus wollte ich es zeigen! Ich würde ihm seine langen Finger brechen, die es gewagt hatten, mich zu liebkosen. Als ich jedoch am Ende der Treppe ankam und in den Gang schaute, um zu sehen, ob sich dort jemand aufhielt, der mich daran hindern konnte endlich das Reich der Dämonen zu erkunden, fragte ich mich, ob ein Incubus nicht lediglich ein Geschöpf der menschlichen Träume war. Vielleicht war er nur ein Traumwesen, das in Wirklichkeit nicht existierte. Aber wie konnte er dann Kinder mit Sterblichen zeugen? Oder gab es mehr als *eine* Realität?

Um diese verwirrenden Gedanken abzuschütteln, kniff ich die Haut meines Handrückens so lange, bis es schmerzte. Zumindest war ich wach und träumte dies nicht nur. Ob ich den Incubus vor den Toren finden würde oder nicht, spielte keine große Rolle. Ich konnte mich dem Sog der Schattenwelt nicht länger entziehen. Es wurde Zeit, endlich diese Unwirklichkeit kennenzulernen.

Der Gang war menschenleer. Ich huschte an der Wand entlang, stahl mich durch die nächsten Gänge bis zu der unscheinbaren Tür in einer abgelegenen Ecke des Kastells, durch die das Personal hereinkam. Das kleine Fenster daneben zeigte mir, dass die Morgendämmerung hereinbrach. Ich musste mich beeilen, da sich die Dämonen tagsüber in die Dunkelheit der Wälder zurückzogen.

Ich benutzte beide Hände, um die schwere Eisentür ein kleines Stück aufzuziehen, zwängte mich durch den Spalt und zog sie hinter mir zu. Überrascht stellte ich fest, dass die Luft außerhalb der Steinmauern wärmer war als innerhalb.

Vorsichtig ging ich ein paar Schritte in Richtung des Sees. Bei jedem Rascheln des Laubs unter meinen Füßen zuckte ich zusammen. Meine Ohren waren auf jedes noch so kleine Geräusch fixiert. Beunruhigt sah ich, dass die Wasseroberfläche nicht glatt war. Winzige Wellen überzogen den See. Meine Fantasie begann zu arbeiten. Tausende Kreaturen, über die ich in Magolats Dämonenbuch gelesen hatte, tauchten in meinen Gedanken auf. Sie sprangen aus dem Wasser, packten mich an Armen und Beinen und schleppten mich in den See. Doch nichts dergleichen geschah!

Seltsame Laute drangen aus dem Wald an mein Ohr, Gekreische, das in einem Moment weit entfernt zu sein schien und im nächsten aus der Baumkrone direkt über mir kam. Das Gras wurde hier und da ein Stück hochgehoben und ließ mich vermuten, dass ein schlangenähnliches Wesen sich dort unten seinen Weg bahnte. Ich wich ihm aus, indem ich über die Wiese tänzelte und lief dann in den Wald, aber nur so weit, dass ich Vandalis noch sehen konnte.

Ein Schatten huschte an mir vorbei, doch ich konnte nicht erkennen, was es war. Irrlichter tauchten in der Schwärze des Waldinneren auf und verschwanden sogleich wieder. Und dann hörte ich wieder das Gekreische in einer der Baumkronen über mir, und Blätter fielen auf mein Haupt.

Mein Herz pochte so heftig, dass ich Angst hatte, mein Brustkorb könnte bersten. Ich raffte meinen Rock und rannte ein Stück tiefer in den Wald. Noch immer konnte ich den See sehen. Er lag bereits im Halbdunkel, während es im Wald um mich herum noch immer pechschwarz war. Ich bekam eine Gänsehaut, doch sie wurde begleitet von wohligen Schauern der freudigen Erregung.

Und dann endlich sah ich einen Dämon. Sein knorpeliger Oberkörper schimmerte grau-weiß im Dämmerlicht des Morgens. Er kniete am Seeufer und senkte seinen trompetenförmigen Mund an die Wasseroberfläche. Selbst dort, wo ich stand, im Waldinneren, war sein Schlürfen zu hören. Seine Ohren schienen ebenso verknorpelt zu sein wie seine dicken Finger. Diese Verknorpelungen erschienen mir fast so, als wären sie Verzierungen, doch ich konnte sie aus der Entfernung nicht deutlich genug erkennen.

Ich lächelte listig, duckte mich und schlich mich an den Dämon heran. Von Baum zu Baum huschte ich in seine Richtung, angespannt und aufgeregt. Ich versuchte mich vom seltsamen Rascheln der Baumkronen und den irritierenden Geräuschen des Waldes nicht ablenken und einschüchtern zu lassen. Vorsichtig setzte ich einen Fuß vor den anderen.

Mir rutschte das Herz in die Hose, als *er* hinter einem Baum hervortrat. Ich schrie erschreckt auf. Aus dem Augenwinkel konnte ich den knorpeligen Dämon verängstigt in die Büsche springen sehen.

Automatisch wich ich nach hinten aus. Doch *seine* große Hand stieß nach vorne. Sie umfasste den Kragen meines Kleides und zog mich zu ihm heran. Der vertraute Geruch von kaltem Rauch und Leder umgab ihn.

„Ich wusste, wir würden uns wiedersehen." Die Augen des Schinderjaans hatten trotz der Qualen, die er erlitten hatte, und die Schmerzen, die ihn noch immer peinigen mussten, nichts von seiner Härte verloren. „Du fragst dich, was Magolat mir angetan hat, nicht wahr? Er hat es dir nicht verraten. Ich kann es in deinem Gesicht lesen. Nun ..."

Er drückte mich auf dem Waldboden in die Knie und öffnete dann seine Hose. Furchtsam blickte ich zu ihm hinauf, aber ich sah keinen Hass, sondern Bitterkeit. Als sein Phallus sich mir entgegenreckte, bemerkte ich die Fessel. Magolat hatte dünne Ketten um Hoden und Glied gelegt, sie festgezurrt, um das Blut zu stauen und eine andauernde Erregung zu erzeugen. Aber die Kette bohrte sich nicht nur in das Fleisch, sondern sie war damit verbunden. Magolat hatte sie durch einen arglistigen Zauber in die Haut geflochten, damit der Barbar sie nicht entfernen konnte – ohne sich selbst zu entmannen.

„Schau mich nur an, Morgana! Magolat gab mir die Wahl. Entweder ich lebe mit ständiger Erregung oder werde sie nie wieder empfinden. Kannst du dir die Qual vorstellen, das Leid, wenn etwas berauschend Schönes zum Alptraum wird?"

Ich schüttelte den Kopf. Tränen schossen mir in die Augen. Das Mitleid, das ich für ihn in diesem Moment empfand, schmerzte. Ich sehnte mich doch selbst seit langem nach Leidenschaft und Erlösung durch einen Mann. Doch ich hatte Hoffnung – der Hüne nicht mehr.

Der Schinderjaan fing die Tränen, die meinen Wangen hinunterliefen, mit seinem Zeigefinger auf. „Wieso in aller Welt weinst du, Morgana? Nach allem, was ich dir angetan habe, kannst du nicht um meinetwillen Tränen vergießen, Mädchen."

Ich umfasste sein steifes Glied mit beiden Händen und begann es sanft zu massieren. Der Wunsch, den Penis zu berühren war groß. Wie sehr ich mich danach sehnte, einen Phallus zu küssen, ihn zu schmecken und zu riechen. „Dieses verdammte Mitleid! Ich habe es von meiner Mutter geerbt."

„Deine Mutter war eine gute Frau." Er seufzte, und ich wusste, dass ich gute Arbeit leistete.

„Sie hatte einfach Pech im Leben. Das Schicksal meinte es nicht gut mit ihr, schon als sie mit diesem Mann verheiratet wurde." Er legte die Hand auf meinen Hinterkopf und drückte mein Gesicht näher an sein Glied. „Möglicherweise kannst du mein Leiden für kurze Zeit lindern. Wenn ich abspritzen könnte, wären meine Hoden leer und der Druck nicht mehr so schlimm."

Mit glänzenden Augen näherte ich mich dem Penis. Ich spitzte die Lippen und küsste das kleine Loch an der Spitze. Meine Zunge bohrte sich in die Öffnung. Sie leckte über die Eichel, sodass diese schnell zum Vorschein kam. Sie erblühte zu ihrer ganzen Schönheit, und ich hatte das erste Mal im Leben das Gefühl, Macht zu besitzen.

Beifällig fragte ich: „Du weißt etwas über den Tod meiner Mutter, stimmt es?"

Eisiges Schweigen.

Also hörte ich auf mit meinen Liebkosungen und blickte den Schinderjaan mit großen Augen an. Er biss die Zähne zusammen. Seine Hand ergriff die Peniswurzel, drückte ein wenig und fuhr mit der Eichel über meine Lippen. Doch ich entzog mich ihm.

„Weiß mein Vater von dem, was in den Katakomben vor sich geht?"

Schallendes Gelächter. „Wer, glaubst du, hat mich ausgebildet? Wer, denkst du, hat mir befohlen in den Katakomben Vandalis' zu foltern? Wer hat mich dazu verurteilt, mein Leben in der Dunkelheit zu fristen und mich gegen die Menschheit zu versündigen?"

Ich neigte mich wieder zu seinen Lenden, leckte mit der Zunge über den Schaft, um mehr Informationen zu erhalten. „Mein Vater?"

„Ja, er wollte, dass Schreie ihn nachts in den Schlaf wiegen. Ich musste ihm gehorchen, doch ich brachte Leid auf andere Art und Weise. Ich quälte durch Lust – anstatt durch Schmerz, es sei denn, einer der Gefangenen brauchte diesen Schmerz, um erregt zu sein."

„Das glaub ich nicht. Das kann nicht sein. Nein, das darf nicht sein!" Mein Vater war alles, was ich nach dem mysteriösen Tod meiner Mutter noch hatte. Mir gegenüber war er zwar zurückhaltend, doch bisher hatte ich Hoffnung, dass seine harte Schale eines Tages aufbrechen würde.

„Dann weißt du sicher auch etwas über das Ableben meiner Mutter. Sag mir, was mit ihr geschehen ist. Bitte!" Ich streifte seine Hände ab und legte nun meine um die Wurzel seines erigierten Glieds. Dann presste ich meine Lippen um die Eichel und saugte daran, als wollte ich sein Sperma trinken wie Milch durch einen Strohhalm.

Der Schinderjaan stöhnte laut. Sein Phallus war hart. Er zuckte vor

Erregung.

„Das willst du nicht hören, Kleine."

Verzweifelt nahm ich seine Hoden in meine Hände und massierte sie. Meine Lippen hielten die Eichel fest umschlossen, während meine Zunge unaufhörlich leckte. Ein bittersüßer Tropfen quoll aus dem kleinen Loch an der Penisspitze, und ich ahnte, dass der Barbar bereit war, sich in meinen Mund zu ergießen, um eine kurzzeitige Erlösung zu finden. Dies war der richtige Moment – und ich ließ von ihm ab.

„Hör auf, mich wie ein unmündiges Kind zu behandeln!" Ich hob das Kinn und schaute ihn aufmüpfig an. Diesmal wusste ich, was ich wollte – und das war die Wahrheit.

Etwas sanfter bat ich: „Bitte, sag mir, was mit meiner Mutter geschehen ist!"

Ich hatte befürchtet, dass ich erneut keine Antwort erhalten würde, doch der Schinderjaan nickte, und so spie ich auf seinen Penis und rieb die Spucke mit den Lippen ein.

„Deine Mutter war eine gütige Frau, Morgana. Sie half jedem, hatte stets ein offenes Ohr und besaß ein großes Herz. Doch sie wurde gezwungen, den Herrn von Vandalis zu ehelichen. Er war eifersüchtig auf jeden, dem sie ihre Warmherzigkeit zeigte, schlug sie und machte einen seelischen Krüppel aus der stolzen Frau. Ihr Leben war die Hölle! Doch es sollte noch schlimmer kommen." Er machte eine Pause und sah mich an.

„Erzähl! Bitte!"

Ich wollte die ganze Wahrheit hören und schob die Vorhaut zurück, dann wieder vor und lutschte gleichzeitig an der Eichel. Meine freie Hand kraulte seine Hoden. Sein Glied wurde noch härter. Eine Ader trat hervor. Fasziniert leckte ich darüber. Der Hüne stöhnte laut, und ich lächelte. Dann streichelte ich die Haut zwischen seinen Schenkeln von hinten nach vorne und stieß fast beiläufig an die prall gefüllten Hoden. Meine Zunge glitt unter die Vorhaut, während sein steifer Penis gegen meine Wange schlug. Aber ich wollte ihn schmecken und ihn in mir fühlen – so wundervoll warm und hart – und nahm den Phallus in meinem Mund auf, so weit wie es ging. Ich saugte und drückte die Lippen fest auf den Schaft. Auf einmal vergrub der Hüne seine Hände in meinen Haaren. Er hielt sich an mir fest und konnte kaum noch stehen vor Lust. Dann ergoss er sich in meinem Mund, füllte ihn und lief meine Mundwinkel hinab. Es war so viel, so schrecklich viel.

Mühsam erzählte er weiter. „Es kam der Tag, an dem sie schwanger wurde. Doch sie hatte sich schon monatelang ihrem Mann verwehrt. Er peitschte sie eigenhändig aus, um zu erfahren, von wem das Kind war. Schließlich gab sie nach und berichtete ihm von dem Incubus, der sie viele Nächte über besucht hatte."

Ich traute meinen Ohren nicht. Ich rang nach Atem und verschluckte mich am Sperma. Den Rest spie ich ins Gras und hustete. Der salzige Geschmack haftete auf meiner Zunge, doch richtig bitter war die Erinnerung an meinen Traum. Meine rechte Hand legte sich auf meinen Bauch.

„Sie gestand, dass sie wahre Lust empfunden, und der Incubus sie befriedigt hatte. Der Herr von Vandalis war rasend vor Wut. Er befahl deiner Mutter am darauffolgenden Tag sich auf die Streckbank zu spannen, um das Balg aus ihrem Unterleib zu reißen. Doch bevor er seine grausame Tat umsetzen konnte, verhalf Magolat ihr zur Flucht."

Ich riss die Augen auf. „Magolat?"

Der Schinderjaan steckte sein Glied, das nur halb erschlaffen konnte, zurück in die Hose und half mir auf die Beine. Sein Blick war glasig. Er leckte das Sperma von meinen Mundwinkeln und fuhr fort zu erzählen.

„Sie flüchtete mit ihrem Wechselbalg, das das Aussehen eines Menschen besaß, aber das Blut der Schattenwelt in den Adern trug, so lange, bis der Herr sie aufspürte und ihr die Kehle durchschnitt."

Ungläubig schüttelte ich den Kopf. Das konnte nicht wahr sein!

„Er nahm das Balg bei sich auf, da die junge Frau keinerlei dämonische Züge aufwies und ihn mit ihren großen runden Kulleraugen um den Finger wickelte wie jede Tochter ihren Vater. Nur, dass er in Wirklichkeit gar nicht ihr Vater ist!"

Tränen flossen meine Wangen hinab. Ich riss mich vom Schinderjaan los und rannte an das Ufer des Sees.

„Du redest von mir. Du sprichst die ganze Zeit von mir."

„Wenn dein Vater herausfindet, dass du weißt, dass du der Spross eines Incubus bist, wird er dich sofort töten. Er liebt das Mädchen in dir, aber hasst das Wechselbalg! Nur dein menschliches Aussehen und sein Wunsch nach einem Nachkommen hat dir bisher das Leben gerettet. Doch kommt eines Tages die Wahrheit ans Licht, ist dein Schicksal besiegelt."

Ich versuchte tief zu atmen, um nicht hysterisch zu werden. Mein Vater tötete meine Mutter. Er hatte sie und mich all die Jahre gesucht und verfolgt, um uns in die Hölle zu schicken. Doch aus irgendwelchen väterlichen Gefühlen ließ er mich am Leben. Obwohl er gar nicht mein Vater war und dies auch wusste. Ein Incubus war mein wirklicher Vater. Ein Incubus verführte mich vor ein paar Stunden. Er hatte sich mit mir vereinigt und seinen teuflischen Samen in mich hineingeschossen, wie der Dämon vor einer Ewigkeit bei meiner Mutter.

Das war alles zu viel für mich. Ich wollte nicht mehr denken! Ich befürchtete, dies alles nicht zu verkraften.

Ich schlang beide Arme um meinen Bauch und fragte mich, ob sich wohl schon ein Wechselbalg darin befand. Mir war nun klar, wieso es mich seit meiner Ankunft auf Vandalis hinaus in die Dämonenwelt gezogen hatte. Mein Blut! Es pulsierte bei Nacht und ließ mich nicht schlafen. Es pochte in meinen Adern. Nun erkannte ich, dass die Sehnsucht mich in meine wahre Heimat zog.

„Pass auf, Morgana!“ Die Schreie des Schinderjaans holten mich aus meinem Weinkrampf. Was wollte er noch von mir? Mein Blick klärte sich nur langsam. Ich hatte zu viel geweint.

Das Surren von Flügelschlägen umgab mich mit einem Mal. Die Luft vor meinem Gesicht wurde durcheinandergewirbelt. Ich schloss die Augen, als im selben Moment etwas meine Schultern kratzte. Als ich meine Augen wieder öffnete, blickte ich geradewegs in die menschenähnliche Fratze einer Harpyie. Die Kratzer brannten. Panisch schlug ich mit den Händen um mich, doch sie ließ nicht von mir ab.

Dann spürte ich eine dritte Kraft. Aus dem Augenwinkel sah ich den Schinderjaan. Wie besessen schlug er mit einem Ast auf die Harpyie ein. Plötzlich ließen ihre Klauen von mir ab. Sie erhob ihren massigen Körper in die Luft und verschwand so schnell, wie sie gekommen war.

Erschöpft fiel ich ins Gras. Ich zitterte. Überall hatte ich Kratzer.

Der Schinderjaan hob mich auf seine Arme. Ich legte den Kopf vorsichtig an seinen Hals und vertraute darauf, dass er das Richtige mit mir tat. Ja, das tat ich wirklich. Ich fühlte eine gewisse Seelenverwandtschaft. Wir besaßen beide einen dunklen Fleck auf unserer Seele – er durch seine Sünden in den Katakomben und ich durch meine Abstammung.

„Nimm einen Schluck aus der kleinen Flasche, die um meinen Hals hängt“, sagte er sanft, „das Mittel wird dich beruhigen. Ich nehme es selbst, seit Magolat mir die Lustkette um die Genitalien gelegt hat.“

Erschöpft tastete ich – ohne meine Augen zu öffnen – nach der Flasche, löste den Stopfen und nahm einen Schluck. Ich verschloss sie und lehnte mich wieder an den Hünen. Die bittere Flüssigkeit, die nach Alkohol und Kräutern schmeckte, wärmte mich.

„Es ist schon fast hell. Wir sollten jetzt tiefer in den Wald hineingehen. Dort gehören wir nun hin, Morgana. Die vergangene Nacht hat uns beide zu Kreaturen der Schattenwelt gemacht. Wir sind Außenseiter und Widernatürliche.“ Der Schinderjaan flüsterte, als wollte er vermeiden, Vandalis zu wecken und auf unser Schicksal aufmerksam zu machen.

Ich öffnete träge meine Augen und beobachtete, dass wir uns vom See fortbewegten, und die Dunkelheit des Waldes sich wie eine schützende Hand um uns legte. Mein Blick erfasste die kalten Steinmauern meines einstigen Obdachs. Hass und Wut stiegen in mir auf. Eines Tages würde ich Rache üben.

Bis dahin war der Schinderjaan mein Weggefährte. Ich würde seine lustvollen Qualen lindern, wie er meine Sehnsucht nach Ausschweifung erfüllen würde. Keine allzu schlechten Aussichten, fand ich und lächelte. Er brauchte täglich Erleichterung, ich dagegen würde endlich so schmutzig sein wie meine Fantasien. Da gab es niemanden, der uns hinderte, keiner, der uns verstieß, denn wir waren bereits Ausgestoßene. Endlich waren wir frei. Keine Regeln. Keine Moral. Nur freie Liebe.

„Halt!“, donnerte da eine tiefe Stimme, „ich kann dich nicht gehen lassen.“

„Vater“, schoss es aus mir heraus, und ich hätte mich selbst ohrfeigen können.

Breitbeinig stellte er sich uns in den Weg mit Magolat an seiner Seite. Er trug eine schwarze Lederhose, edel verziert durch eingewobene Goldfäden. Der Gürtel um seine Hüften hielt nicht nur das knielange dunkle Obergewand zusammen, sondern versteckte gleichzeitig den wohlgenährten Bauch, einem Mieder gleich. Mein erster Eindruck hatte mich damals, als ich auf das Kastell gebracht wurde, nicht getäuscht. Das Oberhaupt von Wahnstein war mit seinem Bart und den kleinen Augen eine finstere Gestalt. Doch die Zeit, in der ich versucht hatte zu glauben, dass unter der rauen Schale ein weicher Kern verborgen wäre, war vorüber.

„Ihr seid nicht mein Vater“, schrie ich wütend und zappelte, so dass der Schinderjaan mich runter ließ. „Ihr seid der Mörder meiner geliebten Mutter, ein hilfloser alter Mann, der sich in seiner Ehre gekränkt fühlte, weil er seine Frau nicht dazu bringen konnte, ihn zu lieben. Nein, verehren wie einen Gott sollte sie Euch, fürchten, wie alle in diesem Land. Ihr seid jämmerlich …“

„Hüte deine Zunge!“, grollte der Herr von Vandalis.

Schnippisch hob ich mein Kinn. Bisher hatte ich mein Temperament gezügelt, da alles neu war für mich. Aber meine Unsicherheit war verflogen, denn mein Hass war leidenschaftlich.

„Ich trage das Herz auf der Zunge, denn ich bin eine Vagabundin.“

„Du bist nur ein Wechselbalg, ein Dämon, der nicht das Recht hat zu leben.“ Er lachte abfällig.

Der Schinderjaan machte einen Schritt auf ihn zu, aber ich hielt ihn zurück. Magolat war zu mächtig. Was konnten wir schon gegen einen Zauberer der hohen Kunst ausrichten? Nichts. Wir waren verloren! Mochte ich auch meinem Zorn Luft machen, so würde dies nichts nützen. Das Oberhaupt von Wahnstein war gekommen, um zu richten, und Magolat war sein Henker.

Ich bemerkte, dass er nicht einmal eine Waffe bei sich trug und schnalzte.

„Andere lasst Ihr die Drecksarbeit machen, aber eines Tages werdet Ihr in dem Feuer verbrennen, das Ihr selbst entzündet habt.“

„Was weißt du denn schon? Du gehörst nirgendwo hin, nicht in die Schattenwelt und auch nicht zu den Menschen.“

„Ich fühle mich zu beiden hingezogen“, entgegnete ich mit einer Selbstsicherheit, die mich selbst erstaunte.

„Aufgewachsen bei den Menschen werde ich nie die Großzügigkeit und Freundlichkeit vergessen, die mir Fremde entgegenbrachten, wenn ich mal wieder mit Mutter in ein neues Dorf zog. Aber in meinen Adern fließt Dämonenblut. Sie sind meine Familie. Ich weiß es. Mein Herz sagt es mir.“

„Widernatürliche haben nicht das Recht in Wahnstein zu leben.“

Er gab Magolat ein Zeichen und verschränkte die Arme vor dem Oberkörper.

Ich spie ihm entgegen: „Ihr fürchtet Euch nur davor, dass Euer Geheimnis ans Licht kommt. Sicherlich ahnt Euer Volk, dass Ihr Eure Gemahlin habt ermorden lassen, und dass in den Katakomben gefoltert wird ...

„Aber ich hinterging Euch, indem ich Schreie durch Lust und nicht durch Schmerz erzeugte“, fiel Schinderjaan mir ins Wort und stellte sich schützend vor mich.

Ich jedoch wollte meinem Mörder ins Gesicht sehen und trat einen Schritt zur Seite.

„Aber wie wird Euer Volk reagieren, wenn es erfährt, dass Ihr wissentlich ein Wechselbalg nach Siede geholt und es als Eure Tochter aufgezogen habt?“

„Es wird mich verachten, möglicherweise stürzen, aber soweit werde ich es nicht kommen lassen. Ihr beide werdet die Wahrheit mit ins Grab nehmen.“ Dann wandte sich der Herr von Wahnstein an seinen Zauberer. „Worauf wartet Ihr?“

Magolat zögerte. Ich bemerkte Unsicherheit in seinem Blick. Er hob seine Hände, senkte sie wieder. Seine Nasenflügel blähten sich auf. Würde er mich retten, wie er damals meine Mutter gerettet hatte? Hoffnung keimte in mir auf.

Plötzlich knackte es im Unterholz. Blätter rieselten von den Bäumen. Das Wasser des Sees plätscherte laut gegen das Ufer, und Hufgetrampel war im Wald zu hören. Verwundert blickte ich mich um, erspähte jedoch nichts.

Magolat besann sich und flüsterte fremdartige Formulierungen. Eine Flucht war sinnlos. In wenigen Sekunden würden der Schinderjaan und ich Asche sein.

Ein helles Pfeifen war zu hören. Aufgeregtes Fiepen, Schnattern, das aus der Erde zu kommen schien. In der Ferne ertönte ein Fauchen. Ich sah zwischen den Baumkronen hindurch zum Himmel, denn ich vernahm Flügelschläge, aber dort oben war nichts.

Das Oberhaupt des Landes stieß seinen Henker an: „Nun mach schon.“

Unruhig verlagerte er das Gewicht von einem Fuß auf den anderen. Er spürte offensichtlich ebenfalls, dass etwas vor sich ging. Der Dämonenwald erwachte zum Leben.

Magolat sprach immer lauter, bis er seine Zaubersprüche hinausschrie. Staub wirbelte auf. Blitze zuckten durch die Dämmerung. Die Macht der Magie ließ mich erschaudern.

Doch mit einem Mal tat sich der Boden unter ihm auf. Pechschwarze Hände – deren Finger durch Häute verbunden waren – ergriffen seine Beine. Ein Kreischen ertönte, das mir durch Mark und Bein ging. Dann zog dieser Dämon Magolat unter die Erde, bevor der wusste, wie ihm geschah. Ich konnte sehen, wie er unter der Grasnarbe davongerissen wurde, hinab in die Gänge eines Wesens, das in der Finsternis lebte.

Ich lächelte erfreut und fasziniert, als ich die Schattenwesen erblickte. Sie lugten hinter Baumstämmen hervor, hingen an Ästen und glitten über die

Wiese wie Schlangen. Welch beeindruckende Vielfalt! So lange hatte ich mich danach gesehnt, sie zu sehen. Nun traten mir Tränen in die Augen. Ich fühlte mich zu Hause. Die Vagabundin war an ihrem Ziel angekommen.

Das Oberhaupt Wahnsteins bemerkte, dass er auf verlorenem Posten stand und eilte davon. Er lief um sein Leben durch den Wald, über die Wiese bis hin zum Ufer, wo eine Tentakel aus dem See schoss und seine Beine umschlang. Ein Löwe mit Adlerschwingen senkte sich auf ihn herab und stieß seine Krallen in seine Schultern. Die Dämonen fielen über ihn her, und ich wandte mich ab.

Ich wisperte: „Hätte er nur eingesehen, dass die Wesen der Nacht Teil seines Volkes sind und nicht Kreaturen, die man jagt …“

Da beobachtete ich einige Wesen, die mich anstarrten, und ich meinte etwas wie Ehrfurcht in ihren Augen zu erkennen. Sie machten einen Knicks, verbeugten sich vor mir. Wartend blickten sie mich an und sahen dann zum Kastell.

„Was wollt ihr?“, fragte ich verwundert.

Der Schinderjaan trat nah an meinen Rücken heran. „Sie bringen der neuen Herrin von Vandalis ihre Ehrerbietung dar.“

„Nein“, ich schüttelte den Kopf, „ich bin nicht stark genug, um Wahnstein zu regieren.“

Zärtlich legte er die Arme um meine Hüfte und zog mich an sich. Er verlieh mir Halt und erregte mich, denn ich spürte die Wölbung in seiner Hose an meinem Rücken. „Du trägst das Herz am rechten Fleck. Das erkennen sie. Außerdem hast du sie als deine Familie bezeichnet. Wenn jemand die Stärke besitzt, Menschen und Dämonen zu vereinen, dann du, Morgana. Du bist weit gereist, hast viele Völker kennengelernt. Es ist nicht das ganze Krisis-Gebiet, dem du Frieden bringen sollst, nur Wahnstein.“

„Nur“, wiederholte ich und lachte. Ich blickte zum Kastell. Dann nickte ich den Dämonen zu und sprach: „Die Zeit ist reif für die neue Herrin von Vandalis, um den Thron zu besteigen.“

Kaum hatte ich die Worte ausgesprochen, jagten sie hinüber zum Kastell. Ich folgte ihnen mit meinem Gefährten und beobachtete, wie die Kreaturen die Mauern hochkletterten und durch Ritzen glitten.

„Sie konnten schon immer hinein.“ Ich war erstaunt.

„Warum …“

„… haben sie Vandalis nicht schon früher überrannt?“, nahm der Schinderjaan mir die Worte aus dem Mund. „Ich weiß es nicht. Vielleicht haben sie auf eine Herrin gewartet.“

Sprach er von Schicksal? War es vorbestimmt gewesen, dass ich einmal Dämonen und Menschen regieren würde, um für beide das Beste zu bringen? Möglicherweise wussten die Schattenwesen von meinem Kommen und die Harpyie wollte mich nicht angreifen, sondern mich ergreifen und zu ihnen bringen.

Ich konnte meinen Gedanken nicht zu Ende bringen, denn die Tore öffneten sich. Die Dämonen trieben die Menschen heraus, säuberten das Kastell vom Unrat, damit Friede einziehen konnte. Bald schon würden Vertreter beider Rassen im Kastell wohnen. Da war ich mir sicher, denn ich hatte es in der Hand.

Der Schinderjaan führte mich die Treppen hinauf, durch die Gänge von Vandalis und hinein in den Thronsaal. Dort stand er, keine drei Schritte von mir. Ein Herrschersitz aus Stahl, poliert, glänzend und Speerspitzen aus Gold, die aus den Ecken der Rückenlehne ragten. Kostbare Steine funkelten an den Armlehnen. Ich nahm auf dem Samtkissen Platz, das auf der Sitzfläche lag und lauschte dem dämonischen Treiben. Kreischen ertönte von irgendwo, dann ein Fauchen und ein Grunzen. Es herrschte wieder Leben auf Vandalis, nicht mehr diese gespenstische Ruhe, die nur Ausdruck der Angst war, die die Angestellten vor dem Tyrannen hatten. Ich war fasziniert und spürte das Knistern in der Luft. Es wirkte erregend. Nicht nur der Tag erwachte, sondern auch eine neue Ära – Leben, Lust, Lebenslust. Die Dämonen brachten Frivolität mit. Sie sprühten sie auf die Wände, verteilten sie, damit sie andere ansteckte.

Der Schinderjaan stöhnte. Sein Gesicht verzog sich schmerztrunken, und er kreuzte die Arme.

„Deine Lenden?“, fragte ich besorgt, doch die Lüsternheit in meiner Stimme blieb ihm und mir nicht verborgen.

Mein Herz pochte, als ich meine Röcke lüftete, die Beine über die Armlehnen legte und sagte: „Die Herrin von Vandalis verlangt deine Dienste.“

Kalte Morgenluft umspielte meinen Schoß, der sich weit geöffnet und willig dem Barbaren anbot. Ich bemerkte den Glanz in seinen Augen und schob mein Becken bis an den Rand der Sitzfläche. Schinderjaan kam näher. Er kniete sich vor den Thron, neigte sein Haupt meiner Scham entgegen und schnüffelte wie ein Hund, der eine Fährte gewittert hatte. Neckisch leckte er über seinen Mund, um augenblicklich an meinen Schamlippen zu lutschen. Er stöhnte. Zuerst dachte ich, es wäre vor Lust. Doch das war es nur zum Teil, denn ich bemerkte, dass er eine Hand auf seine Hose drückte.

„Du hast die Erlaubnis, ihn herauszuholen“, sagte ich gönnerhaft. Mir gefiel meine neue Rolle als Herrin, und so fügte ich hinzu: „Aber wage es nicht, dein Glied zu massieren. Es wäre respektlos, vor deiner Gebieterin zu kommen.“

„Gebieterin?“ Spöttisch hob er eine Augenbraue. Aber schon folgte er meinem Befehl und befreite seinen erigierten Penis aus der engen Lederhose. Erleichtert atmete er auf. Seine Zunge drang in meine Scheide ein und zuckte darin, sodass ich glaubte, wahnsinnig zu werden. Sie glitt zwischen meinen kleinen Schamlippen hindurch, neckte mit der Spitze meine Klitoris und zog sich zurück.

Da bemerkte ich, dass ein Löwe in den Thronsaal kam. Er besaß Flügel wie ein Adler. Seine Tatzen waren blutig. Es konnte nur der Dämon sein, der den Tyrannen von Vandalis niedergestreckt hatte. Ich fürchtete mich. Würde er mich auch angreifen? Doch anstatt zum Sprung anzusetzen, legte er sich vor die Tür und beobachtete unser begieriges Treiben. Bewachte er mich? Ja, ich wusste es auf seltsame Art und Weise. Dankbar nickte ich ihm zu.

Vollkommen ruhig gab ich mich nun der Schamlosigkeit hin.

„Mehr." Ich seufzte wohlig.

„Seid Ihr sicher, Gebieterin?"

Ich schenkte ihm einen bitterbösen Blick, der jedoch in ein Lächeln überging und vergrub meine Finger in seinen Haaren. Sanft zog ich seinen Kopf nah an meinen Unterleib, bis sein Gesicht auf meinen feuchten Falten lag. Wieder bemerkte ich, dass er schnüffelte. Er sog tief den Duft meiner Lust ein. Seine Wangen und seine Nase glänzten von meiner Feuchtigkeit, als er aus meinen Falten auftauchte. Da neigte ich mich zu ihm und küsste ihn. Seine Lippen mundeten nach meinem Schoß. Meine Zunge drang in seinen Mund ein. Ich wollte ihn schmecken, ihn spüren, ihm ganz nah sein. Der Schinderjaan, der mir vor wenigen Stunden noch Angst eingeflößt hatte, war nun mein einziger, wahrer Verbündeter. Ich begehrte ihn wie niemanden zuvor in meinem Leben. Er war meine Stärke. Er war meine Lust.

Seine Hände glitten in mein Kleid und hoben meine Brüste heraus, ohne den Kuss zu lösen. Er rieb mit den Daumen über die Brustspitzen, massierte mit den anderen Fingern den Busen und machte mich verrückt. Stöhnend saugte er an meinen Lippen. Eine Hand fasste dann in meinen Schritt und sein Mittelfinger drang in mich ein. Er zwirbelte meine Brustwarze, füllte nun zusätzlich mit dem Zeigefinger meine Vagina aus und stimulierte gleichzeitig mit dem Daumen meine Klitoris. Ich ließ mein Becken kreisen, reckte es ihm entgegen, damit er tiefer in mich eindringen konnte und lutschte an seiner Zunge, als wäre es sein Glied – vor und zurück – die Lippen fest um seine Zunge gepresst.

Mit einem Mal entfernte er sich aus mir.

Ich sah ihn erstaunt an.

Da sagte er: „Ich will dich überall ausfüllen.", und schon glitt sein Ringfinger in meinen Anus.

Im ersten Moment hielt ich erschrocken die Luft an. Aber als er den Finger immer wieder hinein- und hinausgleiten ließ, und ich das wohlige Kribbeln in meinem faltigen Ring spürte, entspannte ich mich. Niemals hätte ich geahnt, dass eine Berührung dort so erregend sein konnte. Ich erschauderte. Der Schinderjaan spreizte seine große Hand und führte den Daumen in meine Scheide ein. Er reizte mich parallel mit dem Ringfinger in meinem After und dem Daumen in meiner Vagina. Er küsste mich wieder leidenschaftlicher als zuvor und streichelte mit der freien Hand zwischen meinen Brüsten hindurch.

Meine Begierde war entfesselt und ich entrückte dieser Welt, denn ich war nur noch Gefühl, nur noch Wollust. Wie Eis schmolz ich unter den Berührungen des Barbaren, die so kräftig und gleichwohl behutsam waren.

Dennoch löste ich den Kuss und stieß ihn von mir fort. Gespielt ernsthaft schüttelte ich den Kopf. „Du versuchst, deine Herrin zu besitzen. Wie despektierlich!“

„Nein“, gurrte er aufgewühlt, „ich bin dein Diener.“

„Aber deine Gebieterin wünscht etwas anderes.“ Ich erhob mich, drehte ihm den Rücken zu und kletterte auf den Thron. Während ich mich an der Rückenlehne festhielt, kniete ich mich auf die Armlehnen. Zitternd vor Erregung lüftete ich meinen Rock und streckte ihm meinen Hintern entgegen. „Sie wünscht, von deinem prächtigen Phallus ausgefüllt zu werden.“ Außerordentlich war sein Glied in der Tat, und ich machte mir Sorgen, wie es in meine Scheide passen sollte, doch die Gier nach dieser Erfahrung war größer als die Furcht.

Ich schaute ihn über die Schulter hinweg an und genoss die Freude in seinem Gesicht zu lesen. Während er aufstand und hinter mein Gesäß trat, lehnte ich meinen Oberkörper nach vorne. Verdutzt bemerkte ich den Dämon, der hinter dem Thron hockte. Es war derselbe, den ich am See beobachtet hatte. Er streckte mir seine knorpelige Hand hin, und ich ergriff sie. Ich erkannte Zuneigung in seinen Augen. Im gleichen Augenblick, in dem der Schinderjaan seinen steifen Penis in meine Scheide schob, reckte der Dämon mir sein Gesicht entgegen und legte seinen trompetenförmigen Mund an meinen Busen. Seine knorpeligen Lippen umschlossen die Brustwarze. Er saugte daran, und der Barbar stieß ein zweites Mal zu. Seine prallen Hoden schlugen gegen meine Pobacken. Sein Phallus füllte mich aus. Er dehnte mich und rieb von hinten gegen meine Klitoris. Ein Prickeln durchfloss meine geschwollenen Schamlippen. Ich stöhnte laut und spürte die lange kleine Zunge des Dämons an meiner Brustwarze. Sie leckte mich, kitzelte mich.

Nun, da ich entspannter war, und sein Penis auf meinem Lustsaft rein und raus schwamm, ritt der Schinderjaan mich wilder. Er nahm mich mit seiner unersättlichen Gier nicht mehr vorsichtig und langsam, sondern unbeherrscht. Ich schloss die Augen. Der Orgasmus raubte mir den Atem, als er über mich hereinbrach. Er kam unerwartet schnell aufgrund des Schinderjaans Liebeskünsten und den Lippenfertigkeiten des Dämons. Ein Schrei entfloh meiner Kehle. Meine Finger krallten sich um die Rückenlehne. Dann brach ich zusammen. Erschöpft nahm ich wahr, wie auch der Schinderjaan kam und endlich Erlösung fand. Nun würde er so lange keine Schmerzen mehr haben, bis sich erneut die Erregung in ihm aufstaute, und der Druck überhandnahm. Dann würde ich zur Stelle sein.

Glücklich stieg ich herunter. Ich schenkte dem Schinderjaan ein Lächeln und drückte ihn auf den Thron. Verblüfft schaute er mich an, gehörte doch ein Untertan nicht auf den Herrschersitz.

Ich setzte mich auf seinen Schoß und lehnte mich an seine starke Schulter.
„Ich bin die Herrin von Vandalis. Niemand soll leiden, auch du nicht.“
„Als Dank werde ich dienen, dir und deiner Lust“, antwortete er und schlang liebevoll die Arme um mich.

Ende

Michelles Verführung

Emilia Jones

Quälende Einsamkeit ist Michelles einziger Begleiter. Gelegentlich verdient sie sich im Vampir-Nachtclub „Club Noir" mit ihrem Menschenblut etwas Geld - auf sexuelle Kontakte mit den Vampiren will sie sich jedoch nicht einlassen. Ihr abweisendes Verhalten verleitet einige Vampire zu einer Wette. Einer von ihnen – Raoul – soll Michelle umgarnen, ihr Vertrauen gewinnen und ihre Lust erwecken.
Gesagt, gewettet! Raoul verfolgt sein Ziel mit sämtlichen Facetten der Verführungskunst. Er lässt ihr keine Ruhe, bis sie ihm schließlich nachgibt …

Hinweis: „Michelles Verführung" gehört zwar lose zu Emilia Jones' Roman „Club Noir", beide Geschichten stehen jedoch für sich alleine.

Michelle fühlte sich schwach. Ihre Knie zitterten unkontrolliert, und ihr Herz raste wie wild. Zum wiederholten Male hatte sie sich viel zu weit vorgewagt. In die Höhle des Löwen war sie gegangen. Sie spielte mit dem Feuer. Ein ums andere Mal – als reizte sie dieses Spiel. Doch das tat es nicht. Ganz im Gegenteil. Sie verabscheute es. Gäbe es da nur nicht dieses unerfüllte Verlangen in ihr. Das Verlangen, einem ganz bestimmten Menschen nahe zu sein … Sie wischte sich eine Träne aus dem Auge, als sie erkannte, dass sie immer noch von vollkommen falschen Vorstellungen zerfressen war. Andrew war kein Mensch. Schon lange nicht mehr. Er verkörperte alles Unmenschliche dieser Welt – und besaß dabei doch eine viel größere Anziehungskraft als alle anderen Männer.

Andrew war ein Vampir. Eines der ältesten existierenden Wesen. Der Älteste überhaupt in Brüssel.

Wie töricht von ihr zu glauben, einer wie er könne sich jemals für eine wie sie interessieren. Eine ebenso starke sexuelle Leidenschaft für sie empfinden – oder sich gar in sie verlieben.

Michelles Atem ging stoßweise. Stockend. Es fühlte sich beinahe so an, als würden ihre Lungen im nächsten Moment den Dienst versagen.

Wie lange würde sie es noch ertragen, sich auf diese Weise zu malträtieren? Und warum konnte sie – verdammt noch mal – einfach nicht damit aufhören?

Sie war süchtig danach, sein Gesicht zu sehen. Sein Lächeln, auch wenn er es niemals ihr schenkte. Schon lange nahm er ihre Anwesenheit gar nicht mehr wahr. Sie hätte ebenso gut Luft sein können.

Nur die anderen Vampire im „Club Noir“ bedachten Michelle stets mit gierigen Blicken. Nicht eine Nacht verging, ohne dass die düsteren Wesen der wohlgeformten Rothaarigen ihre offensichtlichen Angebote unterbreiteten. Aber Michelle ging nur bis zu einem gefährlichen Punkt darauf ein – sie verkaufte den Vampiren ihr Blut. Auch in dieser Nacht hatte sie es getan. Gérard war einer ihrer häufigsten Kunden, und auch er wollte mehr als ihren Lebenssaft. Doch am Ende hatte sie es wieder einmal geschafft, sich rechtzeitig von ihm zu lösen.

Die Geldscheine, mit denen er sie für ihren Dienst bezahlt hatte, hielt sie noch immer in den Händen. Ihre Finger kneteten sie nervös. Das Rascheln klang dabei ungewöhnlich laut in ihren Ohren. Es machte sie halb wahnsinnig. Erneut stiegen die Tränen in ihr empor. Sie spürte nur allzu deutlich, wie ein Tropfen über ihre Wange perlte. Der salzige Geschmack legte sich auf ihre zuckenden Lippen.

Sie musste aufhören.

Sie musste endlich damit aufhören.

***

Gérard kippte sein drittes Glas Whisky in einem Zug hinunter. Er fuhr sich mit einer Hand durch das schulterlange dunkelbraune Haar und funkelte seinen Thekennachbar wild an. Seine ganze Erscheinung wirkte bis zum Äußersten angespannt. Gerade so, als würde er im nächsten Augenblick explodieren.

Pierre, der Barkeeper, schenkte ihm daraufhin einen kritischen Blick. Zwar stellte er ein weiteres Glas Whisky vor dem Vampir ab, doch lehnte er sich auch auf ein Wort zu ihm vor.

„Ärger?"

„Michelle", sagte Gérard nur, als würde ihr Name alles Weitere erklären.

Pierre lachte auf. Viel zu oft hatte er in letzter Zeit beobachten müssen, wie sich Michelle den Annährungsversuchen der Vampire entzog. Dabei war sie in seinen Augen nur ein billiges Flittchen. Nichts wert. Abgesehen von ihrem Blut, von dem auch er hin und wieder kostete.

„Was kümmert sie dich? Es gibt andere Frauen. Bessere."

Pierre grinste. „Du musst dich nur umsehen – und dir eine von ihnen greifen. Sie sind alle willig. Worauf wartest du?"

Aber seine Worte erzielten noch nicht den beabsichtigten Erfolg. Gérard stand reglos da und starrte die weiblichen Gäste vom „Club Noir" an, ohne sie tatsächlich zu sehen.

Pierre musste wohl deutlicher werden, um den Vampir wieder ins Nachtleben zurückzurufen.

„Oder willst du so werden wie unser Freund Henry?"

Gérard hob eine Augenbraue. Nun wandte er sich dem Barkeeper zu. „Was meinst du?"

„Ist dir noch nie aufgefallen, wie unser Henry diese blonde Marie ansieht? Und findest du es nicht merkwürdig, dass er sich so wenig mit den anderen Frauen beschäftigt?"

Pierre lehnte sich zurück und begann sehr geräuschvoll, eine Reihe Gläser vor sich aufzubauen.

„Er macht sich lächerlich. Sich auf eine Frau beschränken, wo er doch alle anderen haben könnte. Wie dumm von ihm." Sein Blick fiel auf Henry, während seine rechte Hand nach einer Flasche Wodka angelte. Er warf sie spielerisch in die Luft, fing sie wieder auf und schenkte ein, ohne dabei auf die Gläser zu sehen. Im nächsten Moment schob er die Runde über die Theke hinweg einem bulligen, düsteren Gesellen zu. Dieser bedankte sich brummend und verschwand sogleich wieder.

Gérard registrierte das alles gar nicht. Es lief an ihm vorbei, denn seine Aufmerksamkeit galt nun Henry und dieser blonden Marie. Sie war von engelsgleicher Gestalt mit ihren langen golden schimmernden Haaren und den hellblauen unschuldigen Augen. Sie tanzte für einen der Vampire. Doch nicht für Henry. Für einen anderen.

Henry saß nur mit einem sehnsuchtsvollen Blick in nicht allzu weiter Entfernung von ihr.

„Wäre es nicht so lächerlich, würde er mir leidtun." Pierre verzog die Mundwinkel zu einem diabolischen Grinsen.

Auch in Gérard kämpfte der Spott gegen die irrsinnigen Gedanken an die feurige Michelle. Sie war eine Frau von ausgeprägten Reizen. Mit wunderbaren Rundungen, einem üppigen Busen und ebenso vollen und sinnlichen Lippen. Und sie hatte sich seiner Lust entzogen. Dieses verdammte Weib! Ruckartig schlossen sich seine Finger um sein Whiskyglas. Er leerte es, ehe er sich von der Theke löste und Pierre mit einem Kopfnicken bedeutete, dass er nun „auf die Jagd" ginge.

***

„Komm mit mir", hauchte Gérard nur Minuten später einem Mädchen ins Ohr.

Sie war neu im Club und unglaublich jung. Gerade mal 16, schätzte er. Blutjung. Gierig fuhr seine Zungenspitze ihre Ohrmuschel entlang. Sein harter Körper presste sich gegen ihre zierliche Gestalt. Sie zitterte leicht. Es hatte beinahe den Anschein, als könnte sie ihm nicht standhalten. Wie eine zaghafte Welle, eingeschlossen in einem wilden Ozean, die an einem rauen Felsen zerschellte.

„Ich weiß nicht …" Ihre dünne Stimme brach in dem Moment, in dem ihre Augen seinen durchdringenden Blick auffingen.

„Komm." Er fasste sie bei der Hand und zog sie mit sich durch die Menge. „Es wird dir gefallen."

Das Mädchen stolperte hinter ihm her. Auf ihren Wangen spiegelte sich eine hitzige Röte wider, und in ihrem Inneren toste die Aufregung vor dem, was kommen mochte. Sie vertraute sich Gérard an. Einem wildfremden Mann – von dem sie sich in einen verlassenen Gang führen ließ – und schließlich in ein Zimmer, fern von dem Treiben des Clubs.

Doch erst, als die Tür hinter ihr ins Schloss fiel, wurde sie sich tatsächlich bewusst, dass sie dem Vampir hilflos ausgeliefert war. Ihr Magen verkrampfte sich. Sie sank auf die Knie und umklammerte seine Beine.

„Nein, ich kann nicht. Bitte. Tu mir nicht weh", wimmerte sie. Plötzlich spielte ihre Fantasie verrückt, und sie sah sich bereits in einer Blutlache am Boden liegen – und wie er sich über sie beugte und ihr das Leben raubte.

Gérard spürte ihre Angst und Unschuld wie eine gewaltige Macht. Nie zuvor hatte sie sich einem Vampir – oder auch nur einem gewöhnlichen, sterblichen Mann – hingegeben. Ihm gefiel der Gedanke, der Erste zu sein.

Obwohl sein eigenes Verlangen ihn zu ersticken drohte, wollte er sie mit all der Zärtlichkeit behandeln, die in seiner düsteren Seele steckte. Nach einer solchen Nacht würde sie wiederkehren. Und es würde ihm viel Freude bereiten, sie dann zu formen.

Er kniete sich zu ihr nieder, strich die Haare aus ihrem Gesicht und verteilte unzählige sanfte Küsse darauf. Sein Atem liebkoste ihre Haut. Und schließlich begann sie sich zu beruhigen. Sie seufzte unter seinen Berührungen. Ein eigenartiges, bislang unbekanntes Ziehen schlich sich in ihren Unterleib. Wie von selbst öffnete sie sich ihm. Sie wagte sich weiter vor, legte eines ihrer schlanken Beine um seine Hüfte.

Gérards Hände glitten geschickt unter ihren Rock. Seine Fingerspitzen fanden den Weg in ihren Slip und fühlten die verräterische Nässe.

Das Mädchen bäumte sich auf. Die Situation war ihr unangenehm. Sie schämte sich regelrecht für das unzüchtige Verlangen, das sich ihrer mit aller Gewalt bemächtigte. Was tat sie dort überhaupt?

Ihre Hände legten sich auf seine muskulöse Brust. Sie wollte ihn von sich stoßen. Doch er fühlte sich so verdammt gut an! Zu allem Überfluss tauchten seine Finger auch noch tiefer in ihre Nässe ein. Sie reizten ihre Schamlippen und spielten mit ihrer Liebesperle, die sich so sehr nach derartigen Berührungen sehnte.

Anstatt ihn abzuwehren, fuhren ihre Hände über seinen Nacken. Sie zog ihn drängend an sich, bis ihr Mund schließlich von seinem leidenschaftlichen Kuss verschlossen wurde. Es war, als saugte er die Seele aus ihrem Leib. Kein Funke von Widerstand existierte da noch in ihr. Willenlos sank sie ihm entgegen.

Gérard konnte nicht länger warten. Zwar hatte er sich vorgenommen, sie mit äußerster Sanftmut zu behandeln, doch seine wilden Instinkte drängten ihn in eine andere Richtung. Ihn verlangte es nach Befriedigung.

Seine Finger zogen sich aus ihr zurück und zerrten nun an dem Stoff, der ihre Scham bedeckte. Als könne sie selbst es kaum noch erwarten, richtete sie sich auf und half ihm, den Slip über ihren Po und die Beine hinabzurollen. Fest griff Gérard nach ihren Unterschenkeln, als sie sich allzu weit von ihm zu entfernen drohte. Ehe sie sich versah, saß sie auf seinem Schoß und spürte etwas Hartes gegen ihre Vagina stoßen.

Mit angehaltenem Atem schaute sie an ihm hinab. Sein Unterleib war kaum entblößt – bis auf eine Stelle. Sein erigiertes Glied reckte sich ihr auffordernd entgegen.

Erneut verkrampfte sich ihr Magen. Ihr wurde schwindelig. War sie wirklich bereit dafür? Aber Gérard gab ihr keine Zeit, eine Entscheidung zu treffen. Mit einem einzigen Ruck warf er sie flach auf den Rücken. Seine Kraft und seine Gewandtheit waren erschreckend. Nie hätte sie sich gegen ihn wehren können. Sie ließ es zu, dass er sich auf sie legte und mit einem heftigen Stoß in sie eindrang. Ein stechender Schmerz durchzuckte ihren

Unterleib. Mit einem erstickten Schrei drückte sie den Rücken durch. Plötzlich fuhren ihre Hände Halt suchend über den Boden. Sie wollte sich an etwas festklammern, aber sie hätte nicht sagen können, woran.

Gérard spürte, wie sich ihre Unruhe auf ihn selbst übertrug. Sie war vollkommen hilflos unter seinem Gewicht. Er hielt inne. Es fiel ihm nicht leicht, seine Lust zu zügeln. Seine Lippen zitterten ein wenig vor Anspannung, als sie sich auf die kleinen festen Brüste senkten und sie zu liebkosen begannen. Das Mädchen seufzte. Es wand sich unter ihm.

Er streichelte ihre nackte Haut. Seine Fingerspitzen glitten über ihre Achselhöhlen die Arme entlang, bis ihre Hände endlich wieder die Berührung seines Körpers suchten.

Allmählich regte sich in ihr das Verlangen und in ihrem Schoß entbrannte eine nahezu glühende Hitze. Erst in diesem Moment nahm sie den Vampir in sich tatsächlich wahr. Die winzigen Regungen, mit denen er sich zurückhielt. Sie reckte sich ihm entgegen. Nun konnte sie es kaum noch erwarten. Endlich bewegte er sich wieder auf und ab. Dieses Mal fühlte sie keinen Schmerz, dafür aber eine unglaubliche Ekstase.

Gérards Stöße wurden so drängend, dass sie es kaum noch auszuhalten glaubte. Keuchend steuerte sie auf ihren Höhepunkt zu. Und als sie ihn endlich erreichte, und der Vampir sich in ihrem Hals verbiss, verlor sie das Bewusstsein.

***

Michelle schrak auf. Sie war schweißnass und zitterte am ganzen Körper.

Hatte sie geträumt?

Sie konnte die Welt des Scheinbaren nicht mehr von der Realität unterscheiden. Selbst die Sonnenstrahlen, die durch ihr offenes Schlafzimmerfenster fielen, kamen ihr unwirklich vor. Krampfhaft versuchte sie sich daran zu erinnern, wann sie zum letzten Mal den Tag erlebt hatte. Vielmehr war die Nacht zu ihrem ständigen Begleiter geworden. Düstere Schatten lagen auf ihrer Seele.

Sie musste dagegen ankämpfen! Widerwillig biss sie die Zähne zusammen und zwang sich zum Aufstehen. Sie hatte keine Ahnung, ob sie überhaupt noch in der Lage war, das helle Sonnenlicht zu ertragen. Vielleicht hatte sie sich schon zu sehr an das Club-Leben gewöhnt und war zu einer Art Pseudo-Vampirin mutiert.

„So ein Unsinn!“, schimpfte sie über sich selbst.

Natürlich würde sie den Tag nach wie vor ganz normal überstehen können. Das Sonnenlicht machte ihr nichts aus. Es verbrannte ihre Haut nicht. Davon war sie überzeugt, und sie würde es sich auch beweisen. Entschlossen zog sie sich Hose und T-Shirt über. Sie schlüpfte in ein Paar bequeme Turnschuhe und verließ schließlich ihre Wohnung.

Draußen, auf dem Bürgersteig, blieb sie stehen, schloss die Augen und atmete einige Sekunden lang einfach nur ein und aus.

Da! Ihre Lungen füllten sich erfrischend mit Luft. Auf ihren bloßen Armen prickelte die Sonne, doch sie verbrannte sie nicht. Der Tag und die Sonne konnten ihr nichts anhaben. Michelle fühlte sich unglaublich erleichtert. Sie öffnete die Augen und wollte im nächsten Moment blindlings voranschreiten. Auf die Straße und die Autos hatte sie gar nicht geachtet. Mit quietschenden Reifen und einem ohrenbetäubenden Hupen kam eines im letzten Augenblick vor ihr zum Stehen. Michelle verlor das Gleichgewicht und glitt Halt suchend über die Motorhaube.

„Blöde Kuh! Hast du keine Augen im Kopf?!“ Ein junger Mann funkelte sie mit wutverzerrtem Gesicht durch die Windschutzscheibe an. Noch einmal betätigte er die Hupe, bis Michelle endlich fluchend zurücksprang, und er weiterfahren konnte.

Mehrere Passanten waren stehen geblieben und sahen sie schockiert und kopfschüttelnd an. Sie kam sich so dumm vor! Sie konnte den Tag nicht ertragen. Was hatte sie sich nur dabei gedacht? Voller Panik floh sie zurück in ihre schützenden vier Wände.

Rückkehr in den Club

Der Mond warf seinen weichen Schein auf Michelles nackte Haut. Sie rekelte sich im Schlaf. Ganz leicht öffneten sich ihre Lippen und entließen einen Seufzer in die Freiheit.

Tiefe Linien bildeten sich im nächsten Moment auf ihrer Stirn. Ihre Finger krallten sich im Kopfkissen fest.

Nur allzu deutlich spürte Michelle die Hitze in sich aufsteigen. Sie lag noch immer auf ihrem Bett, doch der Raum hatte keine Wände mehr. Er erstreckte sich in eine endlose Dunkelheit. Nebel kroch über den Boden, am Bett hinauf und legte sich wie der Hauch eines Kusses auf ihren Körper. Sie erschauderte.

Eine Gestalt löste sich aus den Schatten. Groß und stark und umgeben von einer atemberaubenden Ausstrahlung. Michelle hielt die Luft an. Das Glühen in ihrem Inneren kroch bis in ihre Kehle und drohte sie zu verbrennen.

Keuchend ergab sie sich. Die Anspannung fiel von ihr ab.

Kraftlos blieb sie liegen und wartete, bis die Gestalt sich über sie beugte.

Seine Hände glitten von ihren Fußspitzen die Schenkel hinauf. Kurz verharrten sie in ihrer Mitte und bescherten Michelle einen überirdischen Glücksmoment. Sie bäumte sich auf. Stöhnte ungeduldig.

Dann wanderten seine Hände weiter, umkreisten ihren Bauchnabel und fassten besitzergreifend nach ihren Brüsten.

Nun tauchte das Gesicht des Mannes aus dem Schatten auf. Seine dunklen Augen zeigten einen begierigen Glanz, als er sich herabbeugte, um sie auf die Stirn zu küssen.

„Andrew ..." Michelle streckte beide Hände aus. Sie wollte sich an ihn klammern. Ganz fest. Und ihn nie wieder loslassen. Aber alles, was sie spürte, war das weiche Kopfkissen in ihren Armen.

Die Nebelschleier des Traumes verflogen jäh. Mit tränenfeuchten Augen setzte Michelle sich auf und starrte in die Einsamkeit ihres Schlafzimmers.

„Andrew ...?"

Stille. Atemlose Sekunden verharrte sie lauschend, aufs Äußerste angespannt.

Nichts.

Der Vampir hatte sie verschmäht. Sie würde niemals seine Liebe erringen können. An seiner Seite gab es nun eine andere: Jesse. Eine Engländerin – ausgerechnet! Und nun hatte diese Person sich auch noch vollkommen in Brüssel niedergelassen – war obendrein zu einer von ihnen geworden. Eine Vampirin.

Michelle verzog ihr hübsches Gesicht zu einer Grimasse. Warum hatte er sich nicht in sie verliebt? Was stimmte nicht mit ihr? Und was hatte diese Jesse, was sie nicht hatte?

Sie würde es wohl nie herausfinden, wenn sie weiterhin faul in ihrem Bett lag und die Zeit mit Nichtstun verschwendete.

Seufzend warf Michelle einen Blick auf die digitale Anzeige ihres Weckers.

Kurz nach Mitternacht.

In diesem Moment würde im „Club Noir" die Hölle los sein – im wahrsten Sinne des Wortes. Die Vampire feierten mit ihren menschlichen Spielzeugen ihre wilden Orgien und Exzesse. Alkohol und Blut flossen in Mengen. Teils viel zu junge Mädchen gaben sich diesem Rausch der Sinne hin, verfielen ihm, und manche von ihnen kamen nie wieder an die Oberfläche – in die Realität – zurück.

Michelle schnaufte verächtlich, als sie sich an ihre eigenen ersten Tage im Club erinnerte. Sie hatte sich so mädchenhaft und schüchtern angestellt, dass gleich ein ganzes Dutzend finsterer Gestalten auf sie aufmerksam geworden waren.

Heute würde ihr das nie wieder passieren. Heute war sie abgeklärt.

Sie suchte den Club nur noch auf, um sich dort ihr Geld zu verdienen. Die Vampire zahlten gute Preise – auch für Blut ohne den dazugehörigen Sex. Schließlich brauchten sie den Lebenssaft der Menschen, um selbst weiter existieren zu können. Und Michelle konnte ihr Geld auf keine leichtere Weise verdienen. Was war schon dabei?

Der einzige Nachteil bestand darin, dass sie einfach nicht aufhören konnte, an Andrew zu denken, und im Club immer wieder an ihn erinnert wurde. Es schmerzte so sehr.

Mit einem tiefen Seufzer schlug Michelle endlich die Bettdecke zur Seite und stand auf. Sie streckte ihre Glieder, die sich träge und müde anfühlten, und dennoch konnte sie keine Ruhe finden – nicht in der Nacht.

Was sollte sie nur tun?

Nachdenklich schritt sie durch das Schlafzimmer ins Bad, warf einen kurzen Blick in den Spiegel und kehrte wieder um. Die Türen ihres Kleiderschrankes standen offen. Mehrere sexy Outfits hingen an Bügeln an den oberen Kanten. Ihre Finger glitten über den schwarzen Stoff eines der Stücke. Es bestand aus einem Lack-Korsett mit aufwendiger Schnürung am Rücken und einem passenden kurzen Rock.

Ja – es gab nur eine einzige Sache, die Michelle tun wollte. Einen einzigen Ort, an den sie gehen konnte.

Aber was würde sie in dieser Nacht anziehen? Wieder eines ihrer knappen Kleider?

Sie schüttelte den Kopf. Die Vampire sollten ihr gar nicht so viel Aufmerksamkeit schenken. Erst gestern hatte sie sich mit ihrem Blut etwas Geld verdient – und auf Sexspiele war sie nicht aus.

Michelle griff nach einer alten, ausgewaschenen Jeans und einem dunkelblauen langärmeligen Shirt. Ihre roten Locken ließ sie offen über die Schultern fallen, und auf Schminke verzichtete sie vollkommen. Bei den vielen aufreizend gekleideten Besucherinnen des Clubs würde sie auf diese Weise schlichtweg untergehen. Niemand würde Notiz von ihr nehmen – und genau das bezweckte sie. So konnte sie sich in aller Ruhe in eine Ecke verkriechen und das Geschehen beobachten.

Wie eine Diebin schlich Michelle sich durch das schummerige Licht des Club-Inneren. Sie kannte alle Flure und Winkel genau. So oft hatte sie sich dort schon aufgehalten. Zu oft!

Ihr Brustkorb zog sich in einem Krampf zusammen. Sie glaubte, nicht mehr atmen zu können. Die Bilder der Vergangenheit brannten in ihr. Vieles davon schmerzte, und die wenigen guten Erinnerungen wollten ihr einfach nicht mehr in den Sinn kommen.

Michelle blieb stehen und lehnte sich mit dem Rücken gegen die Wand. Eine merkwürdige Ruhe lag in dem Seitengang. Louis hatte sie einige Male diesen Weg entlanggeführt. Dieser verfluchte Vampir! Schamlos hatte er sie für seine Rachepläne an Andrew benutzt. Doch Louis existierte nicht mehr.

Louis war Vergangenheit.

Ein knappes Jahr lag mittlerweile zwischen den Ereignissen. Andrew hatte sie nach seiner Rückkehr aus London aufgesucht und ihr über das Schicksal von Louis berichtet.

In Michelle glomm ein letzter Funken Hoffnung auf, denn sie hatte geglaubt, Andrew wäre zu ihr gekommen, da ihm doch etwas an ihr lag. Im gleichen Atemzug erzählte er allerdings von Jesse – und wie glücklich sie wären.

Michelle rang um Fassung. Sie wollte nicht daran denken! Sie musste Andrew endlich aus ihrer Gefühlswelt ausschließen. Wie oft hatte sie sich schon vorgenommen, ihr Leben neu zu ordnen – den Club nie wieder aufzusuchen? Und doch stand sie zum wiederholten Male in dem Flur, der sie direkt in die Höhle des Löwen führte. Das alles nur, um *ihn* zu beobachten. Einen Blick auf ihn zu werfen, und Jesse das Glück an seiner Seite zu missgönnen.

Mit einem Ruck löste sich Michelle von der Wand. Sie atmete einmal tief durch.

Nein, sie würde sich dieser Schwäche nicht hingeben! Nicht schon wieder!

Sie machte auf dem Absatz kehrt und wollte flüchten. Doch genau in diesem Moment stellte sich ihr jemand in den Weg.

Michelle zuckte zurück.

„So schreckhaft, meine Hübsche?“ Gérard strich ihr eine widerspenstige Strähne aus dem Gesicht. Michelles rotes Haar wirkte ungekämmt und verlieh ihr einen wilden Ausdruck. In Gérard regte sich die Lust, ihr auf der Stelle die Kleider vom Leib zu reißen. Selbst ihre alten Jeans und das weite Shirt konnten ihre ausgeprägten weiblichen Rundungen nicht verbergen. Voller Ungeduld drängte er seinen harten, muskulösen Körper an den ihren und hauchte ihr einen Kuss auf die Wange.

„Du hast doch nicht etwa Angst vor mir?“

„Lass das, Gérard!“ Wütend kämpfte Michelle sich aus seiner Umarmung frei.

Gérard legte den Kopf schief. „Ich würde dir für alle deine Dienste zahlen. Jeden Preis, den du verlangst.“

Sie verschränkte die Arme vor der Brust. „Heute nicht. Du hast gestern schon von mir getrunken. Ich bin keine Blutbank!“

„Ich rede auch nicht von Blut.“

Sein Kopf neigte sich auf ihren Hals zu. Mit vielen kleinen Küssen bedeckte er ihre Haut, die sich nur zu sehr nach Berührungen dieser Art sehnte. Doch Michelle konnte ihm nicht nachgeben. Sie wollte sich kein zweites Mal von diesen Vampirspielen abhängig machen lassen.

„Gérard.“ Unnachgiebig presste sie beide Hände gegen seinen Brustkorb. Den Kopf wandte sie zur Seite, damit sie ihm nur nicht in die Augen blicken musste. „Hör auf damit! Ich kann dir das nicht geben.“

„Warum bist du dann hier?“ Seine Hand fasste unter ihr Kinn und zwang sie grob, ihm ins Gesicht zu sehen. Er starrte sie an. Herausfordernd.

„Ich ...“ Ihr stockte der Atem. Welchen vernünftigen Grund gab es für eine menschliche Frau schon, sich einfach nur so im „Club Noir“ aufzuhalten? Keinen – gestand sie sich ein.

„Lass mich gehen“, flehte sie hilflos. Sie wand sich wie ein gefangenes und vollkommen verängstigtes Tier.

„Das muss ich nicht. Und das weißt du." Er hauchte die Worte ganz nahe an ihrem Ohr, was sie umso bedrohlicher klingen ließ.

Panik ergriff sie und drohte sie zu ersticken. Sie trat nach ihm, erwischte ihn jedoch nicht. Tränen der Qual rannen über ihre Wangen. Einen grausamen Moment lang spürte sie, wie Gérard sich mit aller Gewalt an ihren Körper drückte, sodass sie halb betäubt gegen die Wand sackte. Seine Hände waren überall, zerrten an ihren Kleidern und hinterließen Spuren der Begierde auf ihrer Haut.

Dann kippte sie plötzlich haltlos nach vorn. Sie drohte der Länge nach zu Boden zu stürzen, kam jedoch gerade noch rechtzeitig zur Besinnung. Als wäre sie aus einem Alptraum erwacht, riss sie die Augen weit auf. Sie wollte schreien, brachte aber keinen Laut über die Lippen.

Gérard stand ihr gegenüber. Er lächelte abschätzig.

„Wie gesagt, ich muss das nicht", flüsterte er mit einer drohenden, rauen Stimme – und verschwand schließlich in der Dunkelheit des Flures.

Michelle atmete zitternd auf. Sie verstand nicht, warum Gérard sie zunächst bedroht und dann einfach stehen gelassen hatte. Dabei hätte er mit ihr machen können, was er wollte.

War es Mitleid?

Anstatt sich über ihre Unversehrtheit zu freuen, ärgerte sie sich über den Club, die verfluchten Vampire – aber am meisten über sich selbst.

Sie ging, ohne einen weiteren Blick in den Flur hineinzuwerfen. Dennoch spürte sie die ganze Zeit über ein unangenehmes Kribbeln im Nacken. Erst als sie hinaus auf die Straße trat, und ihr die ersten menschlichen Nachtschwärmer begegneten, fühlte sie sich tatsächlich erleichtert.

***

Gérard hatte sich in einem dunklen Winkel des Ganges verschanzt. Er beobachtete Michelle, bis ihre wohlgeformte Gestalt schließlich aus seinem Blickfeld verschwand. Sie war die Einzige, die sich so unschuldig verführerisch bewegen konnte. Und die Einzige, die alle Vampire rigoros auf Abstand hielt. Den Grund dafür konnte er sich nicht erklären. Es zermaterte ihm das Hirn. Sie war nicht immer so gewesen. Das erzählte man sich zumindest im Club.

Die Wette

Michelle rang mit sich selbst. Immer wieder ging sie ein und denselben Weg auf und ab. Sie kam an der Börse vorbei und setzte sich kurzerhand auf die Stufen der Freitreppe. Einige Jugendliche saßen auf der anderen Seite. Sie lachten und tranken und verursachten dabei einen unheimlichen Lärm. Michelle aber hörte sie nicht. Sie war viel zu sehr in ihren Gedanken versunken.

Ganze drei Nächte hatte sie den „Club Noir" nicht mehr aufgesucht. Sie hätte sich gut fühlen sollen. Stattdessen kam sie sich wie ein Junkie auf Entzug vor. Dabei gab es dort nichts zu holen. Nicht für sie. Abgesehen vom Geld und einem kurzen Blick auf Andrew – dem Mann, dem sie sich nie wieder würde nähern können.

„Verflucht!", zischte sie plötzlich und fuhr hoch.

Einer der Jugendlichen riss einen dreckigen Witz über „die verwirrte Rothaarige da vorne". Seine Worte gingen in dem lautstarken Gegröle der Gruppe unter. Für den Bruchteil einer Sekunde wandte Michelle sich zu ihnen um, schenkte ihnen einen hasserfüllten Blick und stolzierte daraufhin einfach davon.

Sie bog um die nächste Ecke und folgte einer engen, unbelebten Gasse. Kaum jemand benutzte diese Wege. Schon gar nicht in der Dunkelheit. Michelle waren sie jedoch vertraut. Sie führten direkt zu dem düsteren Gebäude mit den verschnörkelten Buchstaben über der Pforte.

Allmählich verlangsamten sich ihre Schritte, bis sie schließlich stehen blieb und einmal tief durchatmete. Warum stand sie schon wieder dort? Würde sie erneut schwach werden und ihren vollkommen aussichtslosen Sehnsüchten nachgeben?

Ein Abbild von Andrews lächelndem Gesicht drängte sich ihr vor Augen. Kaum hörbar flüsterte er ihren Namen in ihr Ohr. Er lockte sie. Er rief sie. Und sie folgte seinem Ruf. Sie machte sich frei von all ihren Bedenken und betrat die dunklen Flure vom „Club Noir".

***

Gérard hob neugierig eine Augenbraue, als er Michelles unverwechselbare Gestalt entdeckte, die sich durch den Innenraum bis zu einem kaum einsehbaren Winkel stahl und sich dann dort in einen Sessel kauerte.

„Na, hallo, wen haben wir denn da?" Gérard grinste boshaft.

Henry, einer der Vampire, die mit ihm an der Bar standen, folgte seinen Blicken.

„Wen meinst du? Michelle?"

„Du kennst sie?"

„Wer nicht?"

Gérard überraschte der offene Blick seines Freundes. Er hatte zwar gewusst, dass die Rothaarige keine Unbekannte im Club war, aber nicht damit gerechnet, über welch großen Bekanntheitsgrad sie anscheinend verfügte. Immerhin zog sie sich von allen zurück und verkaufte nur hin und wieder ihr Blut.

„Wie lange kennst du sie schon?"

„Ein paar Jahre." Henry wirkte so desinteressiert, als übte diese Frau keinerlei Reize auf ihn aus. „Sie hat sich immer nur mit den Ältesten abgegeben. Den Mächtigen. Andrew und Louis zum Beispiel."

„Hm." Gérard legte den Kopf schief. „Das ist mir neu."

„Du bist ja auch noch nicht so lange hier. Dann wüsstest du, wie sie war."

„Wie war sie denn?"

„Schamlos." Henry lachte dreckig auf. „Sie hätte dir gefallen." Nun klang er mit einem Mal wehmütig. Er stütze sich mit den Ellbogen am Thekenrand ab und warf seufzend einen langen Blick in Michelles Richtung. „Sie hätte uns allen gefallen. Aber, wie gesagt, sie hat sich nie mit uns Unwichtigen abgegeben."

Einen langen Moment verharrte Gérard schweigend und musterte Michelle. Er verfolgte jede noch so winzige Bewegung von ihr mit gierigen Blicken – wie sie kurz mit den Augen zwinkerte oder sich eine widerspenstige Haarsträhne hinter das Ohr strich.

Dann schlich sich plötzlich eine Idee in seine Beobachtungen.

„Ich denke, es wird Zeit."

„Wofür?" Längst hatte Henry mit dem Thema „Michelle" abgeschlossen. Er verstand nicht, was Gérard mit seiner Bemerkung meinte.

„Dass sie sich mit uns Unwichtigen abgibt."

Etwas Herausforderndes lag in seiner Stimme. Als würde er zu einem Wettbewerb aufrufen. Und genau das war es auch, was ihm in den Sinn kam.

„Einer von uns sollte sich um ihre Gunst bemühen."

Henry bedachte seinen Freund mit einem zweifelnden Blick.

„Ihre Gunst? Das hört sich an, als wärest du auf der Suche nach einem neuen Schoßhündchen – was hast du wirklich vor?"

„Eine Wette vielleicht?"

„Und der Gewinn? Michelle?" Spott mischte sich in Henrys Stimme.

Gérard hingegen blieb ernst. „Nein. Freie Wahl an Mädchen wäre wohl ein besserer Anreiz."

Lässig lehnte er sich mit einem Arm auf die Theke und sah den anderen Vampir wissend an. „Ist es nicht so, dass du schon lange ein Auge auf Marie geworfen hast? Die kleine blonde Spielgefährtin von unserem Raoul? Würde es dir nicht gefallen, wenn sie zur Abwechslung auch mal deine Bedürfnisse befriedigt?"

Es war ein simples, aber dennoch wirksames Argument. Henry begehrte Marie seit ihrer ersten Begegnung. Ihre Schönheit und Anmut brachten ihn an die Abgründe seines Verstandes. Und jede Nacht spürte er die Eifersucht wie ein grausames Monstrum, das in seinem Inneren wütete. Denn Marie schenkte ihre Dienste einem anderen Vampir. Raoul. Und nur Raoul.

Trotz aller animalischer Instinkte gab es einen Ehrenkodex unter den Vampiren. Niemand würde einem anderen „sein Mädchen" wegnehmen.

Der Gedanke – dass es mit einer obskuren Wette zu ändern wäre – gefiel Henry.

„Raoul sollte es tun!“ Er fixierte den anderen Vampir mit einem stechenden Blick.

„Ich sollte was tun?“ Raoul hob eine Augenbraue, war jedoch nur halb bei der Sache. Seine Aufmerksamkeit galt vielmehr der spärlich bekleideten Marie, die sich ihm mit einem äußerst erotischen Tanz darbot.

„Michelle“, sagte Henry und deutete mit einem Kopfnicken in Richtung der Rothaarigen. Sie saß noch immer in der dunklen Nische und glaubte sich unbeobachtet.

„Michelle“, wiederholte Raoul gelangweilt. Er kannte sie vom Sehen, aber er interessierte sich nicht für sie. Zierliche Blondinen wie Marie weckten seine Aufmerksamkeit. Erregten ihn. Michelle hingegen gehörte nicht zu den Frauen, die ihn reizten.

„Was ist mit ihr?“

„Denkst du, du könntest sie verführen? Sie dazu bringen, dass sie sich dir freiwillig hingibt?“

„Kinderspiel!“

„Tatsächlich? Beweise es!“ Henry lehnte sich vor. Er starrte Raoul herausfordernd an. Seine Mundwinkel zuckten nervös. Das Verlangen nach Marie regte sich in ihm und die Hoffnung, sie bald berühren zu können. Zu spüren. Raoul musste sich nur auf diese Wette einlassen.

„Warum?“

„Also kannst du es nicht!“

„Natürlich!“ Raoul zog ärgerlich die Augenbrauen zusammen. Was bildete sich dieser Henry eigentlich ein? Keine Frau würde seinem Charme widerstehen können!

„Wunderbar“, mischte sich nun Gérard ein. „Dann gehst du auf die Wette ein!“

Es war eine Feststellung, und Raoul machte keine Anstalten, sich dagegen zu wehren. Selbst, als Henry den Punkt mit der „freien Wahl an Mädchen“ erwähnte, blieb der Vampir gelassen. Er zögerte nicht, sich seiner Aufgabe zu stellen. Michelle verführen – nichts leichter als das! Er nahm noch einen kräftigen Schluck aus seinem Glas Rotwein, ehe er langsam und mit geschmeidigen Bewegungen auf Michelle zuging.

***

„Eine so schöne Frau sollte den Abend nicht alleine verbringen.“

Michelle erschrak. Sie sah auf und direkt in die dunklen Augen ihres Gegenübers. Für einen Moment stockte ihr der Atem. Beinahe wäre sie zu der Überzeugung gelangt, dass Andrew vor ihr stand. Doch als der Vampir sich nun im schwachen Schein der Innenbeleuchtung bewegte, traten fremde

Konturen zum Vorschein. Zwar bestand eine gewisse Ähnlichkeit – aber es war definitiv nicht Andrew, der sich nun neben Michelle an den Tisch setzte.

Ernüchtert atmete sie aus.

„Sie finden bei mir nicht das, was Sie suchen."

„Oh, und Sie wissen so genau, wonach ich suche?"

Raoul amüsierte die sture Kälte, mit der Michelle an ihm vorbeistarrte. Sein Blick richtete sich weiterhin auf sie. Durchdringend. Herausfordernd. Allein die Ahnung seines Atems auf ihrer Haut schien ihr die Kleider vom Leib zu pellen und sie vollkommen nackt dasitzen zu lassen.

Sogleich schoss Michelle die Schamesröte in die Wangen. Sie überschlug die Beine und verschränkte die Arme vor ihrem Oberkörper, als säße sie tatsächlich ohne einen Fetzen Stoff am Körper dort.

Raoul setzte eine geradezu unverschämte Miene auf. Er konnte ihre Gedanken spüren – und sie amüsierten ihn. Für ihn war es ein Spiel.

Michelle fühlte sich bedrängt. Sie wollte nichts mehr, als dass er sie wieder alleine ließ. Auf der Stelle!

„Verschwinden Sie von meinem Tisch!", fuhr sie ihn bissig an. „Ich habe nichts, was ich Ihnen geben könnte."

„Nur ein Gespräch."

Plötzlich veränderten sich die arroganten Züge seines Gesichts. Sie wurden weich und entlockten seinem Mund ein wohlwollendes Lächeln. Michelle musste sich zwingen, ihn nicht unentwegt anzustarren. Er hatte etwas an sich. Einen gewissen Charme, der ihr die Knie weich werden ließ.

„Ein Gespräch?"

Sie schlang die Arme noch ein Stück mehr um ihren eigenen Oberkörper.

„Ich möchte Sie kennenlernen."

„Warum? Hier laufen genug andere Mädchen rum, die nicht vorher reden wollen."

Er lachte, und in seine dunklen Augen trat ein merkwürdiges Glitzern, von dem Michelle nicht hätte sagen können, ob es eher eine Bedrohung oder Belustigung widerspiegelte.

„Vielleicht möchte ICH vorher reden."

„Das nehme ich Ihnen nicht ab."

„Sie sind eine interessante Frau, wissen Sie das?"

Michelle zog die Nase kraus. Was wollte dieser verfluchte Vampir von ihr? Und warum bemühte er sich so hartnäckig um sie? Sie sollte endgültig damit aufhören, den Club zu besuchen, entschied sie für sich selbst. Das war ihr letzter Abend dort. Ganz sicher!

„Wissen Sie, was ich Ihnen jetzt sagen werde?" Sie funkelte ihn böse an. „Es ist mir ganz egal, was Sie von mir wollen! Ich werde jetzt nämlich gehen, und dann können Sie eine andere mit ihrem sinnlosen Geschwätz belästigen!"

Schnell war sie aufgestanden und kehrte ihm schon den Rücken zu. Raoul hatte alle Mühe, sich zurückzuhalten. Er widerstand dem Impuls, sie an den

Armen zu packen, herumzuwirbeln und dann ... Wie köstlich musste ihr wildes Blut schmecken!

Er schüttelte den Kopf. Welch verrückte Gedanken!

***

Noch bis auf die Straße hinaus spürte Michelle seine Blicke im Nacken. Die kühle Nachtluft klärte ihre Gedanken allerdings schnell, und ein Frösteln durchfuhr ihre Glieder. Sie zog die Schulterblätter zusammen. Für einen kurzen Moment hielt sie inne und war versucht, zurückzublicken – doch sie gab sich einen Ruck.

Den Rest ihres Weges ging sie ohne zu zögern, bis sie schließlich das große alte Gebäude erreichte, in dessen oberem Stockwerk ihre kleine Wohnung lag.

***

Henry lachte voller Spott. Das Versagen seines Freundes zu betrachten war ihm eine regelrechte Genugtuung gewesen. Es warf einen kläglichen Schatten auf die gewaltigen Verführungskünste des Vampirs.

„Was lachst du so dreckig?" Herausfordernd baute Raoul sich vor ihm auf. Sein Stolz war längst nicht gebrochen. Ganz im Gegenteil. Aufrecht und mit kampfbereit angeschwollener Brust stand er vor Henry.

„Nicht einmal fünf Minuten!"

Raoul setzte einen verständnislosen Blick auf.

„Eine Ewigkeit Erfahrung mit Frauen – aber mit diesem Flittchen von Michelle hast du es nicht einmal fünf Minuten geschafft!"

Auch Gérard stimmte nun in Henrys Lachen ein. Dabei hätte er sogar beinahe seinen Wein verschüttet. Er stellte das Glas auf dem Tisch ab, um Raoul kameradschaftlich auf die Schulter zu klopfen.

„Mach dir nichts draus. Irgendwann zieht jeder mal den Kürzeren." Die Tatsache, dass Michelle auch ihn abgewiesen hatte, würde er aber gewiss niemals erwähnen. Das ging keinen Vampir etwas an.

Wütend fegte Raoul Gérards Hand von seiner Schulter.

„Ich ziehe niemals den Kürzeren!" Seine Augen glühten förmlich vor Zorn, und er fauchte wie ein gereizter Tiger. Gérard glaubte sich bereits in einem Würgegriff gefangen, da ließ Raoul abrupt von ihm ab. „Sie ist nur ein dummes Flittchen. Völlig wertlos."

„Dann gibst du also zu, dass du die Wette verloren hast?", fragte Henry nach.

„Nein. Das Spiel ist noch nicht vorbei." Mit einem diabolischen Grinsen ließ er die beiden Vampire an der Bar stehen.

Vanessa

Quälend langsam leckte sie vom Bauchnabel an bis zu seinem Hals hinauf. Ihre Hände berührten ihn dabei nicht. Lediglich die Spitzen ihrer langen schwarzen Haare fielen auf seine Haut und verursachten ein wildes Kribbeln in ihm. Schließlich verharrten ihre Lippen an seiner Schulter. Verführerisch sogen sie sich daran fest. Dann öffnete sich ihr Mund. Ihre spitzen Zähne rieben sich an ihm, ohne ihn dabei zu verletzen.

Plötzlich richtete sie sich auf. Da waren ihre Hände. Sie streichelten seinen Oberkörper, spielten mit dem leichten Flaum auf seiner Brust.

„Spürst du das?", fragte sie mit ihrer rauchigen Stimme, als ihre Fingerkuppen mit festem Druck in seine Schulterpartie stießen.

Stöhnend legte er den Kopf in den Nacken. Er hoffte, dass die Binde um seine Augen ein Stück weit verrutschen würde. Doch der Stoff saß so fest, dass er bei einer ruckartigen Bewegung nur in seine Haut schneiden würde.

„Nein, wie ungezogen", tadelte sie ihn. Sie griff nach einer kleinen Lederpeitsche, zwirbelte deren Bänder in den Händen und schlug schließlich einmal auf seine nackte Haut. Er zuckte kurz, ließ jedoch keinen Ton verlauten.

Dünne rote Striemen bildeten sich auf seinem hellen Leib. Es sah so verlockend aus. Sie konnte nicht anders, als sich hinunterzubeugen, und die Male mit der Spitze ihrer Zunge nachzufahren.

„Vanessa!", flehte er sie an. „Wie lange willst du mich noch quälen?"

Augenblicklich hielt sie inne. Kurz tanzten die Lederbänder über sein Gesicht. Dann warf sie die Peitsche beiseite und brachte ihr Gesicht ganz nah an das seine. Er reckte sich ihr entgegen, wollte den köstlichen Geschmack ihrer Lippen empfangen. Doch sie zog sich widerstrebend zurück.

„Ich quäle dich so lange, wie ich es für richtig halte."

Schon hatte ihr Mund das wilde Pochen an seiner Kehle gefunden – es versprach Leben. Sein Blut schmeckte süß. Wie ein angenehmes Dessert nach einem ausgiebigen Mahl – und der Teil des Essens, auf den man am längsten und sehnsüchtigsten wartete. Mit jeder Faser ihres Seins wollte sie es genießen. Langsam ritzten ihre Zähne ein verspieltes Muster in seine Haut, bis sie endlich die erste warme Perle auf ihrer Zunge spürte. Ihre Lippen schlossen sich um die kleine Wunde und sogen daran. Wie glühende Lava breitete sich der Lebenssaft in Vanessa aus, weckte ihre Kräfte, Energie – doch vor allem ihre Leidenschaft.

Ein erregtes Pochen zog sich durch ihren Unterleib, als der Mann unter ihr sein hartes Glied drängend gegen ihr Gesäß presste.

Sie ließ von ihm ab, jedoch nicht ohne vorher noch einmal über seine verletzte Haut zu lecken.

„Thierry, mein ungeduldiger Liebling." Voller Genugtuung beobachtete sie, wie er sich in den Qualen der Lust wand. Sie wollte ihn wimmern hören. Er sollte um Erlösung flehen. Und nur sie würde sein Verlangen erfüllen können.

Aber Thierry hielt plötzlich inne. Er legte den Kopf auf die Seite. Wartete. Seine Hände hingen mittlerweile schlaff in den Fesseln am Eisengestell des Bettes. Er machte ganz den Eindruck, resignieren zu wollen.

Blitzschnell ergriff Vanessa seinen erigierten Penis, beugte sich über ihn und rieb sich mit geöffneten Lippen daran. Ihre spitzen Zähne stießen gefährlich gegen seine empfindsame Eichel.

„Nein, Vanessa … tu das nicht …" Seine Stimme war nicht mehr als eine Aneinanderreihung kläglicher Laute.

Sie richtete sich auf. Mit katzengleicher Anmut brachte sie sich über ihn in die richtige Position und gewährte ihm schließlich den ersehnten Einlass. Doch auch das Tempo ließ sie ihn nicht bestimmen. Sie verlagerte ihr Gewicht schwer auf seinem Körper und bewegte sich zunächst eher gemächlich auf und ab. Erst nach einem weiteren gequälten Stöhnen von ihm wurde sie schneller. Ihre langen Fingernägel glitten dabei über seinen Oberkörper und hinterließen Male der Lust. Sie bäumte sich auf und verfiel in einen heftigen, fordernden Rhythmus. Thierry fühlte sich wie benommen unter diesem wilden Liebesspiel. Sein Atem stockte, als Vanessa ihn mit ihrem unkontrollierbaren Ritt in scheinbar grenzenlose Ekstase versetzte.

Er wollte seine Empfindungen in die ganze Welt hinausschreien. Bevor er jedoch dazu ansetzen konnte, verschloss Vanessa seinen Mund mit einer Hand. Sie stützte sich mit aller Gewalt auf ihn. Raubte ihm nicht nur den Verstand, sondern auch die Luft. Er wollte sich zur Wehr setzen. Im gleichen Moment überkam ihn allerdings ein mächtiger Sinnesrausch.

Ein letztes Mal glitt Vanessa an ihm hinauf und wieder hinunter, dann verharrte sie ruckartig und schrie wie der Teufel selbst nach Erlösung.

Thierry hatte sich nie zuvor derart lustvoll missbraucht gefühlt.

***

„Steh auf!"

Unsanft stieß Vanessa mit einem Fuß gegen Thierrys Oberschenkel. Er regte sich. Brummende Wortfetzen kamen über seine Lippen. Gerade hatte er in einen tiefen, traumlosen Schlaf gefunden, und schon wurde er dem wieder entrissen.

„Was denn?" Blinzelnd blickte er zu Vanessa auf. Ihr helles, anmutiges Gesicht nahm herrische Züge an. In ihren grünen Augen funkelte es. Sie stemmte die Hände in die Hüften.

„Der Morgen graut bald. Du musst verschwinden."

Thierry öffnete den Mund, wollte etwas sagen.

„Sofort!“, fuhr Vanessa ihn an. „Tu nicht so, als wärst du zum ersten Mal hier. Geh jetzt!“

Gehorsam verließ er das Bett und sammelte seine Kleidung ein, die verstreut auf dem Fußboden lag. Er hielt inne, als sich sein Glied beim Anblick der verführerischen Vampirin erneut verhärtete.

„Nein!“ Vanessa erkannte die Gier in seinen Augen, der sie so kurz vor Sonnenaufgang auf keinen Fall nachgeben würde. Er musste diesen Ort verlassen. Schon viel zu lange hatte er sich in dieser Nacht dort aufgehalten.

„Ich könnte noch bleiben … Du kennst mich. Ich würde dir nichts tun.“

„Nein!“ Sie wandte sich ab.

Thierry wusste, dass er keine Chance hatte. Widerwillig zog er sich seine Kleider über und kämpfte mit ihnen die aufkeimende Lust nieder. Vanessa zeigte ihm derweil die kalte Schulter. Erst, als er wortlos zur Tür ging, hielt sie ihn noch einmal zurück. Sie krallte die Finger in seine Jacke und hauchte ihm einen Kuss auf die Lippen. Genüsslich fuhr sie mit den Händen die Konturen seines Oberkörpers nach. An seinem Hosenbund verharrte sie. Dann öffnete sie ihm die Tür. Sie schickte ihn fort.

Draußen angekommen bemerkte Thierry eine Ausbuchtung in seiner Hosentasche, die ganz bestimmt nicht von seiner Erregung herrühren konnte. Er fuhr mit der Hand hinein und fand dort ein Bündel Geldscheine.

Schnaufend warf er einen Blick zurück.

Wann hatte er eigentlich damit angefangen, sich benutzen zu lassen? Er konnte es sich nicht erklären. Aber er wusste, dass er etwas daran ändern musste.

Nachtschwärmer

Michelle fand die ganze Nacht über keinen Schlaf. Immer wieder musste sie ihrem Drang nachgeben, das Bett zu verlassen. Dann stellte sie sich ans Fenster und starrte hinaus in die Dunkelheit. Beinahe hoffte sie, ein Kratzen oder ein Pochen zu vernehmen oder auch nur einen Schatten zu sehen. Doch da war nichts. Nichts, was sie erkannte.

Auf der anderen Seite der Straße, im düsteren Schutz eines Gebäudes, stand jemand. Eine Gestalt, die sich nur durch das sanfte Aufglimmen einer Zigarette von der Dunkelheit abgrenzte.

***

Raoul beobachtete die Frau am Fenster. Im Gegensatz zu dem lächerlichen menschlichen Sehvermögen konnte er aus dieser Entfernung fast jede winzige Kontur ihres Gesichtes erkennen. Es hatte eine weiche, runde Form. Wenn sie lächelte, würden sich Grübchen zeigen. Das verlieh ihr etwas Unschuldiges. Ganz anders als ihre Augen, die schon so vieles erblickt hatten.

Er schnippte die Zigarette fort.

In dieser Nacht würde sie ihre Wohnung wohl kein zweites Mal verlassen. Er hasste es zu warten. Dennoch verließ er die Straße und kehrte kurz vor Tagesanbruch in den „Club Noir“ zurück.

***

Als sich die ersten Strahlen der Morgensonne endlich zeigten, versiegte Michelles innerliche Unruhe. In den nächsten Stunden musste sie keinen Vampir fürchten, obwohl sie gerade das halb sehnsüchtig erwartete. Sie nahm sich vor, dagegen anzukämpfen, und den Tag wieder zu ihrem Lebensraum zu machen. Erneut wagte sie sich hinaus. Dieses Mal rannte sie nicht vor lauter Übermut auf die Straße. Sie achtete auf den Verkehr und die Menschen um sich herum.

Ihr Weg führte sie in ein kleines Café, in dem kaum Betrieb herrschte. Die Bedienung kam sogleich mit einem Gedeck und einer Kanne frischen Kaffees auf Michelle zu. Mit mütterlicher Sorgfalt kümmerte die Frau sich um ihren neuen Gast. Sie schwatzte Michelle ein ausgiebiges Frühstück auf, obwohl diese kaum den Anflug von Hunger verspürte.

„Bitte sehr, mein Kind. Lassen Sie es sich schmecken!“

„Danke. Das ist sehr nett von Ihnen.“ Mit hilflosem Blick überflog Michelle die Croissants, das Brot sowie die süßen und deftigen Leckereien dazu. „Wissen Sie …“

„Ja, mein Kind?“ Die Bedienung wollte sich bereits dem nächsten Gast zuwenden, drehte sich jedoch noch einmal um.

„Eigentlich …“ Michelle stockte. Sie konnte der netten Frau doch nicht tatsächlich von ihrem mangelnden Appetit erzählen.

„Sie suchen nicht zufällig eine Aushilfe hier?“, fragte sie stattdessen völlig unvermittelt.

„Eine Aushilfe?“ Die Bedienung überlegte. „Sie suchen eine Anstellung, hm?“

Michelle nickte zaghaft. Plötzlich wurde ihr bewusst, wie lange es schon her war, dass sie ihre Arbeit in einem Immobilien-Büro gekündigt hatte.

„Ach, Kindchen, ich fürchte, da muss ich Sie enttäuschen. Wir brauchen hier einfach keine neue Kraft.“ Die Frau setzte eine ernsthaft betroffene Miene auf. „Aber vielleicht kann ich Ihnen trotzdem helfen. Wissen Sie …“ Ihre Stimme wurde leise, und sie beugte sich ein Stück auf Michelle zu. „Mein Neffe hat eine Bar, die Straße hinunter. Wenn es Ihnen nichts ausmacht, nachts zu arbeiten – er ist immer auf der Suche nach tüchtigen Aushilfen.“

„Nein, das würde mir nichts ausmachen.“ Sie lächelte. Insgeheim war sie froh, dass die Frau nichts von ihrer Vergangenheit ahnte.

„Chez Rafael heißt die Bar. Das ist mein Neffe – Rafael. Sagen Sie ihm ruhig, dass ich Sie geschickt habe.“ Mit einem Augenzwinkern wandte sich die Bedienung nun tatsächlich von Michelle ab und widmete sich dem nächsten Gast.

***

„Chez Rafael“ öffnete bereits um 18.00 Uhr. So stand es zumindest auf dem Schild neben der Eingangstür. Michelle warf einen nervösen Blick auf ihre Armbanduhr, die bereits eine Viertelstunde darüber anzeigte. Sie ging einige Schritte auf und ab, sah sich um und betrachtete zum wiederholten Mal das Schild mit den Öffnungszeiten.

In diesem Augenblick legte sich ein Schatten über sie. Michelle zuckte erschrocken zusammen. Sie sprang fluchend zur Seite und blickte den jungen Mann ihr gegenüber mit weit aufgerissenen Augen an. Lachend schüttelte er den Kopf.

„Bin ich so furchterregend?“

Michelle musterte ihn und stellte fest, dass dem ganz gewiss nicht so war. Er trug eine enge Jeans und eine ebenso enge passende Jacke dazu, die seinen schlaksigen Körper unnatürlich schmal erschienen ließen. Sein sommersprossiges Gesicht wirkte freundlich, und seine schwarz-roten Haarsträhnen standen struppig und wild von seinem Kopf ab. Er war alles andere als furchterregend.

„Sie wollen auch in die Bar?“

Er grinste. „Ich will nicht nur. Ich muss.“ In seinen Händen klimperte ein Schlüsselbund. „Es ist meine Bar.“

„Oh, dann sind Sie Rafael?“

„Exakt.“

Er steckte den Schlüssel ins Schloss, drehte herum und hielt ihr mit einer theatralischen Geste die Tür auf. „Bitte“, forderte er sie auf. „Allerdings dauert es noch einen Moment, ehe ich Ihnen einen Cocktail mixen kann.“

„Nein, ich …“

„Lieber einen Sekt? Wein?“

„Das ist sehr nett, aber …“ Michelle folgte seinen eiligen Schritten in die Bar. „Eigentlich bin ich nur wegen Ihrer Tante hier.“

„Die wird heute nicht mehr kommen.“

„Was?“

Er verschwand hinter der Bar. Im nächsten Moment leuchteten bunte Lämpchen an der Decke auf, und leise Musik erklang. Michelle hatte Schwierigkeiten, seinem hektischen Treiben zu folgen.

„Das meinte ich nicht“, sagte sie schließlich. „Ihre Tante sagte, Sie würden vielleicht eine Aushilfe suchen?“

„Ach so. Haben Sie denn schon einmal in einer Bar gearbeitet?“

„Nicht direkt." Sie verzog das Gesicht. „Meine letzte feste Anstellung hatte ich in einem Immobilien-Büro. Danach habe ich mehr oder weniger in einer Bar ausgeholfen."

„Gekellnert?"

„Nein."

„Hm." Er legte den Kopf schief, betrachtete sie eingehend. „Ich würde es auf einen Versuch ankommen lassen. Kommen Sie hinter die Theke. Ich zeige Ihnen ein paar Kniffe."

„Sie meinen, ich habe den Job?" Michelle konnte kaum fassen, dass es so einfach sein sollte. Freudig folgte sie seinem Angebot, ging zu ihm hinter die Theke und beobachtete, was er tat.

„Nicht so schnell", bremste er sie jedoch. „Sie könnten mir erst einmal Ihren Namen verraten."

„Michelle."

***

Marie saß auf Raouls Schoß und wickelte eine seiner langen dunklen Haarsträhnen um ihren Finger. Schon eine ganze Weile versuchte sie ihn zu necken – zu reizen. Aber er blieb teilnahmslos. Schließlich beugte sie sich vor, streifte seine Wange mit den Lippen und biss in sein Ohrläppchen.

Er fauchte und riss ihren Oberkörper herum, sodass sie hilflos auf ihm lag, sein Knie in ihrem Rücken.

„Du tust mir weh", flüsterte sie. Dabei zeigte sie jedoch ein unanständiges Grinsen, denn endlich hatte er auf ihre Spielchen reagiert.

„Du hast mich gebissen!"

„Na, und? Du beißt mich fast jede Nacht."

Er starrte sie an. In seinem Gesicht regte sich nicht der kleinste Muskel. Er sah düsterer aus als gewöhnlich.

„Heute nicht", sagte er und ließ von ihr ab. Er stand auf, ohne zu beachten, wie Marie nur stolpernd wieder das Gleichgewicht fand. „Ich habe noch etwas zu erledigen."

„Aber … Raoul!" Erbost stampfte sie mit einem Fuß auf. „Du kannst mich doch nicht einfach so hier stehen lassen!"

Raoul wirbelte herum, packte sie kraftvoll um die Hüften und durchbohrte sie mit seinem Blick. Seine aufrechte, stolze Haltung nahm etwas Bedrohliches an. Sie hatte zum ersten Mal Angst, in seiner Nähe zu sein.

„Sag mir nicht, was ich zu tun habe", hauchte er beinahe zärtlich in ihr Ohr.

Ihr Puls begann zu vibrieren. War dies einfach nur eine neue Art, sie zu verführen? Schon fühlte sie sich wieder sicher. Sie wollte ihre Hände ausstrecken, über seinen Rücken fahren. Seine Nähe spüren. Doch im nächsten Augenblick ließ er sie abrupt los und verschwand schneller, als sie es wahrnehmen konnte.

***

Raoul durchstreifte die Straßen. Es war bereits kurz vor drei Uhr in der Früh und von Michelle weit und breit keine Spur. Offensichtlich hatte sie nicht vor, in den Club zurückzukehren. Also musste er sie finden, um die Wette doch noch zu gewinnen. Er würde sie gewinnen! Er war kein Verlierer!

Erneut versteckte er sich im dunklen Schatten des Gebäudes. Von hier hatte er einen ungehinderten Blick auf Michelles Schlafzimmerfenster. Allerdings brannte kein Licht. Nichts regte sich. Das gesamte Haus wurde von friedlicher Stille umrahmt, und kein Auto fuhr durch die Straßen. Eine halbe Stunde wartete er ab, bevor er die Geduld verlor. Er würde sich Zutritt zu Michelles Wohnung verschaffen. Notfalls mit Gewalt. Läge sie schlafend in ihrem Bett, hätte er leichtes Spiel mit ihr.

Gerade ging er auf den Eingang zu, da vernahm er Schritte vom Ende der Straße.

„Verdammt!“ Fluchend verschanzte er sich hinter dem nächsten Gebäudevorsprung. „Warum jetzt?“

Er hörte Lachen. Zwei Personen. Eine Frau und einen Mann. Sie schienen sich großartig zu amüsieren. Raoul lugte vorsichtig hinter dem Gemäuer hervor und erkannte eine Frau mit rot glänzenden Locken. Michelle! An ihrer Seite ein dürrer, hochgewachsener Mann. Er war so gewöhnlich menschlich, dass der Vampir angewidert die Lippen kräuselte. Am liebsten wäre er aus seinem Versteck gesprungen und diesem verdammten Typ direkt an die Kehle. Aber er musste sich zurückhalten.

„Das wäre wirklich nicht nötig gewesen – aber vielen Dank!“ Michelle schenkte ihm ein freundliches Lächeln

„Ach, das war doch selbstverständlich.“ Er winkte ab. „Ich konnte Sie doch nicht alleine nach Hause gehen lassen. Um diese Zeit. Man kann ja nie wissen, was für Verrückte sich nachts auf der Straße herumtreiben.“

Raoul fletschte die Zähne.

Michelle war dankbar für die ungewohnte Fürsorge. „Dann also morgen wieder?“

„Ja. 18 Uhr Arbeitsantritt … vielleicht auch später.“ Der Mann zwinkerte ihr zu. „Lassen Sie sich Zeit. Die Bar wird erst ab 20 Uhr richtig voll.“

Raoul wurde hellhörig. Eine Bar? Welche?

„Bis morgen also!“

„Ja, bis morgen!“

Daraufhin drehte der Mann sich um und ging. Michelle verschwand in ihrer Wohnung. Und Raoul lehnte an der kalten Steinwand und fragte sich, wie der

Fremde es geschafft hatte, ihn durch seine bloße Anwesenheit zur Weißglut zu bringen.

Er würde es herausfinden. Schon in der nächsten Nacht.

Eine neue Bar

Nie hatte der Tag ihn geschmerzt, verbrachte er ihn doch in der dunklen Abgeschiedenheit des „Clubs Noir“. Fern vom Licht und der Sonne. Nichts als Schatten hüllten seinen Körper ein. Finstere Abgründe, in die er sich verkroch. In denen er für gewöhnlich seinen entspannenden Schlaf fand. An diesem Tag überschlugen sich Raouls Gedanken jedoch, sodass es ihm schwer fiel, die nötige Ruhe zu finden. Immer wieder rückte das Bild von Michelle und diesem Fremden in seinen Sinn. Raoul fühlte sich nicht nur gereizt, sondern regelrecht bedroht. Wie konnte sie vor ihm davonlaufen und sich dem nächst Besten an den Hals werfen? Einem Halbstarken!

Nie würde Raoul eine solche Zurückweisung akzeptieren. Er war ein mächtiger Vampir! Es gab keine Frau, deren Willen er nicht brechen konnte. Deren Leidenschaft er nicht entflammte. Auch Michelle würde ihm verfallen.

Schon bald.

Er verfluchte die Zeit, die ihm noch bis zum Anbruch der Nacht blieb. Unruhig warf er sich von einer Seite auf die andere. Sekunden wurden zu Minuten, Minuten zu Stunden …

***

Endlich spürte Raoul, wie das Tageslicht schwand. Wie Phönix aus der Asche stieg der Vampir aus seinem Versteck – empor an die Oberfläche. Seine Haltung war steif, die Muskeln angespannt, und seine Augen funkelten wild in der aufkeimenden Dunkelheit. Trotz des wenigen Schlafes war er bereit für die Jagd.

Es zog ihn durch die Flure des Clubs, der zu dieser Stunde noch kein wildes Treiben beherbergte. Die Türen wurden gerade erst geöffnet. Bevor aber jemand hineingelangen konnte, stürmte Raoul hinaus. Zum dritten Mal folgte er nun dem Weg, der ihn zu Michelles Wohnung führte.

Dort angekommen, verharrte er auf der gegenüberliegenden Straßenseite und blickte zu den Fenstern hinauf. Überall brannte Licht, und in einem von ihnen konnte Raoul den wohlgeformten Schatten einer Frau erkennen.

„Michelle“, hauchte er ihren Namen.

Machte sie sich schick, um wieder in die Bar zu diesem fremden Mann zu gehen? Es hatte sich angehört, als würde sie dort arbeiten. Aber warum? An keiner anderen Stelle konnte sie ihr Geld so schnell und leicht verdienen, wie im „Club Noir".

Im nächsten Augenblick erlosch das Licht in Michelles Zimmern, und kurz darauf öffnete sich auch schon die Haustür. Raoul verschmolz mit den Schatten. Er beobachtete Michelle aus seinem Versteck heraus – wie sie einen Blick in ihre Handtasche warf und den Sitz ihrer Kleidung überprüfte. Dann drehte sie sich einmal halb um ihre eigene Achse und sah in alle Richtungen, gerade so, als würde sie Raouls Anwesenheit spüren. Schließlich ging sie weiter.

Raoul ließ ihr einen kleinen Vorsprung, ehe er sich an ihre Fersen heftete. Zu seinem Glück bog sie in eine recht belebte Straße ein. So war es für ihn ein Leichtes, unauffällig zu bleiben.

Endlich steuerte Michelle auf eine grüne Holztür zu. Gezielt griff sie nach der Klinke und verschaffte sich Einlass.

„Chez Rafael" prangte in goldenen Lettern auf einem Schild über der Tür. Es wirkte ein wenig altertümlich – wie ein Café für ältere Herrschaften, nicht wie eine Bar.

Lässig lehnte sich Raoul gegen die Hauswand und zündete sich eine Zigarette an. Nun, da er wusste, wo Michelle sich aufhielt, bestand kein Grund zur Eile. Er würde noch früh genug zum Zug kommen.

***

Michelle genoss ihre neue Aufgabe. Niemand in dieser Bar kannte ihr Gesicht. Niemand verband es mit ihrer frivolen Vergangenheit.

Die Gäste waren freundlich. Unter ihnen befanden sich zumeist Künstler, Jungunternehmer oder Selbstständige, die immer wieder dorthin kamen. Querdenker, wie Rafael sie nannte. Er selbst bezeichnete sich als einer von ihnen. Und das war wohl auch der Grund, warum die abendliche Atmosphäre in dieser Bar an ein lockeres Familientreffen erinnerte.

Michelle fragte sich, warum sie nicht viel eher den Absprung in ein solches Umfeld geschafft hatte. Gut gelaunt servierte sie gerade einem jungen Paar die bestellten Cocktails, als ihr beim Aufblicken das Lächeln auf den Lippen gefror.

Ihr Herz schien für einen Schlag auszusetzen. Sie glaubte zuerst, Andrew an einem der Tische zu entdecken. Im nächsten Moment erkannte sie jedoch die harten Gesichtszüge, die einem anderen Vampir gehörten. Ihn umgab eine viel dunklere Ausstrahlung. Etwas Bedrohliches und Unergründliches lag in der Art, wie er sie beobachtete. Es jagte ihr einen eisigen Schauder über den Rücken.

„He, träumen Sie etwa mit offenen Augen?"

Michelle wandte sich verwirrt an den Gast, der sie soeben angesprochen hatte.

„Entschuldigen Sie?“

„Nein, schon gut.“ Er lachte. „Ich hatte nur einen Witz gemacht. Aber Sie waren wohl abgelenkt.“

Natürlich war ihm Michelles hypnotischer Blick in Richtung des mysteriösen Mannes nicht entgangen.

„Tut mir leid.“ Nervös strich sie sich eine Haarsträhne hinter das Ohr. „Ich wollte nicht unhöflich sein.“

„Nein, wirklich. Schon gut. Sie sollten Ihren Freund nicht zu lange warten lassen.“

Michelle wollte aufbrausen. Erwidern, dass es sich bei diesem Mann ganz bestimmt nicht um ihren Freund handelte! Doch stattdessen schwieg sie und setzte ein gezwungenes Lächeln auf. Sie ging auf den Vampir zu – langsam.

Alles um sie herum wurde plötzlich zur Nebensächlichkeit. Die Gäste verschwanden in einem Schleier der Vergessenheit. Da war nur dieser Mann. Seine Ausstrahlung ergriff sie mit ungeahnter Wucht. Er nahm sie gefangen.

Wie betäubt stand Michelle schließlich vor ihm und starrte ihn an. Sie suchte nach Worten. Sie wollte jedoch nicht so schwach sein, wie sich ihr Körper in diesem Moment anfühlte.

„Was wollen Sie hier?“ Ihr gelang es, gereizt zu klingen. „Das ist nicht Ihr Revier!“

„Revier?“ Er verzog die Lippen zu einem spöttischen Grinsen. „Meinen Sie Revier wie Jagdgebiet?“

„Das können Sie nennen, wie Sie wollen.“

Auf dem Tisch vor ihm standen leere Gläser. Sie griff danach und stellte sie auf ihr Tablett, nur um sich dadurch abzulenken. Es widerstrebte ihr, dass ihre Worte keinerlei Wirkung auf diesen Vampir zeigten. Er hatte offensichtlich nicht vor, wieder zu gehen.

Ihr Gesicht hätte keinen finsteren Ausdruck annehmen können. Wut und Unverständnis brannten in ihr. Sie wollte es hinausschreien. Aber auf ihre Brust legte sich eine zentnerschwere Last und erstickte einfach alles.

„Gut“, seufzte sie. „Sagen Sie mir, was Sie wollen und dann verschwinden Sie wieder.“

„Nun.“ Er tat, als müsse er zunächst gründlich darüber nachdenken. Doch dann sah er sie entschieden an.

„Zuerst hätte ich gerne ein Glas Rotwein.“

„Rotwein?“

„Ja.“ Mit einem anzüglichen Grinsen lehnte er sich zu ihr vor. „Es erinnert mich immer an ein anderes köstliches Getränk.“

Dunkle Verführung

„Was willst du von mir?" Thierry saß auf Vanessas Bett, das Hemd halb geöffnet, sodass seine nackte Haut verlockend hervorblitzte. Doch sein Gesicht spiegelte nur Desinteresse wieder. So kannte sie ihn nicht.

„Was ich will?" Auffordernd platzierte sie ihren rechten Fuß auf dem Bett – direkt zwischen seine Beine. Die Arme stützte sie auf ihrem Knie ab. Ganz nahe kam sie seinem Gesicht mit dem ihren.

„Ich will einfach nur Sex. Denkst du, du kriegst das hin?"

Er betrachtete sie schweigend.

Sie streckte ihren Zeigefinger aus und fuhr damit spielerisch seinen Hals entlang. Unter der Fingerkuppe spürte sie überdeutlich, wie das Blut in seinen Adern pochte. Der Rhythmus ging auf sie über und strömte ihren Arm hinauf.

„Gut", sagte sie, denn auch ein anderes Verlangen regte sich in ihr, „ich gebe zu, ich bin ein wenig hungrig." Ihre spitzen Zähne traten hervor. „Gib mir von deinem Blut!"

Vollkommen willenlos legte er sich zurück. Das rote Satinlaken schmiegte sich kühl um seinen Körper.

Vanessa stieg auf das Bett. Sie setzte sich mit den Beinen rechts und links von seiner Hüfte ab. Ihr fester Po wippte leicht über seinem Glied. Obwohl Thierry kaum die gewöhnliche Leidenschaft spürte, war er dennoch von ihrem Spiel erregt.

Sie beugte sich zu ihm hinab und ließ ihre Zunge über seinen Oberkörper fahren. Bis zu seinem Hals setzte sie die feuchte Spur fort. Dort ritzte sie mit den Zähnen ganz leicht seine Haut an. Sie kostete sein wohliges Stöhnen voll aus, ehe sie richtig zubiss und den köstlichen Lebenssaft in sich aufnahm.

Thierry gab sich teilnahmslos. Das überraschte Vanessa allerdings nicht. Sie hatte von jeher die Kontrolle über ihre Sexspiele übernommen. So auch dieses Mal. Geschickt streifte sie die Kleidung von seinem Leib, als würde sie nie etwas anderes tun. Ihre Lippen hinterließen überall feurige Küsse, und ihre Hände bedrängten ihn begierig. Sie massierten seinen Penis, bis er zu seiner vollen und prallen Größe heranwuchs, und Thierry beinahe schmerzhaft wahrnahm, wie Vanessa sich auf ihn schob. In gemächlich fordernden Stößen begann sie sich zu bewegen. Sie verhielt sich so lange zögerlich, bis sie endlich spürte, wie Thierrys Hände ungeduldig nach ihren Backen fassten. Er wollte sie anleiten, was sie aber nicht zulassen würde. Sie hatte ihren eigenen Rhythmus. Ihre Finger schlossen sich um die seinen. Viel zu fest drückte sie zu, sodass er sich ihr fluchend entziehen wollte. In dem Augenblick verfiel sie jedoch in derart schnelle Bewegungen, dass Thierry sich nur noch keuchend aufbäumte.

Sein Vorsatz, sich nicht mehr von Vanessa benutzen zu lassen, verblasste im Strom der Ekstase. Er wollte mehr. Immer mehr. Immer schneller. Mit unsagbarer Heftigkeit erreichte er den Gipfel der Lust. Vanessa nahm ihn mit – in ihre leidenschaftliche Welt der nie endenden Gier.

***

Seufzend stand Michelle neben Rafael hinter der Bar. Sie weigerte sich, den Augenkontakt mit diesem Vampir zu suchen, obwohl sie sich danach sehnte. Er besaß ein ebenso einnehmendes Wesen, wie alle anderen von ihnen. Allmählich begann Michelle, diese Arroganz zu verabscheuen.

„Ist das Ihr Ex-Freund?", fragte Rafael plötzlich.

„Nein." Sie schüttelte energisch den Kopf. „Er ist ..." Es kam ihr merkwürdig vor, denn erst jetzt fiel ihr auf, dass sie nicht einmal seinen Namen wusste. „Ich kenne ihn nicht einmal."

„Oh."

Rafael zwinkerte ihr mit einem wissenden Blick zu.

„Dann sollten Sie ihn vielleicht kennenlernen. Er scheint sich jedenfalls sehr für Sie zu interessieren. Oder finden Sie ihn etwa nicht attraktiv?"

Michelle fühlte sich überrumpelt. Sie verstand nicht, aus welchem Grund Rafael sich für einen fremden Mann einsetzte. Wenn er nur wüsste, was sich hinter der attraktiven Fassade verbarg! Die Versuchung, es einfach hinauszuschreien, war groß. Dennoch senkte Michelle nur den Kopf und seufzte erneut.

„Doch. Eigentlich sieht er wirklich gut aus."

„Na, worauf warten Sie dann?"

Er stieß sie mit dem Ellbogen an, zwang sie regelrecht dazu, erneut an den Tisch des Vampirs zu gehen.

Da stand sie schließlich und wusste nicht, was sie sagen sollte. Sie fühlte seine Blicke, die ihr durch und durch gingen. Er musste nicht viel mehr tun, um ein wahres Gefühlschaos in ihr auszulösen.

„Sie wollen mir etwas sagen?" Er spielte den Ahnungslosen.

„Nun ..." Michelle kam sich töricht vor. „Rafael glaubt, Sie wären so etwas wie mein Ex-Freund."

Er grinste.

„Aber ich kenne nicht einmal Ihren Namen. Und ich weiß auch nicht, warum Sie nicht endlich gehen. Ich möchte nicht ewig von meiner Vergangenheit verfolgt werden. Verstehen Sie das?"

„Mein Name ist Raoul."

Offensichtlich wollte er sie nicht verstehen. Sie wagte es nun doch, den Augenkontakt zu ihm zu suchen. Es war wie ein warmer Sommerregen, der auf ihre nackte Haut niederprasselte und sie in ein Gefühl der Geborgenheit einlullte. Wie hätte sie sich dem Verlangen widersetzen können, das er in ihr auslöste? Es übertraf alles bisher Gefühlte.

Michelle machte entsetzt einen Schritt zurück, als hätte sie gerade eine furchtbare Wahrheit erkannt.

„Wann hast du Feierabend, Michelle?" Wie selbstverständlich wechselte er in die vertrauliche Anrede.

„Ich … weiß nicht …"

„Ich warte auf dich."

***

Michelles Herz klopfte zum Zerspringen. Rafael bemerkte die Spannung zwischen ihr und dem Fremden. Und als die Bar sich allmählich leerte, konnte er es kaum abwarten, sie nach Hause zu schicken. Sie dem Gutdünken des Vampirs zu überlassen.

Raoul legte eine Hand um ihre Taille und schob sie hinaus. Michelle warf einen letzten hilflosen Blick in die Bar zurück. Doch Rafael bemerkte es gar nicht. Er glaubte, sie müsse an der Seite eines solchen Mannes sehr glücklich sein.

Warum war sie nur mit einem Mal so unfähig, sich gegen ihn zu wehren? Tatsächlich fühlte sie sich sogar zu ihm hingezogen. Seit er sie auf diese Weise angesehen hatte, und sein Blick ihr ein Versprechen von Wärme und Geborgenheit vermittelte. Sie erkannte sich selbst nicht wieder. Ohne Umschweife und große Worte ließ sie sich von Raoul zu ihrer Wohnung begleiten. Er löste sich auch dort nicht von ihr, sondern folgte ihr hinein, bis sie sich im dunklen Eingangsflur schweigend gegenüberstanden.

Das Knistern zwischen ihnen war beinahe hörbar. Michelle konnte es nicht länger aushalten. Sie begriff nicht, was da eigentlich in ihr vorging.

„Was ist das für ein geheimnisvoller Zauber?"

„Das fragst du mich?" Er streichelte lächelnd über ihre hohen Wangenknochen. Sie besaß so ein ausdrucksstarkes Gesicht. „Du bist es doch, die mich verzaubert hat."

Michelle wollte es nicht zulassen. Dennoch geschah es. Raouls Lippen näherten sich den ihren. Er erstickte ihren aufkeimenden Protest in einem innigen Kuss. Seine Leidenschaft füllte sie vollkommen aus.

Michelle fühlte sich nicht länger bedroht. Vielmehr keimte da eine verräterische Glut in ihr auf, die langsam aber sicher an die Oberfläche trat. Sie drohte in ein regelrechtes Inferno auszubrechen. Eine flammende Begierde, die alles verzehrte. Ihr Körper sehnte sich nach seiner Berührung und würde auf der Stelle sein Leben aushauchen, wenn sie Raouls Hände nicht endlich auf ihrer nackten Haut spüren konnte.

„Raoul ..."

Michelle warf den Kopf in den Nacken. Sie schüttelte ihre Haare zurück, sodass ihr Hals frei und verlockend vor ihm lag.

„Ich habe heute keinen Hunger", hauchte er mit einer unglaublich weichen Stimme ganz dicht an ihrem Dekolleté.

Augenblicklich fuhren ihre Finger über seine Schultern, den Nacken hinauf und verfingen sich in dem dichten schwarzen Haar.

„Aber ich."

Sie konnte selbst kaum glauben, was sie da sagte. Ein wildes Verlangen überwältigte sie schlichtweg. Dieser Mann sollte sie berühren! Sofort – ohne zu zögern! Er sollte sie an sich pressen, ihren Körper mit heißen Küssen bedecken und seine Fingerspitzen erkundungsfreudig unter ihre Kleidung gleiten lassen. Sie wollte das köstliche Kribbeln in sich spüren. Das lustvolle Pulsieren und den aufbrausenden Strom der vollkommenen Ekstase.

Raoul huschte ein Lächeln über die finsteren Züge, als er sich seiner Überlegenheit bewusst wurde. Schließlich hatte er es geschafft, sie so weit zu bringen, dass sie ihn bis zur Unerträglichkeit begehrte. Warum sollte er sich nicht dem Vergnügen hingeben? Sich selbst auch ein wenig Spaß gönnen?

„Worauf wartest du noch?" Voller Ungeduld klammerte Michelle sich an ihn. Ihr rechtes Bein schob sich über seinen Po. Herausfordernd. Drängend.

„Ist es nicht das, was du die ganze Zeit wolltest?"

Raoul betrachtete ihr Gesicht. Er konnte sich gar nicht daran sattsehen. Diese Frau übte eine merkwürdige Faszination auf ihn aus. Ja, schoss es ihm durch den Kopf, er würde in dieser Nacht ganz sicher seinen Spaß haben.

Langsam näherten sich seine Lippen Michelles Hals. Mit der Zungenspitze schickte er einen wohligen Schauder über ihre Haut, während seine Hände den Weg unter ihre Bluse suchten. Von wilder Leidenschaft gepackt, zerrte er im nächsten Augenblick an dem Stoff. Zwei Knöpfe sprangen ab und landeten klirrend am Boden.

Michelle seufzte auf. Immer und immer wieder wisperte sie seinen Namen, bis seine Finger schließlich hinabglitten und mit einem unerwartet heftigen Stoß in sie eindrangen. Aufkeuchend presste Michelle sich mit dem Rücken gegen die Wand. In ihren Ohren begann es zu rauschen. Die Umgebung verschwamm vor ihren Augen.

Raoul hinterließ winzige Bissspuren auf ihren prallen Brüsten. Seine Finger kreisten dabei unaufhörlich über ihre Klitoris, tauchten ein in die erwartungsfrohe Nässe und zogen sich sogleich wieder zurück.

„Vielleicht habe ich doch etwas Hunger", sinnierte er.

Michelle spürte kaum, wie sich seine Zähne in ihr Fleisch bohrten. Ihr eigenes warmes Blut rann an ihrem Hals hinab. Langsam zog es seine Spur über das Dekolleté, lief in die Spalte zwischen den Brüsten und sickerte schließlich in den feinen Spitzenstoff ihres BHs. Wie ein Mal der Lust breitete sich das Rot auf dem weißen Wäschestück aus.

Michelle atmete zitternd auf. Sie hielt die Augen geschlossen – spürte lediglich voller Anspannung, was Raoul mit ihr anstellte. Er sog an ihr, nahm ihren Lebenssaft in sich auf. Aber das störte sie nicht. Ganz still verharrte sie, den Kopf in den Nacken gelegt, und genoss die spärlichen Streicheleinheiten seiner Hände auf ihrem Körper. Beinahe vorsichtig berührte er sie, gerade so, als könne er sich an ihr verbrennen.

Quälend langsam fuhren seine Zähne wieder aus ihr. Seine Zunge glitt sachte über die kleinen Wunden, leckte die letzten Tropfen Blut auf und folgte der Bahn auf ihrer Haut hinab.

Pure Leidenschaft umfing Michelle. Sie verfiel einem Rausch, den sie in dieser Art nie zuvor gekannt hatte. Nichts schien ihr noch Halt geben zu können – abgesehen von Raoul. Endlich regte sie sich. Zunächst näherte sie sich ihm nur zaghaft. Ihre Fingerspitzen schoben sich unter seine Kleidung und zeichneten die muskulösen Konturen seines Rückens nach. Dann presste sie sich jedoch leidenschaftlich an ihn.

Seine Liebkosungen wurden eindringlicher. Er schälte sie aus ihrer Kleidung, bis sie splitternackt und hilflos vor ihm stand. Für einen kurzen Augenblick lehnte er sich zurück, ihre Arme mit seinen Händen gegen die Wand drückend. Er betrachtete sie in dem wenigen Licht, das der Mond durch die Fenster in die Wohnung warf. Sie regte sich ungeduldig, wollte sich aus seinem festen Griff befreien.

Ihre üppigen Rundungen wirkten weich und verlockend. Sie war die Sünde höchstpersönlich. Es konnte nicht anders sein. Raoul musste sie besitzen!

Er löste den Druck auf ihre Arme und ließ es zu, dass sie an seiner Kleidung zu nesteln begann. Ihre Finger öffneten den Verschluss seiner Hose und fuhren so weit hinein, bis ihre Fingerspitzen auf seine Erregung stießen.

Sie brachte ihn um den Verstand! Er wollte nicht länger darauf warten, dass sie ihn entblößte. Schnell und geschickt entledigte er sich seiner Hose und brachte sein erigiertes Glied ganz in die Nähe von Michelles Vagina. Mit einer Hand umfasste er das Gesäß dieser erotischen Frau. Mit der anderen erkundete er ihre allzu bereite Nässe, bevor er in sie eindrang.

Michelle drückte den Rücken gegen die Wand – und hart spürte sie die Stöße, mit denen Raoul sie über alle Grenzen der Empfindungen hinwegtrug. Sie konnte sich nur noch an ihm festhalten, seinem Rhythmus ausgeliefert, bis ihr eigener Lustschrei fremdartig in ihren Ohren widerhallte.

Erschöpft und schwach sank sie in seine Arme. In diesem Moment hätte er alles mit ihr anstellen können. Sie hätte sich nicht gewehrt. Doch er trug sie lediglich hinüber in ihr Schlafzimmer und legte sie sanft auf ihrem Bett ab. Seine Küsse verteilten sich auf ihrer Haut. Sie spürte sie noch, als sie schon längst dem Schlaf verfallen war.

Raoul setzte sich auf. Er war versucht, sich neben sie zu legen und ihren süßen Duft für eine Weile einzuatmen. Doch aus welchem Grund? Er hatte sein Ziel erreicht. Die Wette war gewonnen. Nun konnte ihn keiner mehr einen Verlierer nennen.

Schließlich kleidete er sich wieder an und verließ Michelle so schnell, wie er sie heimgesucht hatte.

Freie Wahl

Im „Club Noir“ hatte die Nacht gerade erst richtig begonnen. Die Gäste feierten ausgelassen. Sie tanzten, lachten, tranken und manche von den Menschen griffen sogar zu berauschenden Drogen, um sich in die richtige Stimmung zu bringen. Raoul verzog angewidert das Gesicht. Wenn sie sich unter Drogeneinfluss nur nicht so merkwürdig benehmen würden! Sie hatten keine Kontrolle mehr über sich und ihre Handlungen. Er verabscheute das.

Zielsicher bahnte er sich seinen Weg durch die feiernde Meute. Marie, seine blonde Geliebte, würde sicher an ihrem Stammplatz auf ihn warten. Sie war ihm hoffnungslos verfallen. Genau wie Michelle. Ein Funkeln trat in seine Augen, und er musste einen Moment länger als ihm lieb war, an die sinnliche Rothaarige denken.

Nur eine Wette!

Er schüttelte den Kopf.

Marie saß nicht an ihrem Stammplatz. Sie wartete nicht auf ihn.

Raoul versteifte sich. Er ließ seinen Blick durch den Innenraum gleiten, entdeckte sie jedoch nirgends. Die Situation kam ihm merkwürdig vor. Es passte gar nicht zu Marie.

Was blieb ihm da anderes übrig, als an die Bar zu gehen, wo Gérard ihn bereits mit einem schadenfrohen Grinsen erwartete?

„Wie ist die Jagd gelaufen?“, fragte der Vampir höhnisch.

Raoul zog die Augenbrauen zusammen. „Besser als erwartet.“

„Erzähl mir nichts!“ Gérard wandte sich dem Barkeeper zu und bedeutete ihm mit einem Handzeichen, zwei Whiskys zu servieren. Dann widmete er sich wieder Raoul. „Bist du Michelle gefolgt?“

„Ich habe die Wette gewonnen“, gab Raoul mit einem scharfen Unterton zurück.

„Das glaube ich dir nicht!“

„Und welchen Beweis soll ich dir dafür liefern? Hättest du zusehen wollen?“

Der Gedanke gefiel Gérard. „Das wäre keine schlechte Idee gewesen. Du hättest mir Bescheid geben sollen, ehe du über sie hergefallen bist.“

„Ich musste nicht über sie herfallen. Das war gar nicht nötig.“ Michelles Abbild schob sich in Raouls Kopf. Ihre erotische Ausstrahlung, die ausgeprägten Kurven und ihre wunderbar samtene Haut. Noch immer klang ihr Seufzen in seinen Ohren nach. Sie zu lieben hatte nicht nur seine Lust befriedigt, sondern auch sein Inneres berührt. Er verstand diese Gefühle nicht, und er wollte sie mit aller Gewalt von sich schieben.

Glücklicherweise stellte der Barkeeper im selben Augenblick die beiden Whiskygläser auf dem Tresen ab. Raoul griff nach einem von ihnen, prostete Gérard zu und stürzte es mit einem schnellen Zug hinunter.

„Noch einen!"

Gérard betrachtete ihn kritisch. „Was ist passiert?"

„Gar nichts." Raoul klang wütend. „Sag mir lieber, wo Marie ist!"

„Marie ... Na ja, die Sache ist so: Wir haben alle gedacht, du hättest die Wette längst verloren. Und du weißt ja. Der Wetteinsatz. Freie Wahl und so ..."

„Komm zur Sache! Ich hab schließlich nicht die ganze Nacht Zeit!"

„Henry ist mit ihr zusammen."

Gerade leerte Raoul den zweiten Whisky. Er verschluckte sich daran. Hustend und spuckend knallte er das Glas auf den Tresen. „Wie meinst du das: Henry ist mit ihr zusammen?"

„So, wie ich es sagte. Freie Wahl."

***

Wie ein gefangenes Tier schlich Raoul durch die dunklen Flure des Clubs.

Henry und Marie.

Marie und Henry.

Seine Marie!

Dieser verdammte Mistkerl! Er würde ihm den Hals umdrehen, sobald er ihn in die Finger bekam. Und warum sollte er nur eine Sekunde länger darauf warten? Raoul kannte jeden Raum in diesem Gebäude. Er wusste, wo er Henry und Marie finden würde. Dafür musste er nur diesem Gang ein Stück weit folgen, in den nächsten rechts abbiegen und die dritte Tür auf der linken Seite nehmen.

Ungehalten wollte er mit den Fäusten gegen die Tür poltern. Aber das war gar nicht nötig. Schummeriges Licht drang von drinnen auf den Flur und machte deutlich, dass die Tür ein kleines Stück weit offen stand. Ein gleichmäßiges, eindringliches Stöhnen war außerdem zu hören.

Raoul trat leise ein und blickte in den Raum. Das Paar hielt sich nicht im Schlafzimmer auf. Er ging weiter, folgte ihren Stimmen. Überall um ihn herum standen rote und schwarze Kerzen. Sie verströmten betörende Gerüche.

Ein lustvoller Schrei Maries lockte Raoul auf eine weitere halb geöffnete Tür zu. Das Badezimmer. Natürlich! Er verfluchte Henry. Auch er war ein Vampir und beherrschte alle Künste der Verführung.

Für einen flüchtigen Augenblick hielt Raoul inne und fragte sich, ob er wirklich sehen wollte, was dort vor sich ging. Am Ende siegte jedoch seine Raserei. Er trat auf den Spalt zu, der ihm einen sehr genauen Einblick in die Geschehnisse vermittelte.

Dort sah er Marie, nass und teilweise mit Schaum bedeckt. Sie lag jedoch nicht in der großzügigen runden Wanne, sondern stand davor und klammerte sich mit den Händen am Rand fest. Henry hinter ihr – stieß immer und immer wieder in sie hinein. Ihre Beine waren weit gespreizt, und ihre Brüste hüpften bei jeder Bewegung auf und ab. Sie hatte den Kopf keuchend in den Nacken geworfen.

Raoul lehnte sich gegen den Türrahmen und gab sich diesem merkwürdigen Moment hin. Er hatte geglaubt, eifersüchtig auf Henry zu sein. Das war seine Marie, mit der dieser Mistkerl sich da gerade vergnügte. Henrys Hände fuhren gierig über ihren glitschigen Körper. Er hielt sie immer fester und verfiel in einen animalisch wilden Rhythmus.

Aber Raoul war nicht eifersüchtig. Da gab es lediglich ein schmerzliches Verlangen in ihm. Leidenschaft und die Sehnsucht nach einer anderen. Er musste verrückt sein!

Kopfschüttelnd wandte er sich ab. Die ekstatischen Schreie Maries nahm er gar nicht mehr wahr.

***

Auch als die nächste Nacht anbrach, verließ Raoul frühzeitig den Club. Unverständnis trieb ihn an. Er musste herausfinden, was diese Michelle mit ihm angestellt hatte. Warum er ihr Bild einfach nicht mehr aus dem Kopf bekommen konnte.

Dieses Mal wartete er nicht in den Schatten auf der gegenüberliegenden Straßenseite. Er steuerte direkt auf das Haus zu, trat durch die Eingangstür in den Flur hinein und klopfte an ihrer Wohnungstür. Er konnte förmlich spüren, dass ihr Herz einen freudigen Sprung machte, als sie ihn durch den Türspion erkannte.

Sie öffnete. Ihre verlockenden Rundungen steckten in einem knappen schwarzen Spitzennachthemd. Sie war wohl selbst gerade erst aus dem Bett gekrochen. Es war Raoul unmöglich, bei ihrem Anblick einen klaren Gedanken zu fassen. Alles, was er spürte, war pure Lust.

Er schob sich in die Wohnung hinein und schloss mit dem Rücken die Tür. Sein dunkler, durchdringender Blick ruhte auf ihr. Er stand in Flammen und übertrug diese Empfindungen auch noch auf sie. Michelle erschauderte.

„Ich musste dich einfach wieder sehen“, durchbrach er die Stille.

Noch hielt sie sich zurück. Sie konnte nicht glauben, dass er tatsächlich vor ihr stand. Schon wieder. Nach so kurzer Zeit. Er meinte es ganz offensichtlich ernst mit ihr. Es war mehr, als sie je erwartet hatte. Er verkörperte alles, was sie ersehnte.

Raoul machte einen Schritt auf sie zu. Seine Finger fuhren durch ihr Haar. Mit sanfter Gewalt bog er ihren Kopf zurück, um ihren Hals und ihre Schultern küssen zu können. Ein Träger ihres Nachthemdes rutschte dabei herab, und sie zuckte vor Scham zusammen. Aber Raoul wischte all ihre Bedenken mit seinen sanften Berührungen fort. Er streifte auch den anderen Träger zur Seite. Das Nachthemd fiel wie ein Lufthauch von ihr ab.

Der Vampir hob sie auf seine muskulösen Arme und trug sie fort aus dem Flur in ihr Schlafzimmer. Dort hatte er sie in der vergangenen Nacht lediglich zur Ruhe gelegt. Dieses Mal wollte er eine längere Zeit gemeinsam mit ihr an diesem Ort verbringen.

Michelle richtete sich auf. Gemächlich öffnete sie die Knöpfe seines dunklen Hemdes – einen nach dem anderen. Sie zögerte den Akt absichtlich hinaus, und bedeckte jeden hervorblitzenden Millimeter seiner Haut mit ihren feuchten Lippen. Ihre Zungenspitze spielte kurz mit seinen Brustwarzen. Im nächsten Moment gelangte sie an seinem Hosenbund an. Auch den Knopf an dieser Stelle öffnete sie, zog den Reißverschluss hinunter und fühlte mit den Fingern nach seinem anschwellenden Glied.

Raoul stöhnte auf. Es kostete ihn ein Übermaß an Selbstbeherrschung. Bildete er es sich nur ein, oder kamen da tatsächlich ganz neue Empfindungen in ihm auf? Er versuchte, sich an die Nächte mit Marie zu erinnern. Es musste vergleichbar sein!

Michelle streifte die Hose von ihm. Spielerisch glitten ihre Hände seine Beine hinab und wieder hinauf. Ihr Mund war seinem Penis nun ganz nahe. Raoul kämpfte gegen diesen Moment an, aber ihre Lippen schlossen sich schon um ihn. Sie sog sich an seiner Spitze fest, bewegte sich in langsamen Zügen und benutzte ihre Zunge dabei wie ein Folterinstrument. Marie hatte das nie getan. Nicht so!

Entsetzt stellte Raoul fest, wie seine Finger krampfhaft in das Laken griffen. Michelle trieb ihn mit ihren Liebkosungen an den Rand des Wahnsinns. Er fasste sie wollüstig stöhnend bei den Schultern und dirigierte ihren Mund wieder in die oberen Regionen seines Körpers. Eigentlich sollte sie seiner Kontrolle unterliegen.

Boshaft grinsend warf er sie auf den Rücken. Es bedurfte keiner Überredungskunst mehr, denn sie spreizte bereits freiwillig die Beine, erwartete ihn sehnsüchtig. Mit einem letzten schwachen Funken, ihr weh tun zu wollen, drang er grob in sie ein. Sie bäumte sich keuchend auf, ergab sich jedoch recht schnell, auch als seine Stöße geradezu hemmungslos roh wurden. Gemeinsam erreichten sie einen ekstatischen Höhepunkt und blieben erregt und schwer atmend ineinander verkeilt liegen.

Raoul löste sich erst sehr spät aus dieser intimen Umarmung. Er hatte gut zwei oder drei Stunden neben Michelle gelegen und gedöst. Wie lächerlich sein Verhalten war! Dabei hatte diese Frau doch nichts Besonderes.

Stumm betrachtete er sie. Die Konturen ihres Gesichtes, ihre Brüste, die schlanke Taille und die unglaubliche Kurve, die über ihren Po hin zu den Oberschenkeln führte.

Er riss sich los.

Er war ein mächtiger Vampir! Und er musste nun gehen.

Schattenseiten

Als Michelle erwachte, tauchte die Sonne ihr Bett in ein wärmendes Licht. Sie fühlte sich gut. Ausgeschlafen, erholt und absolut befriedigt. Einziger Wehmutstropfen war die Einsamkeit. Raoul lag nicht neben ihr. Natürlich nicht! Er war ein Vampir und verschwand am Tag in sein verborgenes Versteck.

Und wenn schon!

Genüsslich streckte sie beide Arme weit zu den Seiten aus. Sie wollte die ganze Welt umarmen! Endlich hatte sie den Richtigen gefunden. Raoul. Ein umwerfender Vampir. Natürlich bestand eine gewisse Ähnlichkeit zwischen Andrew und ihm. Aber Raoul war definitiv noch viel umwerfender, entschied Michelle für sich. Wer hätte das gedacht? Glücklich seufzte sie auf.

All ihre guten Vorsätze, nie wieder in den „Club Noir" zurückzukehren, warf sie über den Haufen. Er war dort. Grund genug, um sich bereits jetzt Gedanken darüber zu machen, was sie am Abend anziehen würde.

Sie stand auf und warf einen kritischen Blick in den Spiegel. Zuerst würde sie ihrem Friseur einen Besuch abstatten und vielleicht auch der Kosmetikerin. Alles musste perfekt sein. Und so verschwendete sie den Tag und dazu noch eine große Geldsumme, um sich für Raoul ausstaffieren zu lassen.

***

Mit weichen Knien ging sie die Straße entlang, die direkt auf die Eingangstür des Clubs zuführte. Die Absätze ihrer neuen roten Lackschuhe klackerten auf dem Asphalt, und mit jedem Schritt spürte sie, wie eng das schwarze, mit Spitzen besetzte Korsett saß. Sie hatte Schwierigkeiten beim Luftholen. Gepaart mit ihrer Nervosität schwebte sie regelrecht auf der Schwelle zur Ohnmacht.

Dabei bemühte sie sich inständig, diese Unsicherheit niederzukämpfen. Sie konnte sich der heißen Liebe Raouls und seines Begehrens sicher sein. Warum hatte er sich sonst so hartnäckig um ihre Gunst bemüht?

Trotzdem keimten Zweifel in ihr auf, als sie durch die Pforte in den Club eintrat. Erneut fühlte sie sich beobachtet. Gierige Blicke trafen sie. Jäger, die sie als hilfloses Opfer betrachteten. Sie wollten Blut und Sex. Aber was wollte Raoul von ihr? Immerhin war er einer von ihnen. Ein Wesen der Nacht mit mehr animalischen als menschlichen Eigenarten.

Nein, sagte sie sich, sie würde nicht aufgrund der ersten kleinen Bedenken gleich wieder umkehren. Zu sehr hatte sie diesen Abend und ein Wiedersehen mit Raoul herbeigesehnt. Sie würde ihn suchen – und sie fand ihn auch sehr bald. Allerdings in einer Pose, die ihr das Blut in den Adern gefrieren ließ.

Sie konnte es nicht fassen! Eine andere saß auf seinem Schoß. Eine Wasserstoffblondine im pinkfarbenen Lackminikleid. Ihre langen Beine steckten in Netzstrumpfhosen und ihre High-Heels hatten die wohl höchsten Absätze, die Michelle sich nur vorstellen konnte.

Ein dummes Flittchen, das sich da an seinen Hals schmiss. Er konnte doch nicht wirklich an ihr interessiert sein! Michelle ließ sich nicht von einer wie ihr verdrängen.

Erhobenen Hauptes schritt sie auf das Paar zu. Sie blieb direkt vor ihnen stehen, die Arme vor der Brust verschränkt.

„Raoul?“ Provozierend schob sie das Kinn vor.

Doch Raoul drehte nur gelangweilt den Kopf und betrachtete sie wie eine Fremde. Er sagte kein Wort.

Die Blondine knabberte zärtlich an seinem Ohr. Ihre Hände glitten in den Ausschnitt seines Hemdes. Sie gab sich große Mühe, ihn ganz für sich einzunehmen.

„Wer ist das, Raoul? Sag ihr, sie soll wieder gehen!“

Seine Miene blieb vollkommen teilnahmslos. Nichts ließ darauf schließen, dass die vergangene Nacht für ihn ebenso besonders gewesen war, wie für Michelle. Sie schimpfte sich eine Närrin. Warum fiel sie nur immer und immer wieder in dasselbe Muster zurück?

„Was willst du hier?“, fragte er schließlich.

„Ich dachte …“

Sein eisiger Blick bestätigte ihr allerdings mehr als deutlich, dass jede Mühe vergeblich sein würde. All ihre Hoffnungen zerschlugen sich. Die Tränen brannten in ihren Augen. Aber sie blieb stark. Sie wandte sich ab, bevor er ihre Schwäche sehen konnte.

„Gar nichts.“

Michelle wollte die Bar verlassen, solange sie noch einen letzten Funken Stolz besaß. Es gab jedoch jemanden, der ihr dies missgönnte. Gérard versperrte ihr den Weg.

„Schöne Frau“, säuselte er und kam ihr dabei unangenehm nahe. „So ganz allein unterwegs? Wie wäre es mit ein wenig Gesellschaft?“

„Danke, aber ich habe wirklich keinen Bedarf an Gesellschaft! Schon gar nicht von einem wie dir!“

Sie versuchte an ihm vorbei zu kommen. Aber er ließ sie nicht. Er machte sich einen Spaß daraus, griff sie am Ende sogar bei den Händen und zwang sie, ihm in die Augen zu sehen.

„So wütend?“

„Lass mich los!“ Es tat weh, je mehr sie sich gegen ihn wehrte.

„Hat dich Raoul versetzt?“ Grinsend schmiegte er seine Wange an die ihre. Ihm gefiel die Angst, die sich in ihr auszubreiten begann. Deutlich spürte er ihr Zittern.

„Weißt du – er hat sich doch nie wirklich für dich interessiert. Es war nur eine Wette.“

„Wie meinst du das?“ Michelle riss sich mit ungeahnter Wucht von ihm los.

„Hast du das denn nicht gewusst?“ Gérard kostete den Moment aus. „Raoul hat mit uns gewettet, dass er dich rumkriegen würde. Und das hat er doch. Oder etwa nicht?“

Michelle schnaufte verächtlich.

„Du lügst!“

„Nein.“ Plötzlich wurde er ernst.

„Warum erzählst du es mir dann? Was springt für dich dabei raus?“

„Vielleicht mag ich dich.“

Sie kniff die Augen zu schmalen Schlitzen zusammen. Wut funkelte darin. Sie glaubte ihm nicht. Aber auf der anderen Seite verstand sie auch nicht Raouls abweisendes Verhalten. Er sah in ihr gewiss nur eine weitere Eroberung. Wette hin oder her. Es spielte keine Rolle. Sie hatte sich erneut einem Vampir hingegeben und war erneut enttäuscht worden. Das allein schmerzte. Nun auch noch Gérards Genugtuung zu erleben, war mehr, als sie ertragen konnte.

„Lass mich gehen.“ Ihre Stimme klang schwach.

Gérard trat endlich zur Seite.

***

Missmutig nippte Thierry an seinem Glas Rotwein. Wieder einmal schenkte Vanessa ihm kaum Beachtung. Sie unterhielt sich mit zwei anderen Vampirinnen, flirtete mit männlichen Gästen und gab sich dabei ausgelassen und frivol. Sie würde es wohl kaum bemerken, wenn Thierry einfach aufstand und den Club verließ. Vielleicht sollte er es tun. Vanessa sitzen lassen. Ihrem Machtgehabe war er längst überdrüssig. Er fasste gerade den Entschluss, es tatsächlich zu tun, als etwas seine Aufmerksamkeit erregte.

Eine Frau bahnte sich ihren Weg durch den Club-Raum. Sie stolzierte ganz dicht an Thierry vorbei, dennoch bemerkte sie ihn nicht. Dabei kannten sie sich schon so lange. Zumindest hatten sie sich eine lange Zeit sehr gut gekannt.

Thierry verzog bei dem Gedanken an ihre letzten gemeinsamen Stunden das Gesicht. Nach wie vor war er überzeugt, dass er keinen Fehler gemacht hatte. Bis auf einen. Er hatte sie viel zu sehr geliebt. Eines Tages war sie dann aus seinem Leben verschwunden. Ohne ein Wort. Ohne eine Nachricht. Nichts. Überall hatte er sie gesucht. Erfolglos. Sie nun so unverhofft an einem Ort wie diesem wieder zu sehen, glich einem heftigen Schlag in die Magenkuhle. Hier steckte sie also! Kein Wunder, dass er sie nirgends gefunden hatte. Aber warum war sie ihm nicht schon in den vergangenen Nächten aufgefallen?

„Michelle", wisperte er ihren Namen.

Er beobachtete, wie sie sich vor einem Vampir aufbaute. Einem düsteren Typ. Das perfekte Gegenstück zu Vanessa. Dieser düstere Vampir hielt sein Spielzeug fest im Griff – eine Blondine, die allem Anschein nach nicht genug von ihrem Liebhaber bekommen konnte. Es hätte nicht viel gefehlt, und sie hätte es gleich dort vor allen anderen mit ihm getrieben. Aber selbst das wäre in diesem verruchten Club wohl nicht weiter aufgefallen.

Michelle schien etwas von dem Vampir zu wollen. Sie machte einen verärgerten Eindruck. Aber der „Düstere" reagierte gar nicht auf sie. Er ließ sie eiskalt abblitzen, und sie machte schließlich auf dem Absatz kehrt.

Thierry sprang mit einem Satz auf. Er fing sich einen verständnislosen Blick von Vanessa ein, trotzte diesem jedoch und ging. Diese durchtriebene Vampirin hatte ihren Reiz verloren. Eine andere Frau zählte viel mehr für ihn. Michelle! Die einzig wahre Liebe seines Lebens! Er würde alles tun, um sie zurückzugewinnen.

Alte Muster

Michelle zuckte erschrocken zusammen, als sich ein weiterer Schatten über ihr Gesicht warf. Bisher erschienen ihr die Ereignisse schon schlimm genug, doch nun glaubte sie, in einem wahren Alptraum gefangen zu sein. Ihre Lippen wollten den Namen des Mannes formen, der da gerade vor ihr stand. Aber ihre Kehle war wie zugeschnürt.

Thierry musterte sie von oben bis unten. „Dein neuer Stil gefällt mir. Früher hast du nie so etwas angezogen."

„Ich habe mich verändert."

„Ja, das sehe ich."

Sein Begehren schwang so überdeutlich in der Luft, dass Michelle übel wurde. Sie hatte gehofft, diesem Mann nie wieder zu begegnen. Nun trafen sie ausgerechnet im „Club Noir" wieder zusammen.

„Ich habe nie aufgehört, dich zu lieben." Er kam ihr näher, streckte eine Hand nach ihr aus.

„Ach, wirklich?" Sie gab sich abweisend.

„Komm mit mir", säuselte er verführerisch. „Du gehörst nicht hierher. Genauso wenig wie ich. Du weißt das."

„So, weiß ich das?" Etwas griff nach ihrem Herzen und quetschte es regelrecht zusammen. Sie spürte Schmerz und Hass in sich und eine unglaubliche Wut auf die gesamte Welt.

„Ich bin der Einzige, der dich glücklich machen kann. Warum wehrst du dich nur so dagegen? Willst du etwa nicht glücklich sein?"

Was sagte er da? Er könne sie glücklich machen? Was wusste er denn schon, wonach es ihr verlangte! Gar nichts! Nun geschah es doch, dass eine Träne aus ihren Augen trat und ihre Wange hinabkullerte.

Behutsam legte er seinen Arm um ihre Schultern. Er zog sie zu sich heran, bettete ihr Gesicht an seiner starken Brust.

„Meine Kleine." Seine Finger fuhren durch ihr Haar. Streichelten sie und gaben ihr ein Gefühl von Geborgenheit.

„Jetzt bist du ja wieder bei mir. Alles wird gut. Du wirst schon sehen."

Alles sollte auf einmal wieder gut werden? Aber wie? Wie wollte er es schaffen, ihre zerstörte Seele zu heilen? Da war nichts als Verzweiflung in ihr. Das Leben, die Menschen und die Vampire hatten sie immer nur bestraft.

„Ich werde mich um dich kümmern. Vertrau mir."

Vertrauen … Michelle seufzte. War sie überhaupt noch in der Lage dazu, Vertrauen zu entwickeln? Sie wusste es nicht. Aber sie wollte es! Es musste doch möglich sein, ein solches Verhältnis aufzubauen – und sich Thierry anzuvertrauen. In diesem Moment erinnerte sie sich nicht mehr daran, warum sie ihn jemals verlassen hatte. Er behandelte sie so voller Sanftmut. Genau das war es, wonach sie sich sehnte. Deshalb ging sie mit ihm.

***

Raoul beobachtete mit angespannter Miene, wie Michelle in den Armen eines anderen den Club verließ. Schon wieder der nächste Beste? Er kannte den Mann. Er war Vanessas neues Spielzeug. Aber die Vampirin saß mit ihren Freundinnen in einer der Nischen und vergnügte sich mit anderen Männern.

Es missfiel Raoul, dass Michelle nicht alleine ging. Kurzerhand packte er seine blonde Freundin Marie um die Hüften, schob sie von seinem Schoß und stand auf.

„He!", protestierte sie.

„Jetzt nicht!“ Ein finsterer Blick genügte, um sie zum Schweigen zu bringen.

Beleidigt lehnte sie sich in dem Stuhl zurück. Mit verschränkten Armen und Beinen brachte sie sich in eine trotzige Haltung. Aber es interessierte Raoul gar nicht, ob er sie beleidigt hatte. Er steuerte direkt auf Vanessa zu.

Die Vampirin roch seine aufschäumende Wut bereits, noch ehe er neben ihr auftauchte. Elegant drehte sie sich auf der Sitzbank in seine Richtung und schenkte ihm ein boshaftes Lächeln.

„Dein Spielzeug ist gerade mit Michelle verschwunden.“

„Falsch.“ Ihre Augen blitzten auf. „Deine Michelle ist gerade mit Thierry verschwunden.“

„Sie ist nicht ‚meine’ Michelle.“

„Ach, nein?“ Lässig bog sie den Kopf zurück. Sie langte mit einer Hand nach seinem Oberkörper und fühlte die harten Muskeln unter seinem Hemd. „Warum bringt es dich dann so in Rage?“

Er fauchte: „Du solltest solche Behauptungen lieber für dich behalten.“

„Du hast mir gar nichts zu sagen!“ Sie sprang mit den Füßen auf die Sitzpolster. Ihre Finger verkrallten sich in seinem Hemd. Zischend lehnte sie sich vor und zeigte ihm die Zähne. Wie eine Raubkatze sah sie aus.

„Pass lieber auf dein Spielzeug auf, wenn du auch in Zukunft deinen Spaß damit haben willst.“

Er wand sich so schnell und geschickt aus ihrem Griff, dass sie beinahe den Halt verloren hätte. Sie vollführte eine ungelenke Vorwärtsbeuge und ging in die Knie, um ihr Gleichgewicht wieder zu finden. Mit einem wispernden Fluch bohrte sich ihr Blick in seinen Rücken.

***

Die Umgebung verschwamm. Wie eine Schlafwandlerin ließ sich Michelle von Thierry durch die Straßen führen. Sie wusste nicht, wo sie sich befanden – oder wohin sie eigentlich wollten. Erst als Thierry einen Schlüsselbund aus seiner Hosentasche zog, wurde ihr klar, dass sie nicht vor der Tür ihrer Wohnung standen.

„Nein.“ Sie schüttelte den Kopf. Es war sehr freundlich von ihm gewesen, sich ihrer anzunehmen, aber sie würde nicht die Nacht mit ihm verbringen. „Ich muss nach Hause.“

„Aber hier ist dein Zuhause.“

Er drehte den Schlüssel herum, stieß die Tür auf und drängte sie mit sich hinein. Ihr Wille war längst gebrochen. In tiefer Depression versunken, vermochte sie nicht, ihm etwas entgegenzusetzen.

Mit glasigen Augen sah sie sich in der großzügigen Wohnung um, die sie bisher nicht kannte. Er war umgezogen. Außerdem musste er zu Geld gekommen sein. Die Einrichtung bestand aus modernen Designermöbeln, und abstrakt gezeichnete Gemälde zierten die Wände.

„Das ist eine schöne Wohnung."

„Nicht so schön wie du."

Er schlang seine Arme um ihre Taille und brachte sich ganz dicht an ihren wohlgeformten Körper. Ihre pralle Oberweite drückte sich gegen ihn. Die Spalte zwischen ihren Brüsten wirkte in dem schwarzen Korsett so verführerisch. Er wollte sich hinabbeugen und sie küssen. Doch Michelle wand sich in seiner Umarmung.

„Hör auf damit." Es war nur ein Flüstern, doch Thierry ignorierte es einfach. Er fuhr mit einer Hand ihren Rücken hinauf zu ihrem Nacken. Dann wurde sein Griff bedrohlich fest. Sie konnte ihren Kopf nicht mehr drehen und war gezwungen, ihm in die Augen zu sehen. Seine Lippen kamen immer näher. Er legte all seine Glut in den Kuss. Fordernd drängte sich seine Zunge in ihren Mundraum und erkundete diesen.

Michelle konnte es nicht genießen. Sie blieb emotionslos, als wäre ihr Inneres gestorben. Seine Berührungen empfand sie als grob, und sein hechelndes Stöhnen nach mehr klang abstoßend.

Sie dachte an Raoul. Auch er hatte sie auf eine gewisse Weise bedrängt. Nur vollkommen anders. Lustvoller. Leidenschaftlicher. Sie sehnte sich nach ihm.

Erneut stiegen ihr die Tränen in die Augen. Sie weinte leise, während Thierry begann, ihr Korsett aufzuschnüren.

„Ich will das nicht." Ihre Hände schlossen sich um seine Finger. Doch er war viel zu wild, als dass sie ihn jetzt noch hätte zurückhalten können. Er betäubte sie mit weiteren heftigen Küssen, bis sie einen schmerzhaften Druck auf ihrem Brustkorb spürte. Sie bekam keine Luft mehr und sackte auf die Knie. Ihr Gesicht war nun auf der Höhe seines Hosenbundes. Beinahe lehnte sie sich sogar gegen ihn, ohne es zu bemerken.

„So willst du es also", meinte er süffisant. „Nur zu." Er öffnete den Reißverschluss, ließ seine Hose zu Boden gleiten und streckte ihr auffordernd seinen harten Penis entgegen.

Michelle fiel zur Seite. Sie barg ihr Gesicht in den Händen und schluchzte auf. Alles war hoffnungslos! Warum konnte sie nicht tatsächlich aufhören zu atmen? Aber ihre verdammten Lungen pumpten die Luft immer weiter durch ihren Körper.

Thierry packte sie an den Haaren. Sie schrie gequält auf, als er ihren Kopf hoch riss.

„Du kleine Schlampe! Sag mir nicht, dass du es nicht auch willst!"

Doch Michelle wimmerte nur.

Sie erinnerte sich wieder an die vergangenen Tage mit Thierry. Die Bilder suchten sie mit geballter Wucht heim. Und als er ausholte und sie ins Gesicht schlug, fühlte sie auch all die längst vergessenen Schmerzen auf ihrer Haut brennen.

Warum war sie nur mit ihm gegangen?

Er ließ sie einfach liegen, um vor ihren Augen zu erledigen, was sie für ihn hätte tun sollen.

***

Thierry sperrte Michelle in einen kleinen abgeschlossenen Raum. Es war für ihn nicht schwer, sich gegen sie durchzusetzen. In ihren Gliedern steckte kaum noch ein Funke Willenskraft. Früher hatten die Spiele mit ihr viel mehr Spaß gemacht, und sein Unterarm war immer noch von ihren Zahnabdrücken gezeichnet. Er erinnerte sich wieder daran, wie sehr Vanessa über diese merkwürdige Narbe gelacht hatte.

Aber nun steckte anscheinend kein Kampfgeist mehr in Michelle. Sie war die Langeweile pur. Er musste sich etwas einfallen lassen, um sie herauszufordern.

Was würde Vanessa wohl an seiner Stelle tun?

Dunkle Gier

Vanessa hatte es sich an der Bar bequem gemacht und sog ihre Bloody Mary genüsslich durch einen Strohhalm. Ihr Blick glitt dabei über den muskulösen Oberkörper von Pierre, dem Barkeeper. Sie hatte von jeher eine Schwäche für ihn. Schon spielte sie mit den Gedanken, was er und sie in dieser Nacht gemeinsam anstellen könnten. Da wurden ihre Fantasien plötzlich rüde unterbrochen.

Raoul zog ihr einfach das Glas unter der Nase weg. Knurrend wie ein Tiger lehnte er sich zu ihr vor.

„Wo ist er?"

„Wo ist wer?" Vanessa dachte gar nicht daran, ihm mit Freundlichkeit zu begegnen. Sie hob keck die Augenbrauen und glotzte ihn an.

„Dein Spielzeug, verdammt noch mal!"

„Oh, dann meinst du wohl Thierry?"

„Thierry ..." Wieder dieses Knurren. „Wo ist er? Sag schon!"

Sie entwand ihm das Glas und bog den Oberkörper ein Stück weit von ihm fort. Erst, als sie einen weiteren Schluck Bloody Mary getrunken hatte, nahm sie sich die Zeit für eine Antwort.

„Nicht hier."

Raouls Geduld war zum Zerreißen angespannt. Er griff einfach in ihren tiefen Ausschnitt und zog sie brutal an sich heran.

„Reiz mich nicht!"

Sie hatte keine Angst vor ihm. Ihre Augen funkelten wild, und im nächsten Moment kippte sie ihm ihr Getränk ins Gesicht. Er fluchte, packte sie und verfrachtete sie mit einem schwindelerregenden Satz auf die Thekenoberfläche.

„Dann ist sie also doch ‚deine' Michelle?" Vanessa grinste.

„Das geht dich nichts an!"

„Ach, nein?" Mit verführerischer Eleganz drehte sie sich auf die Seite und stützte den Kopf mit einer Hand ab. „Du solltest netter zu mir sein, wenn du etwas von mir willst."

Raoul fasste nach einer Serviette, mit der er sein Gesicht von der Bloody Mary befreite, setzte sich dann auf einen der Barhocker und starrte Vanessa eine Weile schweigend an. Sie war ein Biest und obendrein eine weitaus gefährlichere Gegnerin als die meisten männlichen Vampire.

„Gut", begann er ruhig. „Würdest du mir sagen, was mit diesem Thierry ist? – Bitte."

„Das klingt doch schon besser", entgegnete sie mit einem entzückenden Lächeln. Sie holte mit ihren Beinen weit aus, um sich aufzusetzen.

„Ist sie es? Michelle?"

„Vielleicht."

„Hm." Vanessa überlegte kurz. „Thierry ist heute Nacht nicht zurückgekommen. Also ist er wohl anderweitig beschäftigt." Ihre Worte erreichten den gewünschten Effekt. Raouls Miene verfinstere sich deutlich.

„Ich könnte dir sagen, wo Thierry wohnt. Unter einer Bedingung."

„Welche?"

Nun war sie es, die sich zu ihm vorlehnte und fauchte: „Ich will mein Spielzeug zurück!"

***

Thierry trat zum wiederholten Mal durch die Tür zu Michelles Gefängnis. Sie verweigerte nach wie vor das Sprechen, Essen und alles Weitere. Stur und abweisend saß sie neben ihrem provisorischen Bett am Boden und lehnte sich gegen die Wand. Ein Kribbeln schlich über ihre Haut, als Thierry sich ihr näherte. Aber davon würde sie ihn nichts merken lassen.

Er kniete nieder. In den Händen hielt er etwas Ledernes. Es sah aus wie Fesseln und Peitsche. Michelle wollte gar nicht weiter darüber nachdenken. Sie rutschte von ihm weg, als er die Finger nach ihrem Gesicht ausstreckte.

„Du brauchst keine Angst zu haben. Wir könnten eine Menge Spaß haben – zusammen – weißt du das?"

Nun legte sie den Kopf auf die Seite und sah ihn wütend an.

„Ich habe dir auch etwas mitgebracht." Er hielt ihr das Lederwerk entgegen. „Das wird toll. Du wirst schon sehen."

Sie stieß ein verbittertes Lachen aus. „Was bildest du dir eigentlich ein? Glaubst du wirklich, ich würde mich darauf einlassen?“

„Bei denen hast du es bestimmt getan.“ Womit er die Vampire meinte. Nachdem, was er durch Vanessa kennengelernt hatte, war er sich dessen sogar sicher. Sie musste dasselbe wollen wie er. Also, warum zierte sie sich nur so?

„Glaubst du?“

Er nickte gierig und wollte nach ihren Händen greifen, doch sie entzog sich ihm immer wieder, kam sogar halb auf die Füße, als würde sie weglaufen wollen – aber aus diesem Raum gab es kein Entkommen.

„Du bist ja verrückt!“

„Ja“, gab er zu. „Verrückt nach dir!“

Er machte einen Satz auf sie zu, womit er es schaffte, sie zu überrumpeln. Mit heftigem Strampeln setzte sie sich zur Wehr. Thierry verfügte allerdings über die größere Kraft. Er legte sein ganzes Gewicht auf sie und wickelte die Lederfesseln mit beinahe spielerischer Leichtigkeit um ihre Handgelenke. Anschließend sprang er wieder auf, zog sie mit sich und band sie an den Rohren eines Heizkörpers fest.

Michelle winkelte die Beine an. Mit voller Wucht trat sie ihm in die Seite, woraufhin er sich zusammenkrümmte.

„Verfluchte Schlampe!“

Er zurrte die Fesseln so fest, dass sie Michelle ins Fleisch schnitten. Als nächstes wollte er ihre Beine ruhig stellen, was ihm – bedingt durch ihre zappelnde Gegenwehr – nicht leicht fiel. So dauerte es einen Moment, ehe er ihre Füße im Griff hatte und sie ebenfalls mit einem Lederband verknoten konnte.

Dann stand er über ihr. Die Peitsche ruhte bedrohlich in seinen Händen, und Michelle fürchtete bereits das Schlimmste. Sie wandte das Gesicht ab, kniff die Augen zusammen und wartete nur darauf, dass er zuschlug. Aber er lachte nur dreckig.

„Vielleicht sollte ich dir ein wenig Zeit lassen, um über dein Verhalten nachzudenken.“

Michelle hörte dumpf, wie die Tür hinter ihm ins Schloss fiel. Sie atmete auf. Fürs Erste war sie noch glimpflich davongekommen.

***

„Hier!“

Vanessa zeigte auf eines der Türschilder. In dem riesigen Gebäude gab es nur vier Wohnungen. Eine recht noble Gegend.

„Hast du ihm das finanziert?“, fragte Raoul spöttisch.

Sie zischte. „Noch so ein Spruch, und ich jage dir auf direktem Weg einen Holzpflock durch dein kümmerliches Herz!“

Er ging gar nicht weiter darauf ein, warf sich nur lächelnd gegen die Tür, die sich unter seinen enormen Kräften öffnete und polternd gegen die dahinterliegende Wand krachte.

„Nach dir." Mit einer übertriebenen Geste ließ er Vanessa den Vortritt.

„Zu freundlich."

Sie wusste ganz genau, welches die Wohnung von Thierry war. Schließlich war sie es gewesen, die sie ausgesucht hatte.

„Sollten wir dieses Mal vielleicht lieber anklopfen?", fragte sie scheinheilig.

„Tu, was du nicht lassen kannst."

Also klopfte Vanessa energisch an und musste auch gar nicht lange warten, bis eine Stimme von drinnen ertönte.

„Wer ist da?"

„Wer wird hier wohl sein, du treuloser Versager?", keifte Vanessa gegen das stumme Holz. „Was fällt dir ein, mich sitzen zu lassen? Mach sofort die Tür auf!"

Einen Moment herrschte Stille. Thierrys Zögern war offensichtlich. Er befand sich in einer Zwickmühle. Er wollte sie nicht hereinlassen. Doch er war sich auch bewusst, dass er die Vampirin nicht so einfach abwimmeln konnte.

Nach schier endlosen Sekunden ging die Tür einen Spalt breit auf. Thierry lugte nicht einmal hindurch, sondern versteckte sich dahinter.

„Vanessa ... ich ...", stotterte er, „... ich bin krank. Tut mir leid. Aber wir können uns ja morgen wieder treffen."

Ohne lange zu fackeln stieß Vanessa mit einer Hand die Tür auf und fand sich einem entsetzt drein blickenden Thierry gegenüber.

„Lüg mich nicht an, du Versager!"

Mit großen Augen nahm er die furchterregende Gestalt Raouls hinter der Vampirin war. Etwas Boshaftes lag in dessen Erscheinung. Thierrys Knie wurden weich vor Angst.

„Du hast doch eine andere hier." Vanessa stemmte die Hände in die Hüften. „Sag schon!"

„Nein." Er schüttelte den Kopf. „Ganz bestimmt nicht."

Raoul war das lächerliche Spiel leid. Er schob Vanessa zur Seite und packte Thierry am Kragen. Der Mann schrie panisch auf. Mit einem Satz wirbelte Raoul ihn herum, verdrehte ihm die Arme hinter dem Rücken und biss in seinen Hals.

„Genug!", erklang Vanessas gebieterische Stimme hinter ihm. Sie fasste Raoul an der Schulter und zog ihn von Thierry weg.

„Ich hätte mein Spielzeug gerne lebend zurück."

„Bitte!"

Raoul ließ von ihm ab. Angewidert spuckte er aus.

Thierry taumelte einige Schritte, bevor er kraftlos zusammensackte.

„Wo ist Michelle?“ Vanessas Stimme klang jetzt ganz sanft. Sie streichelte ihm dabei sogar liebevoll über das Haar.

„In der Kammer da.“ Zitternd streckte Thierry einen Arm aus und deutete mit dem Zeigefinger in die entsprechende Richtung.

Raoul war nicht mehr zu halten. Er fühlte, wie sich eine ungemeine Spannung in ihm löste. Michelle! Sie war hier. Ganz in seiner Nähe. Endlich – endlich konnte er sie wieder berühren. Dass diese ganzen merkwürdigen Empfindungen wie wild in ihm rasten, war ihm mittlerweile egal. Er wusste nur noch, dass er diese Frau wollte. Ganz und gar.

Vanessa warf ihm einen abschätzenden Blick hinterher, bevor sie sich wieder Thierry widmete. „Hm ...“ Sie legte eine Hand unter ihr Kinn. „Welche Strafe wäre für dich wohl angemessen?“

***

Michelle zuckte zusammen, als die Tür erneut aufschwang. Sie wagte kaum zu ihrem Peiniger aufzusehen. Zu schrecklich waren die Vorstellungen, was er ihr nun antun könnte. Aber es passierte nichts.

Entgegen all ihrer Befürchtungen spürte sie plötzlich, wie die Fesseln an ihren Füßen mit zärtlichen Handgriffen entfernt wurden.

Sie sah auf.

„Du ...?“

„Ich denke, so ist es bequemer für dich.“

Endlich konnte sie ihre Beine wieder bewegen. Auch ihren Handgelenken wollte Raoul sich widmen und kam ihr dabei so nahe, dass Michelle von heiß-kalten Schaudern geschüttelt wurde. Sie musste unweigerlich an ihre gemeinsame Nacht denken – und an die Blondine. Ihre Lippen kräuselten sich.

„Du mieser ...“

Er legte ihr einen Finger auf den Mund.

„Ich sollte dich lieber angebunden lassen, bis du dich beruhigt hast.“

Seine Hände fuhren sanft über ihre Wangen, den Hals und ihr Dekolleté. Sie konnte gar nicht fassen, welche Leidenschaft er mit diesen dürftigen Berührungen in ihr weckte.

„Was ist mit der anderen?“

„Die interessiert mich doch gar nicht mehr.“

„Und die Wette?“

Er knabberte ganz sachte an ihrem Ohrläppchen.

„Ohne die Wette wäre ich jetzt nicht hier.“

Michelle versetzte ihm einen verspielten Tritt gegen sein Schienbein. „Du bist ein Schuft!“

„Aber das stört dich doch nicht, oder?“

Ihr sehnsuchtsvolles Seufzen war ihm Antwort genug. Schließlich befreite er ihre Hände doch von den Lederbändern. Michelle reckte sich ihm entgegen. Sie wollte ihn spüren. Seine Küsse, seine Berührungen – überall auf ihrem Körper.

Raoul hob sie von dem ungemütlichen Boden auf und trug sie zu der notdürftigen Schlafstätte. Obwohl seit ihrer letzten Nacht nicht viel Zeit vergangen war, kam es ihm doch so vor, als hätte er sich viel zu lange nach ihr gesehnt. Die ganze Ewigkeit, die bereits hinter ihm lag.

Er konnte sie gar nicht schnell genug aus ihrer Kleidung schälen und ihre nackte Haut liebkosen. Jede noch so winzige Stelle davon wollte er ausgiebig erkunden. Als seine Zunge dann drängend über ihre Klitoris fuhr, bäumte Michelle sich vor quälendem Verlangen auf. Sie verlor alle Hemmungen und gab sich ihm vollkommen hin.

Langsam setzte Raoul sich wieder auf und befreite auch sich selbst aus dem einengenden Stoff seines Anzuges. Michelle tastete über die Konturen seines harten Oberkörpers, konnte gar nicht genug davon bekommen. Ihre Finger fuhren hinab zu seinem Schoß. Sie erreichte die gesuchte Stelle und spürte sein erigiertes Glied. Ein Bein legte sie auf sein Gesäß und forderte ihn mit sanftem Druck auf, sie endlich von ihrem Sehnen zu erlösen. Nur zu bereitwillig kam er ihr nach. Er drang vorsichtig in sie ein und genoss jeden Augenblick, in dem sie ihn ganz in sich aufnahm.

Atemlos spürte Michelle die herrlichen Stöße, mit denen Raoul sie in einen Rausch der Sinne versetzte. Ihre Arme schlossen sich fester um seinen Rücken, und zum ersten Mal hatte sie das Gefühl, tatsächlich Halt zu finden. Sie folgte seinem Rhythmus, spürte seine feurigen Küsse und die spitzen Zähne, die sich hervorschoben.

Er wollte sie. Ihren Körper. Ihr Blut. Alles. Und Michelle ließ es geschehen. Sie wollte vor Glück zerspringen, als sie von einem ekstatischen Höhepunkt ergriffen wurde. Nie hätte sie geglaubt, dass es so sein könnte.

Ende

Chassedy

Kerri van Arden

Wer ist die mysteriöse Chassedy, die plötzlich vor Joshua Brightons Tür steht, um eine leidenschaftliche Nacht mit ihm zu verbringen?
Für den schüchternen Informatiker bleibt die Begegnung mit der attraktiven Fremden nicht ohne Folgen. Innerhalb kürzester Zeit gelingt es ihr, sein Leben völlig auf den Kopf zu stellen und aus ihm einen neuen Menschen zu machen.
Joshs Wandlung bleibt auch Patty, seiner heimlichen Liebe, nicht verborgen. Als sie mit ihm ausgeht und eine Liebesnacht mit Josh verbringt, überschlagen sich die Ereignisse, denn Chassedy duldet keine Nebenbuhlerin und schwört Rache …

Nicht den Tod sollte man fürchten, sondern dass man nie beginnen wird, zu leben.
(Mark Aurel 121 – 180)

Joshua:

Mein Name ist Joshua Brighton. Ich arbeite als Webdesigner in einer kleinen Werbeagentur. Es ist nicht gerade mein Traumjob – aber heutzutage muss man froh sein, wenn man überhaupt eine Arbeit findet. Auch wenn es bedeutet, dass die Bezahlung weit unter dem liegt, was ein professioneller Webdesigner normalerweise verdient.

Eigentlich hatte ich große Karrierepläne. Ich wollte als Diplominformatiker in einer renommierten Firma arbeiten, einen satten Stundenlohn kassieren und mir ein Apartment, einen Sportwagen und eine neue Fotoausrüstung kaufen. An Talent und Fachwissen mangelte es mir nicht, doch fehlte mir das Selbstbewusstsein. Ich war kein Kämpfer, konnte nicht von mir überzeugen oder mich gegen Konkurrenz durchsetzen. Schon in meiner Jugend war ich darauf getrimmt worden, es immer allen recht zu machen und meine eigenen Bedürfnisse hinten anzustellen. Ich stand selten im Mittelpunkt, und irgendwie war das auch gut so. Ich fühlte mich nicht wohl, wenn alle Aufmerksamkeit auf mich gerichtet war. Nein, ich erfreute mich lieber an den einfachen Dingen des Lebens, an einem schönen Sonnenaufgang oder einem Gewitter mitten im Sommer. Ich war recht naturverbunden und bin es vielleicht sogar noch immer. Ich liebte Pflanzen und Tiere, Menschen waren mir zu oberflächlich, zu sehr auf Äußerlichkeiten bedacht und ... Aber das ist jetzt eigentlich nicht wichtig, ich möchte Ihre wertvolle Zeit nicht weiter vergeuden. Zeit kann etwas sehr Kostbares sein. Das werden Sie umso besser verstehen, wenn Sie erst meine Geschichte kennen. Doch lassen Sie mich am besten von vorne beginnen.

***

An einem lauwarmen Frühlingsabend traf ich sie das erste Mal. Es war Zufall, dass wir uns begegneten. Zumindest glaubte ich das damals, vielleicht war es aber auch Schicksal, wenn es so etwas wirklich geben sollte. Damals konnte ich nicht ahnen, dass sie mein Leben so verändern, es derart auf den Kopf stellen und mein ganzes Weltbild ins Wanken und schließlich zum Einstürzen bringen würde, allein durch die Tatsache, dass es sie gab – dass sie existierte!

Ich stand gerade an einer Kreuzung auf dem Weg zum Supermarkt, denn ich hatte wieder einmal vergessen, Joeys Futter zu kaufen. Joey ist mein Kater – ein großer dicker Kerl mit rotem Fell.

Auf der anderen Straßenseite fiel mir eine Frau auf. Sie stand regungslos da, an die Ampel gelehnt und schien mich zu beobachten. Sie hatte eine seltsame Ausstrahlung. Ich kann nicht genau sagen, was es war. Aber sie hatte etwas an sich, das meine Aufmerksamkeit erregte. Etwas, dass mich gleichermaßen erschreckte, aber auch faszinierte. Sie wirkte lässig, trug einen langen schwarzen Mantel. Schwer zu erkennen, was sich darunter verbarg. Ihre Haare waren lang und schimmerten in einem kräftigen goldblonden Ton.

Zuerst glaubte ich, dass sie mich beobachtete und fühlte mich verständlicherweise geschmeichelt, doch dann wurde mir bewusst, dass sie sich nicht für mich, sondern für eine alte Dame interessierte, die in schlichtes Grau gekleidet war und einen Krückstock in der Hand hielt. Schwerfällig bewegte sich die Alte an mir vorbei über die Straße. Jeder Schritt schien sie Unmengen an Kraft zu kosten. Der Vergleich mit einer Schildkröte kam mir in den Sinn. Ja, sie erinnerte mich an ein uraltes, schleichendes Reptil. Ich glaubte ihren schweren, angestrengten Atem zu hören, während sie förmlich über den Asphaltstreifen kroch ...

Plötzlich zerbarst das Quietschen von Reifen die friedliche Ruhe, gefolgt von dem Aufheulen schriller Sirenen. Starr vor Schreck blickte ich nach rechts. Ein schwarzer Wagen kam mit hoher Geschwindigkeit auf uns zugebraust. Doch ich sah alles um mich herum wie in Zeitlupe. Die alte Dame war gerade erst in der Straßenmitte angekommen. Jede Sekunde würde der Wagen sie erreichen und über sie hinwegrollen.

Ich weiß nicht, was in mir vorging, ich kann mich nur noch bruchstückhaft erinnern – plötzlich hörte ich mich selbst rufen: „Zur Seite!“ Doch die Stimme kam mir fremd vor, so, als wäre es gar nicht meine. Ich stürmte auf die Dame zu, packte sie und warf mich mit ihr zur Seite, während das Auto mit lautem Quietschen an uns vorbeischoss. Ich legte mich schützend über die alte Frau und hörte aus der Ferne ein Krachen. Der Fahrer des Wagens hatte erfolglos versucht auszuweichen und war in eines der am Straßenrand geparkten Autos gerast. Die Polizeisirenen wurden lauter, der Einsatzwagen war angekommen. Menschenmassen bildeten sich um uns. Ich stand noch immer unter Schock. Den Trubel um mich herum nahm ich kaum wahr, nur ab und an drangen Bruchstücke des Getöses zu mir herüber. Ich hörte die Leute rufen: „Er ist ein Held! Er hat ihr das Leben gerettet.“

Chassedy:

Der junge Mann hatte mich beeindruckt, obgleich er mir durch sein Eingreifen einen Strich durch die Rechnung gemacht hatte. Doch er konnte nicht ahnen, warum ich hier war. Er wusste nichts von meinem Auftrag.

Bereitwillig hatte er sich in Gefahr gebracht, um das Leben der alten Frau zu retten. Seine Selbstlosigkeit faszinierte mich und ich beschloss, ihn im Auge zu behalten. Es war ein Leichtes für mich, ohne Zweifel.

Schon am selben Abend kannte ich seine Adresse und seinen Namen. Joshua Brighton. Ein Mann, der mit sich und seinem Leben nicht zufrieden war. Die wenigen Freunde, die er hatte, schienen ihn auszunutzen, sich über ihn lustig zu machen. Gewollt oder ungewollt verletzten sie ihn mit ihren Späßen, doch nie kam ein Wort der Klage über seine Lippen. Sein einzig wahrer Freund war sein dicker roter Kater.

Wann immer ich Joshua aufsuchte, spürte ich, wie der Kater mich erkannte. Jede Bewegung von mir verfolgte er mit seinen großen gelben Augen. Und wie amüsant war es erst, wenn Josh glaubte, Joey würde mit einem unsichtbaren Wesen spielen, ohne zu ahnen, dass dem tatsächlich so war.

Joshua war kein besonders gut aussehender Mann. Seine Haare trug er zu einem langweiligen Scheitel frisiert und seine – eigentlich wunderschönen blauen Augen – verbarg er hinter einer geschmacklosen Brille. Aber ich war nicht die Person, die sich etwas aus Äußerlichkeiten machte.

Je öfter ich ihn besuchte, desto besser lernte ich ihn kennen, und ich erkannte, was für ein liebenswerter und zärtlicher Mensch er war. Wenn er abends nach Hause kam, spielte er stets mit Joey oder kümmerte sich um seine Pflanzen, mit denen er sogar ab und an sprach. Ich fand es amüsant, wie sorgfältig er seine Kleidung im Schrank ablegte und sie nach einem komplizierten System ordnete – oder wie übertrieben sauber er seine kleine Wohnung hielt, stets wissend, wie unnötig es eigentlich war, da er sowieso nie Besuch bekam. Ich erlebte glückliche und traurige Tage in seinem Leben, wobei die traurigen wohl überwogen. Er war einsam. Er hatte keine Frau. Keine Freundin. Niemanden, außer die auf ihren eigenen Vorteil bedachten Kollegen. Ich beobachtete ihn, wenn er zur Arbeit ging. Ich sah, wie er der niedlichen Sekretärin nachblickte. Er liebte sie, doch er traute sich nicht, ihr das zu gestehen – denn er war viel zu schüchtern. Und sie ... sie schien unerreichbar für ihn.

An einem kalten Winterabend entschied ich mich, ihm zu helfen. Es war eine jener Nächte, kurz vor Heiligabend, in denen er einsam auf dem Balkon saß und sich die Stadt bei Nacht ansah. Erneut würde er Weihnachten allein sein. Niemand da, mit dem er feiern konnte. Ich spürte seine Verzweiflung, seine Einsamkeit. Er hatte getrunken, und wie so oft fürchtete ich, dass er sich etwas antun würde, obwohl seine Zeit noch längst nicht abgelaufen war.

An diesem Abend spürte ich, es war der rechte Augenblick, sich ihm zu offenbaren.

Joshua:

Es war kurz vor Weihnachten. Ich hatte ein, zwei Gläser zu viel getrunken, blickte hinaus und genoss den Anblick der nächtlichen Stadt. So viele Menschen leben in dieser Metropole, ging es mir durch den Kopf, und doch ist es möglich, unter ihnen zu vereinsamen.

„Setz diesem Dasein ein Ende", dachte ich. Doch ich sprang nicht, ich hatte zu viel Angst vor dem Tod.

„Du bist betrunken", erinnerte ich mich selbst, während mein Blick zu den dunklen Häusern mit ihren quadratisch erleuchteten Fenstern hinauswanderte.

In jener schicksalhaften Nacht sollte ich Chassedy das zweite Mal begegnen.

Nichts ahnend stand ich auf meinem Balkon, gab mich ganz meinen Suizidgedanken hin, als es unverhofft – und für diese Uhrzeit noch dazu völlig überraschend – an meiner Tür klingelte.

Es klingelte? Bei mir? Ich musste erst meine Gedanken ordnen. Wer um alles in der Welt sollte mich denn jetzt besuchen wollen? Ich würde einfach nicht aufmachen. Wer immer das war, sollte morgen erneut kommen. Ich war jetzt einfach nicht in der Stimmung. Ich wollte allein sein.

Mein unbekannter Besucher schien nicht aufzugeben und klingelte unbeirrt weiter. Das penetrante schrille Klingelgeräusch fing an, mich zu nerven. Also raffte ich mich auf und stolperte zur Tür, um meinen aufdringlichen Besucher in Empfang zu nehmen. Kaum hatte ich geöffnet, blieb mir die Luft im Halse stecken, und mein Herz begann vor Aufregung wild zu pochen ... vor der Tür stand eine junge Frau, die mich aufreizend anlächelte.

„Das kommt vom Alkohol", erklärte ich mir das augenscheinliche Trugbild und kniff die Lider zusammen. *„Wenn ich die Augen jetzt wieder öffne"*, dachte ich, *„dann ist die Frau verschwunden. Sie ist nur Einbildung!"*

Ich sollte eines Besseren belehrt werden, denn die Dame stand noch immer lässig an den Türrahmen gelehnt und schmunzelte mich an.

„Darf ich hereinkommen?", fragte sie und betrat meine Wohnung, ohne eine Antwort abzuwarten.

Irgendwie kam sie mir bekannt vor, ich wusste allerdings nicht, wo ich sie schon einmal gesehen hatte. Sie war größer als ich, was mich nicht wirklich verwunderte, sehr schlank und hatte lange blonde Haare. Mit Erstaunen bemerkte ich, wie gut sie sich in meiner Wohnung auszukennen schien. Zielstrebig lief sie in meine Küche. Ich folgte ihr verdutzt und sah, wie sie zwei Gläser aus dem Schrank nahm und Rotwein einschenkte.

„Wer sind Sie?", stammelte ich.

„Ich bin Chassedy", antwortete sie schlicht.

„Chassedy? Was wollen Sie?“

Chassedy kam auf mich zu, reichte mir ein Glas und flüsterte mit einer nicht gerade unerotischen Stimme: „Ich will dich glücklich machen, Joshua.“

Woher kannte sie meinen Namen? Mit nur einem Schluck trank sie ihr Glas aus, welches sie dann achtlos hinter sich in die Ecke warf, wo es zerschellte. Ich wollte etwas sagen, doch dann spürte ich plötzlich ihre Hand an meiner Hose. Sanft, aber bestimmt drängte sie mich nun in Richtung Schlafzimmer. Woher wusste sie nur, wo es war? Ich fiel auf mein Bett und verschüttete dabei versehentlich den Rotwein auf das weiße Laken. Noch immer zu überrascht um etwas zu sagen oder zu tun, spürte ich, wie sie sich über mich beugte und an meinem Hemd zog. Ich hob den Kopf, um zu sehen, was sie tat. Das Trugbild meiner Trunkenheit begann gerade damit, Knopf für Knopf meines Hemdes zu öffnen. Mit den Zähnen! Was sollte ich tun? War ich wirklich so betrunken, dass der Alkohol schon zu Halluzinationen führte? So viel konnte ich unmöglich getrunken haben!

Ich spürte ihren Körper dicht an meinem und ihren Atem, wie er – ihren Lippen folgend – meine Haut entlangfuhr. Ich fing an, es zu genießen. Selbst, wenn es nur eine Einbildung sein sollte – es war mir egal. Ich sehnte mich danach, sie ebenfalls zu berühren. Sie zu halten, sie zu lieben und mich dieser Illusion einfach hinzugeben. Langsam dämmerte es mir, dass es zu real war, um ein Traum zu sein. Eine Veränderung ging in mir vor. Ich erkannte mich selbst kaum wieder. Eine ungekannte Leidenschaft erwachte in mir, die gänzlich die Kontrolle über meinen gesamten Körper übernahm. Doch so sehr ich mich diesen Gefühlen auch hingab, Chassedy ließ mich nie die Oberhand gewinnen. Unsere Körper umschlangen sich, schmiegten sich aneinander und wälzten sich über das Bett – ich spürte sie mit einem Mal auf mir, an mir und mich in ihr. Unsere Seelen schienen zu verschmelzen. Pure Energie schien Welle um Welle durch meinen Körper zu branden. Höher und höher türmten sich die Wellen, bis sie schließlich in einem gewaltigen Höhepunkt über mir zusammenschlugen.

Es war, als würde die Magie des Augenblickes über die Schwerkraft triumphieren, und ich fühlte mich, als würde ich fliegen. Ich war völlig entspannt und genoss es, wie mein Geist dahinzuschweben schien, glitt jenseits von Raum und Zeit dahin wie in einem wunderschönen Traum ... ein Traum! War es nun doch ein Traum?

Sie legte sich neben mich und meine letzten Zweifel verflogen, als hätten sie nie existiert. Mir war egal, warum sie gekommen war, oder was sie dazu veranlasst hatte gerade mich „auszuwählen". Alle Fragen, die mir durch den Kopf gegangen waren, verloren jedwede Bedeutung. Wichtig war nur: Sie war hier.

Ich lehnte meinen Kopf an ihre Schulter und genoss ihre Nähe. Sie war wunderschön. Ich betrachtete ihr makelloses Gesicht, diese feinen Züge und diese herrlich vollen Lippen. In mir wuchs der Drang, diese Lippen zu kosten.

Nichts wollte ich mehr, als ihren Geschmack auf meiner Zunge zu spüren. Langsam richtete ich mich auf, näherte mich diesem süßen Mund und öffnete dabei meinen eigenen einen Spalt. Doch noch ehe ich meine Lippen auf die ihren pressen konnte, schrak sie plötzlich zurück und starrte mich voller Entsetzen an.

„Keine Küsse!“, sagte sie bestimmt, fast schon warnend und rappelte sich schnell auf.

„Wohin gehst du?“, fragte ich ängstlich, und ich hoffte, sie würde mich jetzt nicht verlassen. Was auch immer sie so verärgert haben mochte, es tat mir leid, und ich wollte das, was zwischen uns gewachsen war, nicht unachtsam zerstören.

Doch Chassedy schien mir keineswegs böse zu sein und zückte lediglich eine Zigarette.

„Ich geh eine rauchen!“, sagte sie und spazierte splitterfasernackt aus dem Zimmer.

Eine rauchen? Auf dem Balkon? Wollte sie sich denn nichts überziehen? Die Kälte war mörderisch! Außerdem konnte sie dort draußen jeder sehen!

Ich schüttelte meinen Kopf, erstaunt darüber, wie klar ich plötzlich wieder war und eilte ihr hinterher, versäumte jedoch nicht, mir meinen Bademantel überzuziehen.

Chassedy:

Ich wusste, Josh würde mir folgen. Er setzte sich zu mir und blickte mich erstaunt an. Mit meiner Offenheit kam er nicht zurecht, er fand es unanständig, sich so in der „Öffentlichkeit“ zu zeigen. „*Wenn du nur wüsstest*“, dachte ich und ließ mich nicht weiter beirren. Er hatte viele Fragen, doch er wagte es nicht, eine einzige zu stellen.

„Wir haben viel vor uns, Josh“, meinte ich schließlich einleitend. Er blickte mir aus unwissenden Augen entgegen. Der junge Mann hatte keine Ahnung, nicht die geringste. Alles, was er sah, war eine nackte Frau mit einer Zigarette, die auf seinem Balkon saß und kurz zuvor eine heiße Liebesnacht mit ihm verbracht hatte.

„Was ... was meinst du, Chassedy?“

Ich betrachtete ihn von oben bis unten. Ohne seine Brille sah er gar nicht schlecht aus. Sein Körper war bei weitem nicht so schwächlich, wie er auf den ersten Blick wirkte. Er hätte wahrlich viel aus sich machen können, hätte er nicht diesen biederen Geschmack.

„Alles zu seiner Zeit, Josh. Vertrau mir einfach, okay?“

„Okay ... Chassedy.“ Er hatte ohnehin keine andere Wahl.

„Wann sehen wir uns denn wieder?“

„Schon bald!“, versicherte ich und nahm einen Zug. Ja, dieser unscheinbare Kerl hatte es mir tatsächlich angetan. In mir spürte ich etwas, was mir fremd war. Es war ein neues, aufregendes Gefühl. Etwas, das ich in dieser Art noch nie zuvor erlebt hatte …

Joshua:

Am nächsten Tag trieb Colin am Arbeitsplatz seine üblichen Scherze mit mir, doch seltsamerweise machte es mir diesmal nicht so viel aus. Ich dachte immerzu nur an sie, an die schöne Chassedy. Würde sie ihr Versprechen halten? Mein Bauchgefühl sagte mir, dass irgendetwas nicht mit ihr stimmte. Bisher hatte ich es noch nie einfach in meinem Leben gehabt, doch diesmal schien alles glatt zu laufen. Zu glatt! Nachdenklich starrte ich auf den grauen Fußboden meines Büros und hörte Schritte ... Klack, Klack ... Absatzschuhe! Ich blickte auf, dachte automatisch an Chassedy, doch vor mir stand Patricia, die Sekretärin.

Sie trug ein rotes Kostüm und hatte ihre rotblonden Haare hochgesteckt. Diese schönen blonden Locken mit dem rötlichen Schimmer.

Kaum hatten sich unsere Blicke getroffen, schenkte sie mir ein warmes Lächeln. Patricia war immer so freundlich, selbst zu mir.

„Ihre Post, Mr. Brighton.“

„Vielen Dank, Patty“, sagte ich und nahm die Briefe entgegen.

„Sie sehen heute Morgen gut aus“, bemerkte Patty plötzlich mit einem Zwinkern und stolzierte aus meinem Büro. Ich ertappte mich dabei, wie ich ihr regelrecht nachstarrte. Was für Beine – was für ein Po – und dann noch dieses Zwinkern.

Seltsam, so etwas hatte sie doch noch nie gemacht. Sie war zwar immer nett und höflich, aber ein derartiger, wenn auch recht kurzer Flirt, war in den letzten 3 Jahren nie vorgekommen.

Gen Abend kam ich nach Hause. Ich hatte gerade die Tür hinter mir geschlossen, als ich bereits von einer mir inzwischen recht vertrauten Stimme begrüßt wurde: „Hallo, Josh. Du bist spät dran. Mach dich fertig, wir haben noch etwas vor.“

Chassedy! Wie war sie ohne Schlüssel hereingekommen?

Rasch eilte ich ins Wohnzimmer. Da saß sie auch schon in meinem Sessel. Die langen blonden Haare zu einem Zopf gebunden, eine Zigarette in der Hand und ihren atemberaubenden Körper in ein scharfes, knallrotes Latexkleid gehüllt.

Sie warf mir eine Tüte zu. „Zieh das an! Es wird dir gefallen.“

Ungeschickt fing ich die Tüte auf und blickte dann ungläubig hinein. Eine glänzende schwarze Hose, ein dunkler Body und ein Lederhalsband. Nicht wirklich mein Geschmack – aber konnte ich ihr den Gefallen abschlagen und es nicht anziehen? Zögernd verschwand ich im Bad ...

Als ich zurückkam, klatschte sie begeistert in die Hände: „Du siehst toll aus, Josh!“

Ich blickte an mir herunter. Es war gewöhnungsbedürftig. Mit ihrer katzenhaften Geschmeidigkeit kam sie langsam auf mich zu und nahm mir die Brille sacht ab. Dann betrachtete sie mich kritisch.

„Noch besser“, sagte sie mehr zu sich selbst als zu mir.

„Wohin gehen wir, Chassedy?“

„In den Dark Passion Club!“

Dark Passion?

Um Himmelswillen, was mochte mir jetzt wieder bevorstehen?

***

„Was mache ich nur hier? Ich bin völlig fehl am Platz!“, die Gedanken in meinem Kopf überschlugen sich. Noch immer konnte ich es nicht glauben, dass Chassedy mich dazu gebracht hatte, in diesen ominösen Club zu fahren. Diese Welt war mir fremd. Ich blickte zu einem Paar an der Theke. Sie hielt ihn an einer Leine und zwang ihn irgendetwas zu trinken, das er augenscheinlich gar nicht mochte. Bizarr! Ich schüttelte mich.

„Bist du bereit?“, flüsterte mir eine vertraute Stimme ins Ohr und schob mich durch die Halle.

„Wohin bringst du mich, Chassedy?“

„Das wirst du schon sehen. Sei nicht so verkrampft.“

Wir gelangten in einen separaten Bereich. Sie zog einen Vorhang zur Seite und offenbarte mir den Blick auf einen kleinen dunklen Raum, in dem ein Andreaskreuz stand. Langsam zog sie mir die Lackhose hinunter und half mir auch aus dem hautengen Body zu schlüpfen.

„Stell dich an das Kreuz“, sagte sie und stieß mich in die Richtung.

„Ich soll was?“

„Nicht so zimperlich.“

Alles in mir sträubte sich dagegen, aber aus irgendeinem Grund tat ich dennoch, was sie von mir verlangte. Wahrscheinlich, weil ich sie nicht enttäuschen wollte.

Chassedy schnallte mich geschickt an das Holzkreuz und fixierte meine Handgelenke und meine Beine mit Lederriemen.

„Wie fühlst du dich?“, fragte sie und stolzierte in ihrem hautengen roten Kleid durch den Raum. Allein dieser Hüftschwung war eine Sünde wert.

„Wenn du jetzt vorhast, mich auszupeitschen, dann ... dann … so etwas mache ich nicht mit!“

„Keine Angst.“ Sie stellte sich vor mich und legte mir ihren Finger auf die Lippen. „Es gibt doch so viele andere Möglichkeiten, dich glücklich zu machen." Ihre Hände drückten sanft meine Hoden. Durch meinen Körper schoss ein Schwall der Erregung. Doch viel zu schnell ließ sie wieder von mir ab.

„Wo willst du hin?", fragte ich verwirrt. Sie würde mich doch nicht allein hier zurücklassen?

„Ich suche ein paar hübsche Spielzeuge. Bleib schön hier, Josh."

Sehr witzig, wo hätte ich auch hingehen sollen?

Kaum hatte Chassedy den Raum verlassen, hörte ich von draußen Stimmen, gefolgt von einem Kichern. Zwei junge Frauen stolperten vergnügt in den Dark Room. Als sie mich sahen, hielten sie erstaunt inne und musterten mich von oben bis unten. Ich wäre vor Scham am liebsten im Erdboden versunken.

„Wer hat den denn hier vergessen?", fragte die Kleinere der beiden und grinste ihre Freundin an.

Wie zwei Raubkatzen begannen sie mich von beiden Seiten zu umkreisen. Mir war nicht wohl zu Mute. Ich hoffte, dass Chassedy rasch zurückkehren und aufklären würde, dass ich zu ihr gehörte, bevor sich diese beiden Lackladys auf mich stürzten.

„Was meinst du, Lucy. Wollen wir ihn ausprobieren? Er gefällt mir."

Die größere Frau nickte und streichelte meine Wange. „Gern! Selten einen so überzeugenden Sklaven gesehen. Die Angst steht ihm förmlich ins Gesicht geschrieben. Man möchte meinen, sie wäre echt."

„Hört mal, ich bin kein Sklave", protestierte ich, doch schon schob mir Lucy ein Tuch in den Mund, das sie mir am Hinterkopf zusammenband. Ich biss auf den Knebel, schüttelte heftig den Kopf und versuchte mich irgendwie verständlich zu machen. Aber ich wurde nur ausgelacht. Offenbar lag hier ein Missverständnis vor! Die beiden Frauen schienen zu glauben, ich würde ihnen zur Verfügung stehen.

„Bringst du mir bitte die Kerze, Ramona?"

„Mit dem größten Vergnügen."

Meine Augen weiteten sich vor Entsetzen, denn ich ahnte, was die beiden vorhatten.

„Jetzt tu nicht so, als würde es dir nicht gefallen", schnauzte Lucy mich an und deutete zu der übergroßen Beule in meiner Unterhose. Tatsächlich spürte ich, so verrückt es auch war, eine gewisse Erregung. Ja, es war aufregend, diesen beiden Schönheiten ausgeliefert zu sein. Zum ersten Mal nahm ich nun ihre Vorzüge wahr. Zwei Paar pralle Äpfel, Taillen, die in Korsetts gezwängt waren und die erotischsten und vollsten Lippen, die ich je gesehen hatte. Ich konnte nicht einmal sagen, welche der beiden Frauen mich mehr antörnte. Die kleine Ramona mit ihren unschuldigen Augen und dem sadistischen Lächeln oder Lucy, die mit ihrer grazilen Figur auf den Laufstegen der Welt hätte zu Hause sein können.

Ramona hielt die brennende Kerze schräg, und heißes Wachs tropfte auf meine Brust. Ein fieser Schmerz jagte durch meinen Körper. Ich wollte schreien, doch der Knebel erstickte jeden Laut im Keim.

„Er wird härter", sagte Ramona – und ich konnte kaum glauben, was ich hörte.

„Lass dich gehen", flüsterte Lucy in mein Ohr. „Hör auf zu leugnen, dass es dir nicht gefällt."

Mein Körper schien sich gegen mich verschworen zu haben. Er reagierte völlig anders, als mein Verstand es ihm diktierte. Die aufregendsten Gefühle entbrannten in meinem Unterleib, als hätte er ein Eigenleben entwickelt. Ich konnte mich nicht dagegen wehren. Und schließlich ließ ich los. Ich schaltete meinen Verstand aus und gab mich ganz den neuartigen Gefühlen hin, die in mir erwachten. Schon bald war mein Körper voll heißer, blutroter Wachsflecken. Doch anstatt an meinen Fesseln zu zerren und mit aller Kraft zu versuchen, mich zu befreien, ergab ich mich dem süßen Schicksal, das es doch eigentlich gar nicht allzu schlecht mit mir meinte.

Als Chassedy in den Dark Room zurückkehrte, waren Ramona und Lucy längst verschwunden. Allerdings hatten sie mich gefesselt und geknebelt zurückgelassen. Ein amüsiertes Grinsen zeichnete sich auf ihren Lippen ab, als sie mich in dieser misslichen Lage sah.

„Wie ich sehe, hattest du bereits deinen Spaß", sagte sie und band mich los. Erschöpft, doch befriedigt sank ich auf die Knie. Chassedy streichelte liebevoll meinen Schopf und half mir dabei, mich wieder anzukleiden. Erst als wir den Club verließen fiel mir auf, dass sie gar kein Spielzeug organisiert hatte. Was hatte sie nur in der ganzen Zeit getrieben? Und war es tatsächlich bloß ein Zufall gewesen, dass mich Ramona und Lucy im Dark Room entdeckt hatten?

Was immer auch in Wirklichkeit vorgegangen war, ich bereute nichts. Ganz im Gegenteil: In dieser Nacht hatte ich mehr über mich und meine Gelüste erfahren als jemals zuvor.

***

Von diesem Zeitpunkt an gingen Chass und ich jede Nacht aus. Ins Kino, ins Theater, in angesagte Diskos oder ins Restaurant. Nicht selten vergnügten wir uns im Dark Passion Club, der bald zu meiner zweiten Heimat wurde. Ich probierte alle nur erdenklichen Spielarten aus und fand Gefallen an ihnen. Nach und nach begann ich mich zu akzeptieren, mein neues Leben zu genießen und fand in vielen Gleichgesinnten gute Freunde. Ich führte ein Doppelleben. Nachts war ich frei. Zufrieden mit mir selbst. Mein Leben am Tag blieb jedoch die Hölle für mich. Der Ursprung allen Übels war Colin. Ein dicklicher, aber großer Mann mit kurzen blonden Haaren, die schon an einigen Stellen etwas licht wurden. Er trug stets ein weißes Hemd und eine blaue Hose mit zwei dicken roten Streifen an den Seiten. Colin war der Assistent vom Chef, und ich wurde das Gefühl nicht los, dass er eine persönliche Abneigung gegen mich hegte. Nicht ein gutes Haar ließ er an mir und drohte sogar damit, meine Projekte an einen Kollegen abzugeben.

Doch an diesem Abend sollte ich für Colins Sticheleien entschädigt werden. Kaum hatte ich die Tür zu meinem Apartment aufgeschlossen, wurde ich auch schon von lautem Jubelgeschrei empfangen.

„Überraschung!", riefen meine Freunde aus dem Dark Passion Club und schlossen mich einer nach dem anderen in die Arme. Eine Überraschungsparty! Und ich hatte noch nicht einmal Geburtstag. Der Abend war herrlich, wir lachten unentwegt, aßen Pizza, tranken Sekt und spielten Flaschendrehen. Gemeinsam schauten wir uns einen Film an, dann verabschiedeten sich die ersten. Nach und nach wurde es leerer in meiner Wohnung, bis schließlich nur noch Lucy, Ramona und Chassedy übrig blieben.

„Was wollen wir jetzt machen?", fragte Lucy und sah zwischen Ramona und mir hin und her.

„Mir würde da schon etwas einfallen. Ich habe mich schließlich nicht umsonst so aufgestylt."

Ramona strich über ihr hautenges Lackoutfit und zwinkerte mir zu. Bei ihrem Anblick lief mir förmlich das Wasser im Munde zusammen, und ich spürte, wie meine Hose enger wurde.

„Ich bin für alles zu haben", sagte ich rasch und sprang auf.

„Etwas anderes hatten wir nicht von dir erwartet", sagten die beiden Schönheiten wie aus einem Munde, lachten herzlich und drängten mich ins Schlafzimmer. Ich wusste, was sie vorhatten und hoffte, dass Chassedy dem Spiel beiwohnen würde. Doch sie hatte offenbar anderes im Sinn und zog sich zu meiner Enttäuschung zurück.

Ehe ich mich versah, hatten mir Ramona und Lucy die Kleider vom Leib gerissen, warfen mich aufs Bett und bedeckten meine Haut mit ihren leidenschaftlichen Küssen. Überall spürte ich ihre gierigen Hände. Keinen Fleck ließen sie aus. Es war berauschend!

Lucy setzte sich auf meine Brust. Sie streichelte liebevoll meinen Hals, griff plötzlich nach meinen Armen und drückte sie neben meinen Kopf auf das Kissen. Blitzschnell zückte sie zwei Paar Handschellen, die sie an ihrem Gürtel befestigt hatte und kettete mich an die Bettpfosten.

Ich setzte mich nicht zur Wehr und genoss ihre Dominanz. Langsam erhob sie sich und erlaubte mir einen Blick auf Ramona, die gerade meine Beine spreizte und meine Fußgelenke mit Lederriemen an den hinteren Bettpfosten fixierte. Alle viere von mir gestreckt lag ich nun da, unfähig, mich zu bewegen – und der Willkür der beiden Frauen ausgesetzt. Breitbeinig stand Lucy über mir, reichte Ramona die Hand und half ihr auf. Die Freundinnen nahmen sich in die Arme und küssten sich zärtlich. Verspielt zogen sie sich aus, berührten gegenseitig ihre prallen Brüste und konnten einfach nicht die Finger voneinander lassen. Ihr Spiel war dermaßen aufregend, dass sich mein Glied zu seiner vollen Größe aufrichtete und sich ihnen sehnsüchtig entgegenreckte. Doch weder Lucy noch Ramona schenkte ihm Beachtung. Sie schienen nur Augen für sich zu haben.

Ich drehte den Kopf ein wenig zur Seite und sah, wie Lucy ihre Hand ausstreckte und sacht Ramonas braun gelockte Scham streichelte. Ramona schloss die Augen und stöhnte leise, während Lucy ihren Finger in sie stieß.

Auch ich konnte ein erregtes Keuchen nicht länger unterdrücken, und instinktiv bewegte sich mein Becken im Rhythmus.

„Wir hätten dich beinahe vergessen", sagte Lucy und setzte sich zusammen mit Ramona auf meinen Bauch. Ihr Gewicht raubte mir fast den Atem. Ich war gezwungen, meine Bauchmuskeln stark anzuspannen, wenn ich den Druck aushalten wollte.

Die beiden Frauen küssten sich wild und ignorierten meine Pein. Ramona griff hinter sich und umschloss meinen Penis, an dem sie sogleich zu reiben begann. Die Situation war dermaßen aufregend, dass ich glaubte, innerhalb weniger Sekunden einen fulminanten Orgasmus zu bekommen. Doch ich hatte mich zu früh gefreut. Als ich mich dem Höhepunkt näherte, ließ Ramona plötzlich von mir ab und widmete sich mit großer Leidenschaft ihrer Freundin.

„Nein", stöhnte ich frustriert, während mein Penis wild zuckte und sich nach dem festen Druck einer Frauenhand sehnte.

Plötzlich drehte sich Lucy auf mir um, so dass ich einen Blick auf ihre rasierte Scham erhaschte. Was für herrlich dicke Schamlippen! Was für eine auffällig große und appetitliche Klitoris, die da aus ihrem fleischigen Mantel ragte! Ich leckte mir über die Lippen. Nichts hätte ich in diesem Moment lieber getan, als sie zu kosten!

Hinter Lucys Rücken begann sich Ramona zu bewegen. Ich spürte, wie etwas Warmes, doch zugleich Feuchtes mein Glied umschloss und an ihm auf und ab glitt.

„Ramona wird dich jetzt einreiten. Aber damit ich nicht leer ausgehe, habe ich eine Aufgabe für dich."

Sie rutschte nah genug an mich heran, so dass ich ihren herrlichen Duft aufnehmen konnte. Mit beiden Händen griff sie unter meinen Kopf und drückte mein Gesicht an ihre Scham. „Leck mich", befahl sie und rieb sich an mir. Ihre Feuchtigkeit verteilte sich auf meinen Wangen, meinen Lippen und meinem Kinn, während meine Zunge unermüdlich vorschnellte und wie ein flatternder Schmetterlingsflügel gegen ihren Kitzler stieß.

„Ja, so ist es gut", stöhnte sie und krallte sich fester in meine Haare. Ich spürte, wie sich ihr ganzer Körper anspannte. Wie sie sich mit aller Kraft gegen mich drückte und schließlich mit einem Aufschrei kam.

Kurz darauf erlangte auch Ramona ihren Höhepunkt. Beide Frauen harrten einen Augenblick auf meinem Körper aus. Dann lösten sie meine Fußfesseln und hoben gemeinsam meine Beine so in die Höhe, dass nur noch mein Kopf auf dem Kissen blieb. Ramona rieb an meinem Penis und zielte genau auf mein Gesicht. Ich öffnete, zutiefst erregt, den Mund und fing meinen warmen Saft gierig auf. Erst als ich alles hinuntergeschluckt hatte, durfte ich mich wieder hinlegen.

„Ich hoffe, es hat dir geschmeckt", sagte Lucy und wischte mir mit dem Daumen über die Lippen.

Oh ja, das hatte es. Ich lächelte zufrieden.

***

Als ich Lucy und Ramona zwei Stunden später zur Tür brachte, war ich fix und fertig.

„Bis zum nächsten Mal, Joshi", hauchte Ramona und küsste mich auf die Wange. „Zieh dich für unser nächstes Treffen warm an, das wird kein Zuckerschlecken für dich werden."

„Ich bin schon sehr gespannt, was ihr mit mir vorhabt", sagte ich, hob die Hand zum Abschied und schloss die Tür.

Wo war eigentlich Chassedy? Ich hatte plötzlich ein schlechtes Gewissen, weil ich mich nicht um sie gekümmert hatte. Den ganzen Abend über hatte sie ungewohnt ruhig gewirkt. Seltsam – warum hatte sie sich bloß so abgekapselt? Mochte sie keine Partys? Sie hatte mit niemandem gesprochen, und hätte sie nicht so auffällige Latexkleidung getragen, wäre sie mir gar nicht aufgefallen. Ich beschloss, mit ihr darüber zu reden. Vielleicht bedrückte sie etwas? Ich fand sie in der Küche – eine Zigarette in der Hand haltend.

Chassedy:

Ich war froh, dass er zu mir kam. Das zeigte mir, dass er sich um mich sorgte. Insgeheim bereute ich es, dass ich ihn mit Ramona und Lucy zusammengeführt hatte. Ja, es machte mich eifersüchtig, die drei zusammen zu sehen. Die Vorstellung, dass sie sich im Nebenzimmer miteinander vergnügt hatten, machte mich rasend.

„Ist alles in Ordnung?", fragte er, beide Hände auf meine Schultern legend. Seine Lippen berührten meinen Nacken und jagten einen Schauer durch meinen Körper.

„Natürlich." Ich ärgerte mich über mich selbst. Wieso konnte ich nicht einfach mit der Sprache herausrücken und ihm klarmachen, dass ich ihn für mich haben wollte? Dass ich es nicht ertrug, wenn er mit anderen Frauen schlief.

„Ich würde dich jetzt so gern küssen, Chassi", hörte ich ihn zärtlich in mein Ohr flüstern.

Ich drehte mich zu ihm um, legte meinen Kopf auf seine Schulter und drückte ihn fest an mich. Er ahnte nicht, wie gern ich ihn auch geküsst hätte. Aber es ging nicht, ich konnte es nicht tun. Joshs Lippen suchten meinen Mund. Rasch hob ich die Hand und schüttelte den Kopf. Er seufzte enttäuscht.

„Ist es so schlimm für dich, mich ein einziges Mal zu küssen?"

„Ich will dich nicht zurückweisen, Josh."

In der Tat empfand ich mehr für ihn als für irgendjemanden zuvor. Jeden Tag wartete ich ungeduldig, bis er abends nach Hause kam. Ich konnte nichts anderes tun, außer an ihn zu denken. Meine Arbeit litt sehr darunter. Nie zuvor hatte ich solch tiefe Empfindungen für jemanden verspürt. Ich wollte nur noch eins: Dieses ungewohnte Gefühl in seiner vollen Intensität auskosten!

„Ist schon okay, Chassi. Kein Problem. Ich versteh das völlig", hörte ich plötzlich seine traurige Stimme.

Er schien zu glauben, dass ich seine Gefühle nicht erwiderte und wandte sich ab. Doch ich hielt ihn am Arm zurück.

„Nichts verstehst du! Ich will nicht, dass du diese Huren wieder triffst."

„Daran liegt es also! Ich dachte immer, es würde dich anmachen, wenn ich mit ihnen …"

Ich schmiegte mich anzüglich an ihn. Hoffentlich hatte er noch etwas Energie für das, was ich jetzt mit ihm vorhatte.

„Das war am Anfang so. Jetzt will ich, dass du mir allein gehörst", sagte ich besitzergreifend.

Joshua:

Ich machte kein Geheimnis daraus, dass Chassedy und ich ein Paar waren. Alle sollten es wissen, dass ich meine Traumfrau gefunden hatte. Eine unglaubliche Veränderung ging in mir vor. Ich spürte fast täglich, wie ich an Selbstvertrauen gewann. Wenn Colin einen dummen Spruch machte, konterte ich stets schlagfertig. Niemandem blieb meine Wandlung verborgen. Und sie alle kannten den Grund dafür.

„Du bist schon ein Glückpilz.", meinte Colin in der Mittagspause. „Aber weißt du was, Josh? Ich würde deine Angebetete gern einmal kennenlernen. Das muss ein heißes Weib sein, wenn du sogar Patty abblitzen lässt!"

Ich war verdutzt. „Patty?"

„Na, sag bloß, du hast es noch nicht gemerkt, dass der kleine Rotschopf ganz verrückt nach dir ist?"

Es war mir tatsächlich nicht aufgefallen. Sicher, ich hatte mich verändert. Aber war die Wandlung wirklich so enorm, dass sich sogar Patty Brinnix für mich zu interessieren begann? Andererseits war selbst Colin freundlich zu mir.

„Was ist nur dein Geheimnis? Vor wenigen Wochen noch konnte sich Patty nicht einmal deinen Vornamen merken, und jetzt hört sie gar nicht mehr auf von dir zu sprechen", wunderte sich Colin. „Was hältst du davon, wenn wir mal etwas zusammen unternehmen? Du, Chassedy, Patty und ich?"

Mir gefiel die Vorstellung nicht, dass Chassedy und Patty aufeinandertreffen würden. Ich wusste mittlerweile, wie eifersüchtig meine Liebste sein konnte. Und wenn sie erfuhr, dass Patty ein Auge auf mich geworfen hatte, würde das gewiss böses Blut geben. Colin schien mein Unbehagen zu bemerken: „Jetzt komm schon, Josh, sei kein Spielverderber!"

Ich seufzte. Natürlich wollte ich kein Spielverderber sein. Ganz besonders nicht, nachdem ich mir mühevoll die Anerkennung meiner Kollegen erarbeitet hatte. Wie also konnte ich mich möglichst geschickt aus der Affäre ziehen?

„Ich werde sie fragen, in Ordnung?", sagte ich schließlich.

„Das ist doch ein Wort, Kumpel." Colin klopfte mir auf die Schulter und lachte herzlich.

***

Als ich abends nach Hause kam und Chassedy von Colins Vorschlag erzählte, zog sie sich betrübt auf den Balkon zurück. Ich folgte ihr auf leisen Sohlen. Doch wie immer konnte ich sie nicht überraschen. Noch ehe ich sie erreichte, sagte sie mit einer erschreckenden monotonen Stimmlage: „Ich kann deine Freunde nicht treffen."

„Ist es wegen Colin? Wir finden sicher eine Lösung."

Ich hatte Chassedy oft erzählt, dass Colin ein echtes Ekel war und konnte es nur zu gut verstehen, wenn sie ihn jetzt nicht mehr kennenlernen wollte.

„Nein, du verstehst mich falsch. Es geht nicht um Colin."

„Worum geht es dann?"

„Ich kann *keinen* deiner neuen Freunde treffen. Verstehst du?"

Wieso sagte sie so etwas Absurdes? Alle fragten nach ihr. Jeder wollte sie sehen. Wenn ich sie meinen Freunden nicht vorstellen konnte, würden sie denken, ich hätte Chassedy nur erfunden, um mich beliebt zu machen. Dass es sie gar nicht wirklich gab! Was für eine peinliche Vorstellung!

„Jetzt stell dich nicht so an, Chassedy, es ist doch nur für einen Abend!"

„Josh, es geht nicht anders. Es tut mir leid."

„Ist das dein letztes Wort?"

Sie nickte – und ich stand kurz davor, aus der Haut zu fahren. Wieso tat sie mir das an?

„Na fein!“, knurrte ich und merkte, wie ich mich immer mehr hineinsteigerte. „Das verstehst du also unter einer Beziehung! Selbstsüchtig immer nur nehmen, nehmen, nehmen – aber nicht das kleinste bisschen zurückgeben!“

Wütend fuhr Chassedy zu mir herum und fixierte mich eindringlich. Ihre Augen funkelten unnatürlich und wild. Ich bekam es fast mit der Angst zu tun, doch ich bemühte mich, ihrem Blick standzuhalten.

„Du weißt genau, dass das nicht wahr ist.“

„Genauso stellt es sich aber dar. Ich bin wirklich sehr enttäuscht von dir.“ Ich machte eine abwertende Handbewegung in ihre Richtung und ging ins Wohnzimmer zurück. Erneut stellte ich mir Colins gehässiges Grinsen vor, sobald auch nur der Verdacht in ihm aufkam, ich hätte ihm und den anderen etwas vorgemacht. Ich brauchte einen Beweis. Einen Beweis, dass Chassedy kein Jungenstreich war, und ich nicht einfach nur angeben wollte mit meiner tollen imaginären Freundin.

Suchend sah ich mich in dem Raum um, bis mein Blick auf ein Foto fiel, das ich erst kürzlich von Chassedy gemacht hatte.

***

Bereits am nächsten Tag sollte mein Weltbild arg ins Wanken geraten. Ich blickte nichts ahnend noch einmal auf das Foto von Chassedy und fand sie wie immer bildschön. Dann reichte ich das Bild stolz herum und wunderte mich über die eigenartigen Kommentare von Patty und Colin. Fanden sie Chassedy etwa nicht schön? Das war unmöglich. Sie war atemberaubend, niemand hätte sich ihr entziehen können.

Colin lachte: „So sieht also deine Freundin aus. Ich dachte immer, du wärst kein Bestiality Fan.“

Wütend über den geschmacklosen Witz riss ich ihm das Foto aus der Hand. Der Mann war mit Blindheit geschlagen! Doch auch Pattys Reaktion verwirrte mich.

Sie klopfte mir auf die Schulter und meinte tröstend: „Lass dich nicht ärgern, Josh. Das Foto ist gut getroffen. Deine Katze sieht hübsch aus.“

Katze???? Ich schluckte. Ich wagte nicht, das Bild noch einmal anzuschauen, sondern ging eiligen Schrittes in mein Büro zurück und knipste die Schreibtischlampe an. Ich hatte nur einen Gedanken im Kopf: KATZE ...

Ich drehte das Foto um, damit ich die Vorderseite sehen konnte ... KATZE ... Ich blickte drauf – wie war das möglich? JOEY ...

Auf dem Bild war niemand außer Joey, keine Spur von Chassedy.

Aber ich hatte sie doch fotografiert! Sie war doch auf dem Foto gewesen! Ich griff nach meinem Handy und schaute mir jedes einzelne Digitalbild an, das ich von Chass gemacht hatte. Meine Nackenhaare richteten sich vor Grauen auf, als sie auch auf diesen Fotos nicht zu sehen war. Unwillkürlich erinnerte ich mich an einen Film, in dem sich der Hauptdarsteller einen imaginären Freund erschuf und glaubte, er würde wirklich existieren. War ich nun einem ähnlichen Streich zum Opfer gefallen? Ich dachte an die Abende im Dark Passion Club zurück, alle Szenen spielten sich noch einmal in meinem Kopf wie auf einer Kinoleinwand ab. Die Leute hatten nicht auf sie reagiert. Hatten sie Chassedy etwa nicht gesehen? Oder hatte sie sich so unauffällig verhalten? Aber sie trug doch dieses Minikleid, das knallrote Teil – die Männer hätten sie förmlich mit ihren Blicken verschlingen müssen. Doch ich konnte mich nicht daran erinnern, dass sie es auch taten. Auf der Party war es nicht anders gewesen. Niemand hatte sie beachtet, niemand hatte sie angesehen. Selbst Ramona und Lucy hatten sie wie Luft behandelt. Vielleicht deswegen, weil man sie nicht sehen konnte?

Ich dachte an die Nacht zurück, in der sie so völlig entblößt auf meinem Balkon ihre Zigarette geraucht hatte – ohne jegliche Scham oder Angst davor, entdeckt zu werden.

Ich war verwirrt, glaubte verrückt zu werden. War meine Phantasie mit mir durchgegangen und hatte mich wochenlang zum Narren gehalten?

Es klopfte an der Tür.

„Ja bitte?“, sagte ich geistesabwesend.

Es war Patty. Sie brachte mir eine Tasse Tee.

„Josh, jetzt sei doch nicht so – nur weil du das falsche Bild mitgenommen hast – es wird sicher noch eine Gelegenheit geben, uns mit Chassedy bekannt zu machen.“

Gut, sie glaubten also nur, ich hätte das Foto verwechselt. Mir fiel ein Stein vom Herzen. Dennoch war ich mir darüber im Klaren, dass Chassedy einzig und allein ein Produkt meiner gestörten Fantasie war. Patty hingegen war real. Und sie hatte doch auch Interesse an mir. Ich hatte mich verändert und dadurch ihr Interesse geweckt. Vielleicht sollte ich Chassedy einfach vergessen und die Gelegenheit beim Schopf packen! Zurück ins reale Leben!

„Sag mal, Patty ...“

„Ja?“

„Hast du heute Abend schon etwas vor?“

Sie lächelte mich an. Das war ein gutes Zeichen ...

Chassedy:

Er kam heute später nach Hause. Ich spürte sofort, dass irgendetwas nicht stimmte. Er war ungewohnt aggressiv und provozierend. Ganz einfach anders als sonst.

„Na, Joey, mein Dicker“, begrüßte er den Kater – aber er kam nicht, um mich zu begrüßen.

War er noch immer wütend wegen gestern Abend? Ich hatte ihn nicht enttäuschen wollen. Aber noch war nicht die Zeit, ihm alles zu erklären. Er musste langsam darauf vorbereitet werden. Ich war mir nicht einmal sicher, ob sein menschlicher Verstand die Wahrheit überhaupt verarbeiten konnte.

Unsicher trat ich in den Flur und bemerkte, dass er sich bereits in Schale geworfen hatte.

„Gehen wir weg?“, fragte ich verwundert.

Doch er reagierte nicht – hatte er mich nicht gehört? Ich wollte ihn berühren, ihn in die Arme schließen wie sonst auch, aber er wich zurück und schüttelte bloß abfällig den Kopf.

„Verschwinde!“, knurrte er mich an.

„Ich soll was?“

„Ich habe gesagt, du sollst verschwinden!“ Seine Stimme überschlug sich fast vor Wut.

„Aber Josh!“ Erneut streckte ich die Arme nach ihm aus, da packte er mich an den Schultern, rüttelte mich durch und stieß mich zurück.

„Hau ab!“, brüllte er wie von Sinnen und stürmte zur Tür. Dabei verlor er ein Stück Papier aus seiner Hosentasche. Entsetzt und erschüttert bückte ich mich und hob es auf, um es näher zu betrachten. „Du liebe Güte“, stammelte ich, als ich mich selbst auf dem Bild erkannte. Sofort überschlugen sich die Gedanken in meinem Kopf. Wem hatte er es gezeigt? Wie hatten seine Freunde auf das Foto reagiert? Erst nach und nach wurde mir das Ausmaß dieser Katastrophe bewusst.

Die Menschen konnten mich auf dem Bild nicht sehen, weil ich mich nur für Josh sichtbar gemacht hatte. Ich hatte die Fähigkeit dazu. Ich konnte sichtbar sein, ja sogar unsichtbar, oder ich gab mich nur wenigen Auserwählten zu erkennen. Zugegeben, ich hätte mich sichtbar machen können, um mich mit ihm und seinen Freunden zu treffen, doch es hätte immer die Gefahr bestanden, dass mich irgendjemand wiedererkannt und somit gewusst hätte, wer ich wirklich bin! Sie hätten Angst gehabt, und sie hätten ihn gewarnt. Seufzend blickte ich zur Tür, durch die er vor wenigen Sekunden verschwunden war. Mein Herz schmerzte. Ich wünschte, ich hätte alles rückgängig machen und ihn rechtzeitig einweihen können. Doch es lag nicht in meiner Macht, das Geschehene zu ändern. Wenn ich ihn nicht verlieren wollte, musste ich mit ihm reden. Ihm alles erklären. Vielleicht würde er mich dann verstehen?

***

Es fiel mir nicht besonders schwer, ihn ausfindig zu machen, denn die Orte, die er besuchte, kannte er nur durch mich. Er war mit dieser Sekretärin in ein Tanzlokal gegangen. Sie lachten und schienen sich zu amüsieren. Zorn befiel mich. Wie konnte es dieser Mann wagen, mit einer anderen zu flirten, obwohl er doch mir gehörte!

„Wollen wir tanzen?", hörte ich dieses rothaarige Biest fragen. Dann sah ich, wie sie nach seiner Hand griff und ihn aufs Parkett zog ...

Joshua:

War ich wahnsinnig? Anders konnte ich es mir zu dem Zeitpunkt wirklich nicht erklären. Ich tanzte mit einer atemberaubend schönen Frau, und wo immer ich hinblickte, sah ich Chassedy. Mal kam sie mir traurig vor, mal wütend. Ihre Augen glühten förmlich, wenn sich unsere Blicke streiften.

„*Geh weg, Chassedy*", dachte ich. Doch mein Flehen wurde nicht erhört. Provozierend tauchte sie wieder und wieder in meinem Blickfeld auf.

Patty schien zu merken, dass etwas nicht stimmte. Meine verunsicherten Blicke mussten wohl Bände gesprochen haben.

„Was ist mit dir los? Ist alles in Ordnung?"

Konnte ich mit ihr darüber reden? Ich kam mir plötzlich so lächerlich vor. Sollte ich etwa sagen: „Chassedy beschattet uns, du kannst sie aber nicht sehen, weil sie nur für mich sichtbar ist?" Patty würde mich für verrückt erklären. Ich würde damit alles zerstören, was sich jetzt gerade zwischen uns entwickelte. Das konnte und wollte ich nicht riskieren. Ich begehrte Patty mehr als jede andere Frau zuvor! Fasziniert blickte ich in ihr atemberaubend schönes Gesicht. Sie hatte große blaue Augen, einen verführerisch sinnlichen Mund, eine feine Nase und ein paar winzige, niedlich wirkende Sommersprossen. Gott, sie war so wunderschön. Ich wollte sie nicht verlieren – um keinen Preis. Aus dem Augenwinkel bemerkte ich Chassedy, die sich wie ein bedrohlicher Schatten über unsere Liebe zu legen drohte. „*Sie ist nicht real*", erinnerte ich mich selbst und verdrängte sie aus meinen Gedanken. Von jetzt an sollte es nur noch Patty und mich geben!

Und dann geschah es. Patty schloss die Augen und presste sich mit einem sanften Druck an mich. Ihre Lippen umschlossen die meinen, es war aufregend und sinnlich zugleich. Elektrisierend! Nie hatte mich eine Frau so intensiv geküsst, nie hatte ich solch ein Kribbeln im Bauch verspürt. Chassedy hatte mich nie geküsst!

Patty war unglaublich leidenschaftlich. Ihr Kuss war so ehrlich und rein. Ich glaubte, ihre Liebe zu schmecken, wollte diesen Moment der Zärtlichkeit für immer festhalten, doch im nächsten Augenblick war er vorbei – so schnell, wie er begonnen hatte. Ich reichte Patty meine Hand und führte sie zu unserem Tisch zurück.

„Du küsst gut!", meinte sie schließlich. Ich grinste verlegen, denn ich wollte ihr nicht offenbaren, dass ich nicht grade ein geübter Meister in solchen

Dingen war. Zugegeben, ich hatte vieles von Chassedy gelernt, dennoch waren wir uns nie so nah gewesen wie Patty und ich in diesem Augenblick. Ich sah mich um und stellte überrascht fest, dass Chassedy fort war. Hatte der Kuss sie vertrieben? Ich wollte nicht länger an sie denken, ich wollte sie einfach vergessen. Sie war nicht real!

Patricia:

Nach unserem ersten Treffen im Tanzlokal hatten wir uns für das Wochenende in einem indischen Restaurant verabredet. Exotische Musik drang an meine Ohren. Das orientalische Flair war atemberaubend. Sogar die Kellner trugen traditionelle Gewänder, als sie uns die Speisekarten brachten. Schweigend saßen wir uns gegenüber. Ich blickte in seine blauen Augen. Er war anders als die Männer, die ich zuvor kennengelernt hatte. Zärtlich, tiefgründig, sensibel – alles, was ich mir von einem Mann jemals erhofft hatte. Ich begriff nicht, warum ich nicht schon früher erkannt hatte, was für ein liebenswerter Mensch er war. Irgendwie hatte er es geschafft, mir die Augen zu öffnen. Nein, nicht nur mir, sondern allen. Auch die anderen behandelten ihn nun mit Respekt. Sogar Colin sah zu ihm auf. Josh schien wie verwandelt. Lag es vielleicht an seiner Freundin? Ja, ich musste unwillkürlich an sie denken. Liebte er sie? Wenn ja, warum ging er dann mit mir aus? Mein Gefühl sagte mir, dass ich diejenige war, die er begehrte. Doch ich musste Gewissheit haben, ich musste wissen, auf was ich mich einließ. Zu viel stand für mich auf dem Spiel.

„Ist es zwischen Chassedy und dir aus?“, fragte ich mit einem heftig pochendem Herzen.

Joshua sah mich erstaunt an. Hatte er mit dieser Frage etwa nicht gerechnet? Sekunden vollkommener Stille vergingen, dann schenkte er mir ein Lächeln, welches mich gleichermaßen beruhigte als auch förmlich dahinschmelzen ließ.

„Ja, Patty. Es ist aus ...“, sagte er schließlich.

Ich hatte das Gefühl, ein zentnerschwerer Stein würde mir vom Herzen fallen. Ich konnte nicht aufhören vor Glück zu strahlen und legte meine Hand auf seine, um seine Nähe zu spüren. Mehr denn je fühlte ich mich zu diesem charmanten Mann hingezogen. Ich wünschte, wir hätten nicht in diesem Restaurant gesessen, sondern wären zu ihm oder zu mir gegangen. Ich sehnte mich nach seinen Küssen, seinen Berührungen und ...

Bildete ich es mir ein oder lag tatsächlich ein sehnsüchtiges Funkeln in seinen Augen? Sanft strich er über meine Hand und lächelte mich verführerisch an. Plötzlich spürte ich eine zaghafte Berührung an meinem Bein. Ich musste nicht lange raten, was es war. Josh hatte seinen Schuh abgestreift und streichelte meinen Unterschenkel mit seinem Fuß.

„Ich wäre gern mit dir allein", hauchte ich leise. Meine Erregung wuchs mit jedem Augenblick. Und ich wusste, dass es ihm genauso ging. Nie zuvor hatte ich solch ein starkes Verlangen beim zweiten Rendezvous verspürt. Doch Josh hatte etwas an sich, das es mir schwer machte, mich ihm zu entziehen.

Er schob seinen Stuhl zurück und erhob sich.

„Was hast du jetzt vor?", fragte ich. Entschlossen reichte er mir die Hand und half mir auf

„Wir suchen uns einen Ort, an dem wir ungestört sind. Ganz so, wie du es wolltest."

Ich spürte, wie mir das Herz vor Aufregung bis zum Hals schlug. Er führte mich durch den Raum in einen Seitengang. Über meinem Kopf blinkte das Toilettenschild auf.

„Hier?", fragte ich ungläubig. Verunsichert darüber, ob die Vorstellung – auf einem öffentlichen Klo Sex zu haben – reizvoll oder abschreckend war.

Josh zog mich plötzlich nah an sich heran. Ich spürte seinen heißen Atem an meiner Kehle.

„Bis wir bei mir zu Hause sind, ist er wieder klein geworden. Ich will dich aber jetzt."

Er presste mich an sich, und ich konnte die Beule in seiner Hose fühlen. Gierig rieb er sich an mir.

Was er vorhatte, war so verrucht und unanständig. Noch nie hatte ich Sex außerhalb meines Schlafzimmers gehabt. Und ich war überrascht, wie offen er mit seiner Lust umging.

„Lass dich gehen", sagte er eindringlich, doch nicht fordernd. „Es wird uns niemand bemerken – versprochen."

Ich nickte langsam und folgte ihm in die enge Kabine, wo er wie ein Raubtier über mich herfiel. Er erstickte meinen erschrockenen Schrei mit seinen Lippen, küsste mich leidenschaftlich und riss mir die Bluse auf. Seine Hände suchten meine prallen Brüste, umschlossen und kneteten sie. Wann immer seine Fingerspitzen meine Knospen streiften, jagten kleine Schauer durch meinen Körper. Er streifte meinen Rock ab. Alles ging so schnell, dass ich nicht einmal Zeit hatte, einen klaren Gedanken zu fassen. Mir wurde heiß. Ein Feuer breitete sich in meinem Inneren aus, und das Adrenalin schoss wie ein berauschendes Gift durch meine Adern. Ich konnte nicht mehr klar denken. Das Blut sammelte sich in meiner Scham. Ich spürte, wie er beide Hände auf meine Schultern legte und mich nach unten drückte, bis ich auf dem Klodeckel saß. Er hockte sich vor mich, spreizte meine Beine und atmete meinen weiblichen Duft ein, bevor er seine Lippen an meiner Lust rieb. Jetzt konnte ich das Stöhnen nicht länger unterdrücken. Es war mir peinlich. Wenn nun jemand hereinkam und uns hörte?

Josh schien zu merken, dass ich mich noch immer nicht ganz fallen lassen konnte.

„Hab keine Angst. Wir sind unter uns", versicherte er.

Ich schloss die Augen und verbannte die Furcht entdeckt zu werden aus meinen Gedanken. Jetzt gab es nur noch ihn und mich. Tief stieß er seine Zunge in meine Enge. Ich spürte, wie er von meiner Feuchtigkeit kostete, dann seinen Finger in mich tauchte und mich weitete.

„Ich habe so lange auf diesen Moment gewartet", flüsterte er und leckte an meiner Perle. Zuerst tat es weh, doch es war ein süßer Schmerz. Dann steigerte Joshs eifriger Mund durch sein unermüdliches Saugen meine Lust ins Unermessliche. Meine Hand legte sich auf seinen Kopf und presste sein Gesicht fester an mich. Ich rieb mich an ihm, spürte, wie ich eine feuchte Spur auf seiner Haut hinterließ.

Plötzlich richtete er sich auf, öffnete seine Hose und befreite sein erigiertes Glied, das heftig zuckte und von dicken Adern überzogen war. Er streifte sich ein Kondom über. Dann hob er mich hoch, presste mich mit dem Rücken gegen die Kabinenwand und drang unerwartet schnell in mich ein. Sein Penis trieb derart kraftvoll in mich, dass ich einen Schrei der Wonne ausstieß. Innerhalb weniger Sekunden füllte er mich vollständig aus. Mir blieb förmlich die Luft weg. Seine Entschlossenheit törnte mich an. Während er sich in mir bewegte, streckte er mir den Kopf entgegen und küsste mich so wild, dass unsere Zähne mehrmals gegeneinanderschlugen. Ich schlang meine Arme um seinen Hals und versuchte mich an ihm festzuhalten, da mein Körper durch seine Stöße wieder und wieder durchgeschüttelt wurde. Schon bald wusste ich nicht mehr, wo oben und unten war.

„Gleich!", keuchte ich und schloss die Augen, um mich auf meinen Orgasmus zu konzentrieren. Ihn in seiner vollen Intensität wahrzunehmen.

Wir kamen gleichzeitig.

„Der Abend ist noch jung", dachte ich und küsste ihn erschöpft.

Als wir an unseren Tisch zurückkehrten, stellten wir amüsiert fest, dass wir nicht einmal fünf Minuten fort gewesen waren. Die Kellner hatten uns glücklicherweise nicht vermisst. Ich ließ mich auf meinen Stuhl gleiten und blickte ihm in die Augen. Noch immer sah ich da dieses sehnsüchtige Funkeln, das mich unglaublich anmachte. Nie hatte mich ein Mann so sehr begehrt. Es gefiel mir. Mehr noch, es erregte mich. Ich hätte gut und gern Lust auf ein weiteres Intermezzo. Doch ich sah ein, dass es besser war, unseren Körpern eine kleine Verschnaufpause zu gönnen.

„Wollen wir nach dem Essen noch einen Kaffee bei mir trinken?", fragte Josh und grinste.

In diesem Moment legte sich ein Schatten über sein Gesicht.

„Verzeihen Sie?" Erstaunt drehte ich mich in die Richtung, aus der die raue Stimme gekommen war, welche die erotisierende Atmosphäre durchdrungen hatte. Eine alte Frau mit einem Krückstock stand an unserem Tisch und musterte uns aufmerksam. Ihr Gesicht war faltig, aber gütig, und ihre Augenbrauen schimmerten in einem silbrigen Grau.

„Ja, bitte?“, fragte Josh höflich, bemüht, wieder einen klaren Kopf zu bekommen.

„Kennen Sie mich nicht mehr, Mr. Brighton?“

„Doch, Sie kommen mir sehr bekannt vor, Ms. ...?

„Evergreen“, beantwortete sie seine Frage. „Sie haben mir das Leben gerettet. Erinnern Sie sich nicht?”

Erstaunt blickte ich zu Josh. Er hatte der Dame das Leben gerettet? Dieser Mann steckte wirklich voller Überraschungen, wie es schien.

„Der Autounfall ... wie könnte ich dieses Ereignis vergessen“, gab Josh zu.

Die alte Frau lächelte kurz, wurde dann aber wieder ernst. „Ich bin gekommen, um Sie zu warnen. Eine Hand wäscht die andere. Meine Zeit war schon längst abgelaufen, doch Sie haben sie aufgehalten, Sie haben mich gerettet und sie davon abgehalten, mich zu holen.“

„Wovon reden Sie, Ms. Evergreen?“, fragte Josh, der den Worten der Dame genauso wenig folgen konnte wie ich.

„Das sollten Sie am besten wissen, Mr Brighton, Sie haben sie verärgert. Sehr sogar!“

„Sie? Sie meinen Chassedy???“

Die Frau nickte. „Sie ist nicht das, wofür Sie sie halten. An dem Tag, an dem Sie mir das Leben retteten, war sie gekommen, um es mir zu nehmen. Und nun haben Sie ihr Interesse geweckt, Mr. Brighton, weil Sie mein Schicksal geändert haben.“

Ich schluckte stark bei diesen Worten. Die alte Frau musste verrückt sein. Doch was mich noch mehr ängstigte war die Tatsache, dass Josh sie anhörte, anstatt sie fortzuscheuchen. Er schien ihr auch diese absurde Geschichte sogar zu glauben.

„Woher wissen Sie das alles, Ms. Evergreen?“

„Sie hat es mir selbst gesagt. Ein wenig Zeit bleibt mir noch, bevor sie mich endgültig holt.“

Josh war völlig aufgelöst und hielt sich die Stirn: „Soll das heißen, ich muss sterben? Sie kam zu mir, sie ging mit mir aus. Sie hat mich zu dem gemacht, was ich jetzt bin!“

Ms. Evergreen zuckte die Schultern. „Ich weiß es nicht. Fest steht, dass sie Ihnen ein neues Leben schenkte und Ihnen half, etwas aus sich zu machen. Sehen Sie, sie kommt von Zeit zu Zeit zu mir. Wir plaudern oft. Sie hat mir von Ihnen erzählt. Sie schätzt Sie sehr. Mehr, als sie sich vielleicht vorstellen können. Doch nun haben sich die Verhältnisse geändert.“ Sie deutete auf mich.

Josh schien nachdenklich. Ich hingegen hatte plötzlich Angst. Angst, dass sie ihm etwas antun könnte – oder dass er sich für sie entschied, und ich ihn verlieren würde.

„Können wir sie aufhalten?“

„Ja, Mister Brighton. Aufhalten schon, aber wir können ihr niemals entrinnen“, erklärte Ms. Evergreen und hob dabei beschwörend den Zeigefinger.

„Warum kann man dieser Chassedy nicht entkommen?“, fragte ich völlig verwirrt.

„Weil sie der Tod ist“, flüsterte Ms. Evergreen und schaute mich lange und durchdringend an. Von Panik ergriffen sprang ich auf. „Sie machen mir Angst“, herrschte ich sie an.

„So ist das nun mal, Kindchen, jeder muss irgendwann sterben.“

„Ich will mir das nicht länger anhören. Komm Josh, wir gehen, die Alte ist ja verrückt.“

Ich griff nach seiner Hand und wollte ihn aus dem Lokal zerren, doch die betagte Dame hielt Josh am Arm zurück.

„Warten Sie, Mr. Brighton. Bevor Sie gehen, nehmen Sie das.“ Mit zittriger Hand reichte sie ihm einen unsauber gefalteten Zettel herüber.

„Was ist das?“

„Meine Adresse, junger Mann. Wenn Sie mich noch einmal sprechen wollen, so wissen Sie nun, wo Sie mich finden können.“

Chassedy:

Sie sah schwächlich aus, als sie die Tür ihres kleinen Apartments öffnete und in den Flur hinkte. Noch schwächlicher als vor einem halben Jahr, als ich sie schon hätte holen sollen. Nach meinem missglückten Versuch, sie mit mir zu nehmen, hatte ich ihr Zeit versprochen, damit sie ihre Angelegenheiten erledigen konnte. Es war ein Deal aus Dankbarkeit, denn ohne sie hätte ich Josh nicht auf diese Weise kennengelernt.

Zu meiner Verwunderung schien sie über unser Wiedersehen nicht sonderlich überrascht. Ich saß in ihrem Sessel, hatte die Beine gemütlich übereinandergeschlagen und fixierte sie mit meinem kalten Blick. Ehrfurcht spiegelte sich in ihren alten Augen, doch keine Angst.

Sie schien zu spüren, dass ich es wusste. Sie hatte es meinem Liebsten verraten. Er wusste, wer ich war, und seine kleine Freundin wusste es auch.

„Ist das nicht schrecklich langweilig – wie lange machst du diese Arbeit schon?“, fragte die Greisin. Noch immer zeigte sie keine Spur von Angst. Wie die meisten alten Menschen, die ich getroffen hatte, stand auch sie dem Tod ohne Furcht gegenüber. Das machte sie sympathisch. Ich musste mir eingestehen, dass ich Ms. Evergreen mochte. Unsere Gespräche würden mir gewiss fehlen.

„Seit Anbeginn der Zeit“, sagte ich schlicht. „Und ja, es kann recht ermüdend sein.“

„Das glaube ich dir, Chass, das glaube ich dir! Was mag das für ein furchtbares Gefühl sein, wenn man kleine Kinder, junge Leute oder alte Menschen in den Tod führen muss.“

Ms. Evergreen hatte doch keine Ahnung! Die Seelen der Toten gingen auf Reisen und begannen neue Leben. Es war ein ewiger Kreislauf, der ohne mich nicht funktionierte.

„Du wirst es genießen, tot zu sein, alte Frau“, sagte ich mit einer Spur Boshaftigkeit in der Stimme, „aber deswegen will ich nicht mit dir sprechen.“

„Es geht um den jungen Mann, habe ich Recht?“ Dass ihr Gesicht einen amüsierten Ausdruck annahm, machte mich rasend. Aber dann wurde Ms. Evergreen wieder ernst.

„Lass ihn in Ruhe leben, Chass.“

„Es ist rührend, wie du dich um ihn sorgst. Aber tröste dich, ihn ins Totenreich mitzunehmen hätte wenig Sinn.“ Seelen konnten nicht für lange Zeit an mein Reich gebunden werden. Sie waren immer in Bewegung.

„Das meine ich nicht. Er ist glücklich mit diesem Mädchen.“

„Woher willst du das wissen?“, schnaubte ich verächtlich.

„Ich habe es in seinen Augen gesehen.“

Zorn stieg in mir hoch, doch es gelang mir, ihn zu unterdrücken und mich zu beherrschen.

„Das wollen wir doch mal sehen“, zischte ich. „Er wird zu mir zurückfinden, dafür werde ich sorgen.“

„In ‚Gefühlsangelegenheiten’ musst du noch viel lernen“, sagte sie plötzlich müde. Unser Disput hatte sie mehr erschöpft, als ich erwartet hatte.

„Viel Leben ist nicht mehr in diesen alten Gliedern. Am liebsten wäre es mir, im Schlaf zu sterben, Chass.“ Sie sah mich bittend an.

Ich verstand.

„Schlaf ist, was du jetzt brauchst. Ich komme wieder.“

„Ich weiß.“

Ich half ihr ins Bett und knipste das Licht aus. Ich ließ sie in dem Glauben, ich würde sie verlassen, doch in Wirklichkeit wartete ich, bis sie eingeschlafen war.

Nun lag sie da, und ich wusste, es gab keinen besseren Zeitpunkt für sie zu sterben. Ich beugte mich sacht über sie und berührte ihre Lippen. Ein dünner Rauchfaden drang aus ihrem Mund in den meinen. Ich sog ihn ein, dann entwich ein kurzes Husten ihrer alten Kehle, bevor sie die Augen ein letztes Mal öffnete und, auf ihr Kissen zurücksinkend, dieser Welt entschwand. Sanft schloss ich ihre Lider mit der Hand, dann legte ich ihre Arme überkreuz und verließ sie. Ihre Seele hatte ihren Körper in dem Moment verlassen, in dem ich sie geküsst hatte.

Ich trat hinaus auf die Straße und blickte zum Mond. Die Nacht würde lang werden, denn meine Arbeit war für heute noch nicht getan ...

Patricia:

Neugierig blickte ich mich in der kleinen Wohnung um. Sie war ordentlich und geschmackvoll eingerichtet. Joshs Stil gefiel mir. Ich fühlte mich sofort bei ihm wohl.

„Noch einen Kaffee? Oder lieber einen Wein?“, fragte er. Doch ich schüttelte den Kopf. Mir stand der Sinn nach etwas ganz anderem.

Ich streichelte verführerisch über den Stoff seines Hemdes und spürte darunter seine Brustmuskeln. „Willst du mir nicht dein Schlafzimmer zeigen?“

Er schaute mich abwesend an, als hätte er meine Worte gar nicht verstanden. Erst jetzt merkte ich, dass irgendetwas mit ihm nicht stimmte. Sein Gesicht war von Sorge gezeichnet. Machte ihm die Geschichte dieser unheimlichen alten Frau noch immer zu schaffen?

Meine Hände umfassten sein Gesicht, und ich hauchte ihm ein mädchenhaftes Küsschen auf die Lippen. „Ich wüsste eine Methode, um dich abzulenken.“

Endlich hellten sich seine Züge etwas auf. Trotzdem wirkte er unentschlossen. „Ich weiß nicht, ob jetzt der richtige Zeitpunkt ist.“

„Es gibt keinen besseren. Ich bin mittlerweile ganz verrückt nach dir.“

Ich schob ihn instinktiv durch eine Tür und hatte Glück, dass sie in sein Schlafzimmer führte. Mit einem sanften Schubs beförderte ich ihn auf sein Bett, wo er ausgestreckt liegen blieb.

„Jetzt komm schon, muss ich wirklich die ganze Arbeit allein machen?“, fragte ich vorwurfsvoll und begann sein Hemd aufzuknöpfen. Rasch hatte ich seine rasierte Brust befreit und neckte seine winzigen Nippel mit den Spitzen meines Daumens und Zeigefingers, um mich schließlich über seine Warzen zu beugen, an ihnen zu saugen und mit zärtlichen Bissen zu malträtieren.

Meine Lippen arbeiteten sich nach unten, erreichten seinen Bauch und liebkosten seinen Nabel. Endlich gelangten sie zum Reißverschluss seiner Hose. Eilig öffnete ich ihn, streifte den Stoff ab und holte sein Glied aus der Unterhose. Es hatte sich noch nicht zu seiner vollen Größe aufgerichtet. Ich nahm vorsichtig seine Eichel in den Mund und ließ meine Lippen an seinem Schaft hinauf- und hinuntergleiten. Erst langsam, dann nach und nach schneller werdend.

Ich wusste, dass ich ihn damit auf andere Gedanken brachte. Schon zeigte sich die Wirkung. Sein Penis wurde größer und härter. Es würde nicht mehr lange dauern, dann hatte ich ihn so weit, dass ich ihn reiten konnte. Die Vorfreude trieb mich an, seinen Phallus tiefer in den Mund zu nehmen. Sein leises Stöhnen verriet seine Erregung. Ich sah ihm ins Gesicht und wusste, dass er die Behandlung genoss. Schließlich war ich an meinem Ziel, zog meinen Rock aus, warf den Slip in eine Ecke und setzte mich auf ihn.

„Wegen dir werde ich noch ein unanständiges Mädchen“, sagte ich grinsend und begann damit, mich sacht auf und ab zu bewegen. Ich kontrollierte die Heftigkeit der Stöße, ließ seinen Penis nur so tief in mich gleiten, wie es mir gefiel. Allmählich setzte sich auch sein Becken in Bewegung und stimmte in den Rhythmus ein, den ich ihm vorgab. Meine Hände legten sich auf meinen Venushügel, glitten etwas tiefer und stimulierten gleichzeitig meine Klitoris, die anschwoll und aus ihrem Fleischmantel trat. Seufzend warf ich den Kopf in den Nacken und legte noch einen Zahn zu, ritt ihn wilder und härter, bis er in mir regelrecht zuckte.

„Lass uns die Positionen tauschen“, sagte er plötzlich und versuchte sich aufzurichten. Ich stieg von ihm herunter und legte mich auf den Rücken. Josh nahm meine Beine und drückte sie in Richtung meines Kopfes. Mit Zeige- und Mittelfinger reizte er meine Enge, drang tief in mich ein, zog sich aber zu meiner Enttäuschung sogleich wieder zurück.

„Du bist wahnsinnig feucht“, stellte er erregt fest und leckte seine Finger ab.

„Ich will nicht länger warten.“ Ich sehnte mich danach, dass er mich endlich nahm. Aber er ließ sich plötzlich Zeit. Hoffentlich war er mit seinen Gedanken nicht wieder woanders. Das hätte ich nicht ertragen. Nicht in diesem Moment. Mein Körper hungerte nach seiner Manneskraft. Ich brauchte jetzt und sofort den Kick, sonst würde mir die Lust vergehen.

Erleichtert atmete ich auf, als er langsam seine Eichel in mich schob und sich seinen Weg in meinen Tunnel bahnte. Seine Stöße waren dieses Mal sanfter. Fast vorsichtig. Und so erstaunlich es auch klingt, ihre Wirkung war gerade deshalb noch intensiver. Jede Faser meines Körpers verlangte nach mehr. Nach dieser Erfüllung, die nur er mir auf diese Weise geben konnte. Er legte meine Beine auf seine Schultern und streichelte mein Kätzchen. Diese Kombination brachte mich fast um den Verstand – das gleichzeitige Ausfüllen meiner Enge und das Stimulieren meiner Klitoris. Es dauerte nicht lange, und es kam mir gewaltig. Mein Körper verkrampfte sich, zuckte, bäumte sich auf … und dann suchte mich süßeste Entspannung heim.

Josh nahm seinen Penis in die Hände und rieb an ihm. Er kam schnell, doch entlud nur wenig. Mit einem Taschentuch fing er seinen Saft auf. Er schien es plötzlich wieder sehr eilig zu haben und kletterte aus dem Bett.

„Wohin willst du?“, fragte ich verwundert, denn ich hätte es schön gefunden, noch ein bisschen mit ihm zu kuscheln.

„Ms. Evergreen. Ich muss noch einmal zu ihr“, stammelte er und schlüpfte in seine Hose.

Joshua:

Ich war verwirrt und wusste langsam nicht mehr, was ich glauben sollte. Die Schauergeschichte vom Tod in Menschengestalt erschreckte mich. Nein, dieses Monster konnte unmöglich Chassedy sein. Sie war doch so real und menschlich. Sie konnte Liebe und Leid empfinden. Genauso wie ich und jeder andere Mensch auf dieser Welt.

Sie war meine Geliebte, und ich gestand mir ein, dass meine Gefühle für sie stark gewesen waren. Die Verwirrung war komplett, doch eine innere Stimme riet mir, der Sache nachzugehen. Ich brauchte Gewissheit. Nachdem ich Patty bei mir zu Hause zurückgelassen hatte, zog ich Ms. Evergreens zerknüllten Zettel aus meiner Manteltasche und fuhr ohne Umwege zu ihrem Apartment.

Ich wollte unbedingt noch einmal mit der alten Dame reden, hechtete die Treppen hinauf und klingelte Sturm. Keine Reaktion auf der anderen Seite der Tür. Vermutlich öffnete die alte Dame um diese Uhrzeit niemandem mehr, deshalb rief ich laut: „Können Sie mich hören, Ms. Evergreen? Ich bin's, Josh Brighton! Bitte, machen Sie auf."

Noch immer keine Reaktion. Dieses Verhalten mochte so rein gar nicht zu Ms. Evergreen passen. Eine schreckliche Vorahnung beschlich mich ... vielleicht konnte sie mir gar nicht mehr öffnen? Ich musste in das Apartment, koste es, was es wolle!

„Denk nach, Josh, du brauchst den Schlüssel." Ich stürmte nach unten ins Parterre und entdeckte auf dem Klingelschild die Aufschrift „Hausmeister Arthur Beasley". Ich klingelte eilig. Kurz darauf hörte ich ein Stampfen, welches sich unaufhaltsam der Tür näherte. Ein dicker, glatzköpfiger Mann im Unterhemd öffnete mir und musterte mich skeptisch. „Was gibt's denn?"

„Sind Sie der Hausmeister? Es ist dringend!"

Auf dem Weg nach oben erklärte ich ihm die Lage. Etwas Schreckliches musste passiert sein, das war uns beiden bewusst. Aus diesem Grund zeigte sich Beasley kooperativ und stellte keine unnötigen Fragen. Kaum hatte er die Tür zum Apartment aufgeschlossen, eilte ich in die Wohnung und suchte nach der armen Ms. Evergreen.

Mein Herz blieb vor Schreck fast stehen, als ich ihren leblosen Körper auf dem Bett liegend entdeckte.

Tränen stiegen mir bei dem Anblick der toten Frau in die Augen. Ich kam zu spät, konnte sie nicht mehr retten und keine Antworten mehr bekommen.

Es war Chassedys Werk. Tat sie es aus Rache, weil die Alte uns in ihre Geheimnisse eingeweiht hatte? Oder wollte sie ihre Macht demonstrieren? Was immer auch in ihr vorging, ich würde es früher oder später erfahren.

„War sie ihre Mutter?", wollte der Hausmeister wissen.

„Ja", sagte ich knapp.

Es hätte zu lange gedauert, alles zu erklären und Beasley gab sich glücklicherweise mit dieser Antwort zufrieden.

Ich hingegen hatte nun keinen Zweifel mehr, dass Ms. Evergreen die Wahrheit gesagt hatte. Alles stimmte, alles passte perfekt zusammen. Ich hatte den Tod verärgert, weil ich mit Patty ausgegangen war. Oh mein Gott, wenn sie nun Patty aus Eifersucht etwas antun würde? Patty war so hilflos und unwissend, vermutlich hatte sie Ms. Evergreen kein einziges Wort geglaubt. Sie ahnte nicht einmal, in welcher Gefahr sie schwebte. ANRUFEN! Ich musste sie anrufen! Sie warnen! Verzweifelt suchte ich und fand das Telefon schließlich auf einem kleinen Schrank im Korridor. Schnell huschten meine Finger über die Tastatur. Ich atmete erst erleichtert auf, als das Freizeichen erklang.

Patricia:

Ich kam gerade aus der Dusche und hatte mir ein Handtuch ums Haar gewickelt, als das Telefon klingelte. Vermutlich war es Josh. Doch noch ehe ich das Telefon erreichte, erstarb das Klingeln und mein Blick glitt zu dem Stecker hinab. Das Kabel war aus der Wand gerissen! Wie war das möglich? Vor Schreck taumelte ich ein paar Schritte zurück und prallte gegen die Wand. Angsterfüllt blickte ich mich im Flur um. Niemand war zu sehen, doch ich fühlte, ich war nicht allein. Diese Erkenntnis war wie ein harter Schlag ins Gesicht. Mein Atem wurde immer schneller, das Blut rauschte in meinen Ohren, und ich glaubte, mein Herz würde sich vor Aufregung fast überschlagen. „*Knips das Licht an*“, dachte ich und streckte zitternd die Hand aus.

Joshua:

Das war seltsam, warum ging Patty nicht an den Apparat? Irgendetwas stimmte nicht. Besorgt legte ich den Hörer auf. Ich musste so schnell wie möglich zu ihr. Patty war in großer Gefahr.

Patricia:

Ich hatte das Gefühl, beobachtet zu werden. Die Wände hatten Augen und Ohren bekommen. Oder die Panik hatte meinen Verstand vernebelt. So schnell ich nur konnte, rannte ich zur Tür. Doch ich konnte sie nicht öffnen. Ich war gefangen ... eingesperrt! Diese Wohnung war wie verhext!

„Verdammt!“, fluchte ich leise und rüttelte verzweifelt an dem Knauf, als plötzlich ein Schatten an mir vorbeihuschte. Erschrocken drehte ich mich um, doch niemand war zu sehen, keine unheimliche Gestalt, nichts außer Joshs stilvoller Einrichtung. Was für ein Psychoterror! Ich fasste all meinen Mut zusammen, ging in die Küche und griff in die Schublade, um ein Messer herauszuholen. Dann lief ich ins Wohnzimmer, wo ich meinen ungebetenen Gast vermutete. Aber es war niemand dort. Mit dem Handrücken wischte ich mir über die schweißnasse Stirn. Als wäre es nicht schon schlimm genug, ging auf einmal der Fernseher an, alle Lichter leuchteten hell, und laute Musik dröhnte mir aus Richtung der Stereoanlage entgegen. Ich warf mich vor Schreck auf den Boden. Doch sicher war ich auch hier unten nicht. Gegenstände flogen über meinen Kopf hinweg durch die Luft, als würden Poltergeister mit ihnen spielen. Ich schrie! Ich schrie so laut wie noch nie zuvor in meinem Leben. Und plötzlich verstummte alles um mich herum, und Todesstille kehrte ein. Nur ich schluchzte noch immer. Ich wagte nicht aufzublicken, denn ich fürchtete mich vor dem, was ich dann sehen würde. Am liebsten hätte ich mich irgendwo versteckt, irgendwo eingegraben, doch ich wusste, selbst das hätte keinen Sinn. Wer immer mir nun nachstellte, er konnte mich überall finden. Ein Entkommen gab es nicht! Also, warum weiter dieses Spiel spielen? Ich fühlte, wie sich mein Mut erneut sammelte, wie ich an Kraft gewann. Entschlossen erhob ich mich und blickte mich um. Noch immer konnte ich meinen Peiniger nirgends ausmachen. Oh, wie feige war diese Person?

„Zeig dich endlich“, sagte ich mit einer mir unbekannt hohen, leicht heiseren Stimmlage. „Na los, zeig dich! Zeig dich!“ Ich wurde langsam wieder hysterisch. Das war nicht gut, ich durfte die Beherrschung nicht verlieren. Das war es doch, was dieser Jemand wollte – mir Angst machen. Mich in den Wahnsinn treiben. Plötzlich sprang die Balkontür mit einem Ruck auf. Der Wind wehte hinein und blies mir ins Gesicht. Mein Bademantel lockerte sich und glitt an mir hinab. Auch das Handtuch, welches ich um mein Haar gewickelt hatte, löste sich von meinem Kopf.

Es war eisig kalt, aber die Kälte machte mir nichts aus. Im Gegenteil: Mein Herz schlug schneller, mir wurde heiß, ich glaubte Fieber zu haben. Irgendeine Macht zog mich magisch an – nach draußen auf den Balkon. Ich konnte dieser Macht nicht widerstehen. Langsam setzte ich einen Fuß vor den anderen, den Blick zum Horizont gewandt. War der Himmel nicht wunderschön? Diese sternenklare Nacht, dieser herrlich leuchtende Mond. *Werde eins mit dem Universum.* Ja, das war es, was ich wollte. Eins sein mit diesen magischen Kräften. Alles, was ich tun musste, war dieser eine letzte Schritt. Die Versuchung wurde immer größer. Ich blickte erneut nach oben. Was war das? Ein helles Licht? Ein Tunnel? Es war unglaublich warm. Ich wollte die große rotierende Spirale – diesen Wirbelsturm aus reinem Licht – berühren.

„Tu es nicht!“, hörte ich plötzlich eine vertraute Stimme hinter mir . Josh? Wie war er hier hereingekommen? Die Tür war doch verschlossen gewesen. Ich drehte mich zu ihm um. Verzweiflung spiegelte sich in seinem Blick.

„Bitte, Patty, spring nicht!“, sagte er und kam vorsichtig näher. Springen? Ich wollte doch gar nicht springen! Ich wollte aufsteigen, mich mit diesem Licht vereinen! Warum verstand er mich nur nicht?

„Weil er unwissend ist“, hörte ich eine weitere Stimme neben mir. Erschrocken blickte ich in die Richtung, aus der die Stimme kam. Eine schwarz gekleidete Frau trat an meine Seite. Ich wusste sofort, wer sie war. Chassedy!

„Ich bin gekommen, um dich zu holen, mein Kind.“

„Patty, mit wem redest du da?“

Konnte Josh sie nicht sehen? Sie stand doch neben mir. Oder ... war ich schon tot?

Joshua:

Patty stand auf meinem kleinen Balkon und blickte gebannt zum Himmel, irgendetwas schien ihre Aufmerksamkeit dorthin zu fesseln. Was auch immer es war, ich konnte es nicht sehen! Es war ein Spiel! Und schlagartig wurde mir bewusst, wer dieses Spiel mit uns spielte. Chassedy war gekommen, um Patty zu holen. Patty und ich sollten nicht mehr zusammen sein. Sie wollte uns trennen, koste es, was es wolle. Ich durfte das nicht zulassen – ich musste versuchen, sie aufzuhalten.

„Lass sie in Ruhe, Chassedy. Du willst doch gar nicht sie, du willst mich!“

Chassedy:

Natürlich wollte ich ihn! Warum begriff er das erst jetzt? Einzig Patty stand unserem gemeinsamen Glück noch im Wege, doch schon bald würde auch dieses Problem der Vergangenheit angehören. Langsam ging ich auf die kleine Sekretärin zu, deren dürrer nackter Körper wie Espenlaub zitterte.

„Bist du nun bereit?“, fragte ich verführerisch.

„Ja, das bin ich“, antwortete sie beinahe wie in Trance.

Ich beugte mich über sie, um ihr den tödlichen Kuss zu geben, als Josh mit einem verzweifelten Schrei auf uns zustürmte.

„NEIN! Du darfst sie nicht mitnehmen!“, schrie er ins Leere, ohne zu wissen, wo ich mich befand.

Patty streifte ihn gleichgültig ab. Sie war nicht mehr sie selbst, sie war geblendet von der Schönheit des Todes und bemerkte nicht, was um sie herum geschah.

„Bitte, nimm mir Patty nicht weg", flehte Joshua. „Sie ist zu jung zum Sterben." Was spielte das für eine Rolle? Ich wollte ihren Tod. Denn nur so konnte ich ihn für mich haben!

Joshua:

Wieso war Chassedy so grausam? „Was muss ich tun, damit du sie leben lässt?", rief ich schließlich voller Verzweiflung.

Mehr denn je wurde mir bewusst, dass ich Patty brauchte, sie liebte, nicht ohne sie leben wollte.

Keine Antwort, nicht einmal ein Zeichen, dass sie über meine Worte nachdenken wollte.

Chassedy:

Ich blickte den verzweifelten jungen Mann an und spürte, dass ich nicht mehr ich selbst war. Die letzten Wochen waren viel zu emotional und hatten mich verwirrt.

„Zeig dich wenigstens", sagte er und wischte sich über die Augen. „Damit wir miteinander reden können."

„Es gibt nichts zu bereden", knurrte ich, ohne mich für ihn sichtbar zu machen.

Verstand er denn nicht, was in mir vorging? Dass auch ich Gefühle hatte?

„Was versprichst du dir davon, wenn du Patty und mich trennst?" Er kämpfte mit den Tränen. Allein dieser Anblick schmerzte, und ich begann an meinen Absichten zu zweifeln.

„Chassedy, glaubst du, ich würde dann zu dir zurückkehren und alles wäre wie früher?"

Joshua schüttelte den Kopf. „Wie sollte das funktionieren? Ich würde immer an Patty denken. Selbst wenn du sie mir wegnimmst, werde ich immer nur sie lieben. Du bist zu klug, um einen solchen Fehler zu begehen."

Mein Blick glitt zu Patty, die sich verzweifelt gegen die Anziehungskraft des Lichttunnels wehrte.

„Patty liebt mich, sonst wäre sie längst mit dir gegangen", sagte er eindringlich.

Ich sah ein, dass er Recht hatte.

Mehr noch. Ich erkannte, dass meine Bestimmung eine andere war. Ich war kein Mensch wie er, ich hatte eine Aufgabe in dieser Welt. Und doch wollte ich ihn noch einmal berühren. Über seine Haut streichen und die Wärme spüren, die von ihr ausging. Ich sah in seine Augen und stellte mir vor, ich würde ihn verführen. Wir würden uns vereinen, wie wir es schon so oft getan hatten, wissend, dass es ein Abschied war. Gedankenversunken leckte ich mir über die Lippen. Vor meinen Augen tauchten Szenarien auf, die ich mit ihm hatte ausleben wollen. Doch es war zu spät, rief ich mir ins Gedächtnis zurück. Zu spät. Nichts von alldem würde jemals wahr werden.

Auf die Kuppe meines Zeigefingers hauchte ich ein Küsschen, beugte mich zu ihm vor und berührte mit diesem sanft seine Lippen. Joshua öffnete leicht den Mund. „Chassedy?“

Er wusste, dass ich es war, die ihn ein letztes Mal geküsst hatte.

Patricia:

Wie lange hatte ich hier auf dem Balkon gestanden? Ich wusste es nicht. Wie war ich hierher gekommen? Auch das wusste ich nicht. Langsam, ganz allmählich, kam die Erinnerung zurück. Ich blickte zum Himmel, sah unzählige Sterne, den Mond, aber keinen leuchtenden Tunnel. Wo war die Lichtspirale? Und wo war diese seltsame Frau? Wo war ich? Ich lag in Joshs Armen. Und ich lebte.

Er lebte.

Ich fühlte seinen Atem auf meiner nackten Haut.

„Es wird alles gut“, sagte er.

Bruchstückhaft begann ich Szenen vor mir zu sehen. Ich hatte sterben wollen, nichts in der Welt hatte ich mehr gewollt als diesem Licht nah zu sein, in ihm aufzugehen.

Doch dann hatte ich ihn gesehen. Josh. Er hatte mich zurückgehalten. Ich war in einem Zwiespalt gewesen, zerrissen. Die Frau hatte auf mich eingeredet. Josh hatte auf mich eingeredet. Was hätte ich tun – wem hätte ich glauben sollen? Und dann, ganz plötzlich, von einem Augenblick zum nächsten, verschwand das Licht.

Und nun lagen wir hier, ineinander verschlungen, frierend, aber dennoch glücklich.

„Es wird alles gut“, bekräftigte Josh noch einmal seine Worte und schloss mich fester in seine Arme.

Ich genoss seine Nähe. Nun waren es seine zärtlichen Lippen und sein heißer Atem, die mich wärmten und mir neues Leben einhauchten. Vorsichtig hob Josh mich hoch, trug mich ins Wohnzimmer zurück und setzte mich auf die Couch, um eine Wolldecke um uns beide zu hüllen.

Er kuschelte sich an mich, küsste meine Wange und meinen Hals. Seine Hand strich über meinen Bauch und hinab zu meiner Scham.

„Mir ist kalt, Josh.“

„Hier unten bist du aber ganz schön heiß.“

Sein Finger glitt zwischen meine großen Schamlippen und reizte meinen Kitzler. Ich spürte, wie ich erneut feucht wurde, und mein Verlangen nach ihm erwachte.

„Niemand wird uns je wieder trennen, das verspreche ich dir."

„Und was ist mit Chassedy?"

Diese Frau – oder was immer sie war – war zu allem fähig! Ich verkrampfte mich. Allein der Gedanke an diese Gestalt jagte mir eine Gänsehaut über den Rücken. Sie hatte mich völlig in ihren Bann gezogen. Und ich war ihr hilflos ausgeliefert gewesen. Schlimmer – ich war bereit gewesen, für sie zu springen. Hätte mich Joshs bloße Gegenwart nicht zurückgehalten, hätte ich es womöglich sogar getan.

„Sie hat eingesehen, dass wir zusammengehören und wird uns bis ans Ende unserer Tage nicht mehr belästigen."

Bis ans Ende unserer Tage. Ich schluckte, denn ich verstand die Anspielung sehr genau.

„Aber bis es soweit ist, werden Jahrzehnte vergehen. Mach dir keine Sorgen. Lass uns im Hier und Jetzt leben."

Beruhigend streichelte er mein Kätzchen. Nach und nach entspannte ich mich wieder. Vielleicht hatte er recht! Ich schüttelte meine Ängste ab und beschloss, den Augenblick zu genießen. Mich ganz meinen Gelüsten hinzugeben. Sein Finger spielte am Eingang meiner Scheide, und ich konnte es nicht erwarten, bis er endlich in meinen Lustsee tauchte. Lediglich seine Fingerkuppe drang in mich ein. Und das auch nur für einen kurzen Augenblick. Dann umschloss seine Hand meine Vagina, um sie lustvoll zu reiben und zu kneten. Mein Hunger wurde größer. Es gab nur eine Möglichkeit, ihn zu stillen. Unruhig hob ich mein Becken, hoffend, dass er die Anspielung verstand. Anstatt auf mein stummes Flehen einzugehen, wanderte seine Hand nach oben zu meinem Bauch.

„Bleib ruhig, Patty. Wir haben doch alle Zeit der Welt."

Ich schloss seufzend die Augen. Wenn er nicht wollte, dass meine Lust jeden Augenblick wieder erlosch, spielte jede Sekunde eine Rolle!

„Du duftest so gut", sagte er und roch an meinen nassen Haaren.

„Ich habe vorhin geduscht und dein Shampoo benutzt", gestand ich.

„Das erklärt, warum mir der Geruch so vertraut vorkommt. Hättest du nicht Lust, nochmals unter die Brause zu schlüpfen?" Er zwinkerte mir frech zu und schlug die Decke zurück. Ohne meine Antwort abzuwarten, ergriff er meine Hand und zog mich auf die Beine.

Seufzend folgte ich ihm. Das Flämmchen der Erregung war bereits erloschen. Aber ich gab die Hoffnung nicht auf, dass es ihm gelingen würde, das Feuer erneut zu entfachen.

Wir stiegen in die Kabine, schlossen die Schiebetüren und rückten dicht zusammen. Josh nahm den Duschkopf aus seiner Halterung, drehte lauwarmes Wasser auf und richtete die Strahlen auf meine Brüste. Es war aufregend, das prickelnde Gefühl des Wassers an meinem ganzen Körper zu spüren. Noch aufregender wurde es allerdings, als er den Duschkopf so einstellte, dass sich ein konzentrierter harter Strahl bildete. Ich wusste bereits, wohin er ihn führen würde, und spürte, wie die bloße Vorstellung meine Erregung zurückkehren ließ. Zielsicher spritzte das Wasser auf meine Perle, die durch den Druck erneut anschwoll. Ich musste mich an den Wänden der Kabine abstützen, um nicht das Gleichgewicht zu verlieren. Es gelang Josh, mich regelrecht in einen Rausch zu versetzen. Dieser dünne, fiese Strahl trieb mich mit seiner Unnachgiebigkeit allmählich in den Wahnsinn. Ich war dankbar, als Josh den Duschkopf nach einer kleinen Ewigkeit endlich auf weiche Strahlen zurückstellte, in die Halterung hängte und mich unter der Brause von hinten nahm. Energisch glitt sein Glied in mich, während ich mich mit dem Oberkörper an die Wand lehnte. Seine Hände umschlossen kraftvoll meine Taille und hielten sich an ihr fest. Seine Manneskraft drang bis zum Anschlag in mich. Ich spürte seine Hoden, die gegen mich schlugen und mich anheizten. Es dauerte nicht lange, da erreichten wir gleichzeitig den Höhepunkt. Lustvoll warf ich den Kopf in den Nacken, öffnete den Mund, um nach Luft zu schnappen und fing dabei die perlrunden Tropfen auf, die wie ein sanfter Regen von oben auf mich niederfielen. Erneut sanken wir uns erschöpft, aber glücklich in die Arme und ließen uns vom warmen Wasser berieseln. „Das war wundervoll", hauchte ich. Josh zog mich näher und drückte mich fest. „Ich habe noch immer nicht genug von dir. In der Schublade meines Nachtschranks liegen Handschellen. Was hältst du davon, wenn wir die zum Einsatz bringen?"

Chassedy:

Ich hatte die beiden beobachtet, hatte gesehen, wie er sie leidenschaftlich liebte, doch ich verspürte weder Trauer noch Enttäuschung. Nein, es hatte mich beeindruckt. Nicht viele Menschen widerstanden dem Licht, doch Patty hatte es geschafft. Sie gehörte zu Josh, das wusste ich nun. Hatte es nicht von Anfang an in meiner Absicht gelegen, ihm zu helfen? Ihm das zu geben, was er sich wünschte? Ein schönes Leben? Schloss das nicht auch die Frau seiner Träume ein? Ich hatte mein Ziel erreicht.

Ein Blick gen Himmel verriet mir, dass der Morgen langsam erwachte. In der Ferne hörte ich das Quietschen von Reifen, gefolgt von einer Explosion. Sirenen heulten auf – Verkehrsunfall.

Ich hatte wieder einen Auftrag ...

Ende

Engel der Schatten

Astrid Martini

Als Cecile den attraktiven Nicholas kennenlernt, ist nichts mehr so, wie es einmal war! Entgegen ihrer Prinzipien lässt sie sich von ihm verführen, verbringt sinnliche Stunden mit ihm und gerät vollkommen in den Bann dieses mysteriösen Mannes.
Sie ahnt nicht, dass Nicholas ein Bewohner des Schattenreiches ist - ein gefallener Engel - der es auf ihre Seele abgesehen hat! Nicholas will Ceciles Lust wecken, sie ins Schattenreich locken und ihre Seele ins Verderben stürzen …

Unzählige graue Wolken durchzogen den dunklen Nachthimmel. Sie gaben ihm etwas Unwirkliches, Mystisches und auch ein wenig Unheimliches.

Sie krochen so dicht und drohend über das finstere Himmelszelt, dass kein einziger Stern die Möglichkeit hatte, bis zur Erde hindurchzuschimmern – hinter der dichten grauen Decke verschwand sogar der volle runde Mond komplett.

Die feucht-schwüle Nachtluft ließ erahnen, dass ein gewaltiges Gewitter im Anmarsch war. Die ersten dicken Tropfen waren gefallen, hielten sich dann aber doch zurück, ganz so, als würden sie auf einen besonderen Moment warten.

Heftige Windböen tauchten immer wieder wie aus dem Nichts auf, nur um dann ebenso urplötzlich zu verschwinden, wie sie gekommen waren.

Sie rundeten die „Weltuntergangsstimmung" bedrohlich – aber auch irgendwie malerisch – ab. Die Luft schien wie elektrisiert, und es herrschte eine eigentümliche Atmosphäre, die fast jeden besorgt zum dunklen Himmel blicken ließ.

Nicholas Blick glitt über die grauen Nebelschwaden, die wie eine Unheil verkündende Masse zwischen den Bäumen und Häusern hingen. Sie vermittelten eine bedrückende Atmosphäre. Es war, als senkte sich der Himmel.

Er atmete tief aus, seine Muskeln spannten sich.

Das letzte Mal, als er hier auf der Erde mit den vielfältigen Verlockungen war, lag schon Wochen zurück. Nicholas liebte die Versuchung, die Verführung, die Herausforderung, den Kitzel des Neuen – die Jagd.

Ein paar Wochen lang hatte er sich damit zufrieden gegeben, sein Spiel vom Schattenreich aus zu treiben, einer anderen Dimension, die es ihm nicht ermöglichte, zum Licht … zur Erlösung … zum Paradies aufzusteigen.

Er war ein gefallener Engel, dem der Zugang zum Licht für immer verwehrt bleiben sollte. Es sei denn, er würde der wahren, aufrichtigen Liebe begegnen und diese mit derselben Inbrunst erwidern wie sein Gegenüber.

Nicholas verzog bei dem Gedanken daran zynisch seine Mundwinkel.

Dazu würde es nie und nimmer kommen, denn er war zu keinen selbstlosen Gefühlen fähig. Er brachte das Verderben, das Böse, die Dunkelheit und das Grauen. Außerdem hatte er nicht viel für Gefühlsduseleien übrig.

Und nichts anderes war diese ach so geheiligte und von allen herbeigesehnte Liebe für ihn nun einmal.

„Liebe" – Nicholas spie das Wort förmlich aus. „Ich pfeife auf die Liebe. Mich dürstet es nach Lust, Gier, erhitzter Haut und weichen Schenkeln. Und ich vergehe vor Lust, wenn ich sehe, wie sehr die reizenden Ladys leiden, nachdem ich sie zu sündigen Torheiten verführt habe." Er lachte rau auf.

Eine schwüle Brise zerzauste sein langes dunkles Haar, strich über seine erhitzte Haut und ließ sein Hemd flattern. Grimmig lächelnd blickte er zum dunklen Nachthimmel empor. Sein Blick folgte dem Lauf der Wolken.

Sie sind Wanderer, wie ich es bin. Sie wandern zwischen den Welten, dorthin, wo sie ohne Sehnsüchte und Schmerzen zu Hause sind. Doch, wo bin ich zu Hause?

Er blieb sich die Antwort schuldig, doch er wusste wenigstens, was er brauchte.

Jetzt ... sofort!

Er brauchte eine Herausforderung – eine unschuldige Seele, die er ins Dunkel locken konnte. Sein Blut geriet in Wallung.

Er tippte mit nachdenklich zusammengekniffenen Augen den Zeigefinger gegen seine Unterlippe und malte sich in Gedanken anregende Bilder von wildem Sex und rasender Lust aus. Er dachte an verschiedene Frauen, die er bisher beobachtet hatte, und die in Frage kommen könnten – verwarf die Gedanken an sie dann aber wieder, denn sie passten nicht zu seiner übergroßen Gier.

Sie waren nichts Besonderes, nichts Einzigartiges. Nicht unschuldig und rein genug. Er sehnte sich nach einer weißen, reinen Seele. Wollte sie besitzen und dann ins Verderben stürzen. Wollte helles Weiß in abgrundtiefes Schwarz verwandeln und seine Macht spüren, indem er aus dieser markanten Kraftprobe als Sieger hervorging.

Nicholas liebte es zu dominieren, zu beherrschen, zu manipulieren, zu blenden. Er genoss die Verzweiflung der Damen, nachdem er von ihnen abgelassen und sie zu den Abgründen der menschlichen Seele und schließlich ins Dunkel geführt hatte. Hatte er sie nämlich dort, wo er sie haben wollte, so war alles weitere ein Leichtes für ihn. Für eine weitere Nacht mit ihm waren sie bereit, ihre Seele an ihn zu verkaufen und sich selbst damit ins Reich der Dunkelheit zu verbannen.

Und genau das war sein Ziel.

„Ich werde die passende Lady finden. Heute. Koste es, was es wolle." Ein teuflisches Grinsen ließ seine makellosen Zähne weiß aufblitzen.

Er stand auf und legte seinen Kopf in den Nacken, um die ersten Regentropfen zu begrüßen, die von einem ohrenbetäubenden Grollen begleitet wurden.

Die großen glitzernden Tropfen taumelten vom düsteren Himmel herab, legten sich wie ein Film auf die grün belaubten Bäume und Sträucher, Straßenlaternen, Autos, Dächer, Fensterbretter und auf ihn. Feucht und dominant. Unbarmherzig. Wie er!

Ein sonderbares Hochgefühl ergriff ihn. Ein Gefühl, wie er es sonst nur spürte, nachdem er besonders tückische Spielchen getrieben hatte.

Nun aber war es aus dem Nichts da und wer weiß, vielleicht war dies ja ein Omen für einen besonders günstigen Zeitpunkt.

Er strich sich das schwere Nass aus den Haaren und lachte.

Ich nehme mir, was ich will, und eines Tages wird die Dunkelheit über das Licht siegen. Denn wenn ich nicht im Licht sein darf, so darf es niemand! Das Licht muss vernichtet werden! Für alle Ewigkeit!

Mit diesen Gedanken machte er sich mit großen Schritten in Richtung Stadtmitte auf.

Vor einer Bar blieb er stehen. Scheinwerfer beleuchteten das Gebäude und den angrenzenden Parkplatz und ließen die Umrisse zahlreicher Autos erkennen. Die Bar schien also gut besucht zu sein.

Zwei attraktive, miteinander plaudernde Frauen schlenderten von der anderen Straßenseite her auf die Bar zu. Beide waren noch sehr jung und spärlich bekleidet. Ihre kurzen, luftigen Kleider ließen erkennen, dass sie es vorgezogen hatten, auf ein Höschen zu verzichten. Als sie Nicholas bemerkten, begannen sie zu kichern.

Offensichtlich schien er ihnen zu gefallen. Für Nicholas keine große Überraschung, denn allein ein gezielter Gedanke seinerseits genügte, um zu bewirken, dass ihm sein Gegenüber mit Haut und Haaren verfiel. Und da er auf der Jagd war, hatte er alle Sensoren darauf ausgerichtet, mehr als interessant für das andere Geschlecht zu sein.

Nicht, dass er es nötig gehabt hätte, denn er war attraktiv – ja fast schon überirdisch schön. Allein seine steingrauen Augen reichten aus, um Frauen reihenweise in den Bann zu ziehen und nicht mehr loszulassen.

Aber man konnte ja nie wissen. Und an einem Tag wie diesem, wo seine Gier nach Verführung all seine innewohnenden Grenzen zu sprengen schien, wollte er nichts dem Zufall überlassen.

Während die Blonde ihm lediglich einladend zuzwinkerte und dann die Bar betrat, kam die Dunkelhaarige mit wiegenden Schritten auf ihn zu, blickte ihm tief in die Augen und legte ihre perfekt manikürte Hand auf seinen Arm.

Ihr lasziver Blick musterte ihn interessiert, und während ihr dunkelrot lackierter Zeigefinger die Spur seines Kinns nachfuhr, rieb sie provokativ ihre Hüften an ihm.

„Ich wüsste ein kuscheliges Plätzchen, wo wir beide es uns so richtig nett machen könnten. Na, wie wär's?"

Ihr Augenaufschlag war perfekt und ihr sinnlicher Mund eine Sünde wert.

Doch Nicholas spürte keinerlei Interesse an ihr. Ihm war nach etwas anderem.

Nach purer Unschuld. Nach einer Lady, die so rein war wie die Seele eines Neugeborenen. Diese Dame hier aber war verrucht, wusste, wo es lang geht und ließ nichts anbrennen. Sie war allseits bereit, wenn ihr Gegenüber nur entsprechend attraktiv war.

Doch genau dies war seit einiger Zeit keine Herausforderung mehr für Nicholas. Ladys von diesem Kaliber hatte er zur Genüge gehabt und ins Schattenreich geführt.

Er lächelte charmant. „Dies ist wahrhaftig ein verlockendes Angebot. Leider muss ich gestehen, dass ich schon etwas vorhabe. Schade eigentlich …"

Er nickte ihr zu und wollte sich abwenden, doch sie hielt ihn am Arm fest und beugte sich so, dass ihr praller Busen fast aus ihrem Kleid hüpfte.

„Pläne sind dazu da, um verworfen zu werden. Komm schon, sei etwas spontaner und verschiebe deinen Termin. Ich verspreche dir Stunden, die du nie und nimmer vergessen wirst. Also?"

„Sorry, aber leider ist das nicht möglich. Ich wünsche aber dennoch einen zauberhaften Abend."

„Dir entgeht viel Spaß."

Nicholas musste grinsen. Es war immer wieder interessant, wie hartnäckig die Damenwelt sein konnte. Doch er kam nicht dazu, darüber nachzudenken, denn ein inneres Sehnen und der immense Drang weiter zu suchen nahmen von ihm Besitz. Er schloss die Augen, legte seinen Kopf in den Nacken und begann zu wittern – wie ein Raubtier.

Den fassungslosen Blick der jungen Frau vor ihm ignorierte er, nickte ihr noch einmal zu und nahm erneut die Witterung auf.

Er war sich sicher, dass er noch heute die Frau finden würde, die er suchte …

***

Cecile Foster kam aus dem oberen Stockwerk die Treppe herunter und gähnte herzhaft. Sie hatte einen anstrengenden Tag auf der Intensivstation hinter sich und sehnte sich nach ihrem Bett.

Die Krankensäle waren auf allen Stationen voll belegt, und auch die Intensivstation quoll förmlich über.

Sie hatte an diesem Abend zusammen mit einer anderen Schwester drei Stunden gebraucht, um die Kranken für die Nacht zu versorgen. Sie machte noch einmal einen Rundgang, um zu sehen, ob auch wirklich alles in Ordnung war und zog sich nun müde und seufzend ins Schwesternzimmer zurück, denn die Krankenberichte für die Übergabe an die Nachtschwestern waren noch zu schreiben. Kurze Zeit später wollte sie sich gerade ihre Tasche schnappen, um ihren wohlverdienten Feierabend einzuleiten, da sah sie, wie Schwester Agnes, die erst seit zwei Wochen im Dienst war, schluchzend in die kleine Teeküche stürmte.

Cecile wusste, dass Agnes noch sehr unerfahren war und große Angst hatte einen Fehler zu machen – denn sie wollte dadurch ihre Arbeit nicht verlieren.

Wegen der Überbelegung der Stationen hatte es bisher keine Möglichkeit gegeben, sie einzuarbeiten. Und dennoch hatte sie alle Arbeiten zu erledigen wie jeder andere.

Trotz ihrer Müdigkeit dachte Cecile in diesem Moment nicht an ihren Feierabend, sondern gesellte sich voll Mitgefühl zu ihrer Kollegin.

„Was ist los?"

Agnes stand mit dem Rücken zu ihr, doch Cecile konnte an ihren bebenden Schultern erkennen, dass sie herzzerreißend weinte. Lautlos, aber dennoch unübersehbar.

Sie trat auf die verzweifelte Kollegin zu und legte ihr beruhigend eine Hand auf die Schulter. „Kann ich irgendetwas für dich tun?"

Agnes zuckte erschrocken zusammen und wandte ihr das tränennasse Gesicht zu. „Wenn du niemandem erzählst, dass du mich in einer derartigen Verfassung angetroffen hast, wäre mir schon sehr geholfen."

„Natürlich erzähle ich es niemandem. Warum auch?"

Agnes lachte bitter auf. „Weil sich hier jeder der Nächste ist und Intrigen, Missgunst und Mobbing an der Tagesordnung sind. Machst du einen Fehler, wirst du gnadenlos an den Pranger gestellt. Also versuche ich Fehler zu vermeiden. Was nicht einfach ist, wenn man nicht eingearbeitet wurde – aber dennoch ebenso mit anpacken muss wie alle anderen."

„Ich jedenfalls werde dich weder anschwärzen, noch irgendjemandem erzählen, dass du an deine Grenzen gekommen bist", versprach Cecile, „und nun sag mir, wie ich dir helfen kann."

„Aber du hast doch längst Feierabend und heute schon genug Überstunden gemacht."

„Das tut jetzt nichts zur Sache. Ich möchte dir helfen, okay?"

„Das ist lieb von dir. Bist du immer so selbstlos?"

„Ich würde es nicht selbstlos – sondern hilfsbereit nennen. Ich weiß nach all den Jahren noch zu gut, wie es ist, wenn man neu ist. Außerdem kann ich auf gar keinen Fall beruhigt in den Feierabend gehen, wenn ich weiß, dass eine Kollegin am Rande der Verzweiflung steht."

„Dass es so etwas noch gibt." Agnes putzte sich geräuschvoll die Nase und wischte sich die Tränen fort. Dann lächelte sie Cecile dankbar zu. „Schade, dass ich nicht mit dir zusammen Dienst habe. Dann würde mir sicherlich einiges leichter fallen."

„Auch wenn wir verschiedene Schichten haben, kannst du jederzeit auf mich zukommen, wenn ich dir irgendwie helfen kann. So, und nun los, bevor noch jemand bemerkt, dass du nicht auf deinem Posten bist."

„Darüber darf ich gar nicht nachdenken."

Kurze Zeit später betraten sie das Krankenzimmer von Sam Bochon, einem 77-jährigen, sehr sympathischen Patienten, dem man ein paar Tage zuvor einen Luftröhrenschnitt gesetzt hatte.

Er war noch müde und schlapp, zwinkerte ihnen aber freundlich zu. „Da geht es einem alten Haudegen wie mir doch gleich besser, wenn ich zwei so reizende junge Damen erblicke."

„Sie Charmeur", lachte Cecile.

Mit fachkundigen Händen kontrollierte sie den Katheder, den der Arzt ihm gelegt hatte. Er musste gereinigt und abgepumpt werden.

Cecile überzeugte sich davon, dass das Absauggerät einsatzbereit war und erklärte Agnes in aller Ruhe, wie sie am besten vorzugehen hatte.

Gemeinsam mit ihr überprüfte sie anschließend den Vorrat an Ersatzkathedern und erklärte, wie man im Notfall die Sauerstoffmaske handhabt und erläuterte auch die Funktionen der Dehnsonden, Scheren und diverser anderer Instrumente.

Agnes Wangen bekamen wieder etwas Farbe. Sie begann sich zu entspannen, wurde aber sofort wieder nervös, als eine Patientin nach ihr klingelte.

„Keine Panik. Wir gehen das alles gemeinsam und in Ruhe der Reihe nach an. Ich finde es übrigens ausgesprochen unkollegial, dass man dich hier so alleine lässt. Okay, wir sind unterbesetzt, aber ein wenig Hilfsbereitschaft untereinander sollte doch schon vorhanden sein."

„Da bist du anscheinend die Einzige, die das so sieht. Ich habe bei den Kolleginnen aus meiner Schicht das Gefühl, dass jede Einzelne froh ist, wenn es jemanden gibt, der keine Ahnung von der Materie hat. In diesem Fall ich." Sie lachte bitter. „So können sie nämlich wunderbar von ihren eigenen Schwächen ablenken und haben für den Fall aller Fälle einen Sündenbock."

Cecile wusste, dass dies stimmte, sagte dazu aber nichts.

Sie hakte sich bei der jungen Kollegin ein und begleitete sie zum nächsten Krankenzimmer. Sie nahm sich vor, in den nächsten Wochen ein Auge auf Agnes zu werfen und ihr hilfreich zur Seite zu stehen, wenn es notwendig wäre.

***

Nicholas hatte die Witterung aufgenommen und wusste nun, wo er zu suchen hatte. Die Spur führte ihn zu einem großen Krankenhaus außerhalb des Wohngebietes. Es war ein altes Gebäude – allerdings hervorragend ausgestattet.

Interessiert blickte sich Nicholas um, setzte sich schließlich in eine der Besucherecken und setzte seine Suche mental fort.

Sein gieriger Geist huschte behände von Station zu Station und war schon bald am Ziel. Die Aura einer schlanken, zerbrechlich wirkenden jungen Frau mit dichtem braunem Haar zog ihn magisch an, und er wusste auf Anhieb, dass sie genau in sein Beuteschema passte. Er begann in den Energiefeldern ihrer Aura zu lesen wie ein einem Buch und sah, dass sie nicht nur anständig und hilfsbereit war, sondern ihre eigenen Bedürfnisse hinter die ihrer Mitmenschen stellte und keinem anderen Lebewesen jemals etwas zu Leide getan hatte.

Das gefiel ihm. Sogar außerordentlich gut!

In sexueller Hinsicht musste sie noch wach geküsst werden. Nicht, dass sie körperlich unberührt war, aber sie hatte bisher erst einen Freund gehabt, und da Sex außerhalb einer Beziehung für sie nicht in Frage kam, gab es bisher auch erst einen Mann, der sie berührt hatte.

Ich werde dir zeigen, wie schön Sex ist, süße Lady. Du wirst dich danach verzehren wie nach einem besonderen Leckerbissen.

Interessiert beobachtete er ihre selbstlose Hilfsbereitschaft der jungen Kollegin gegenüber und staunte, wie sie ihre eigenen Bedürfnisse ignorierte, nur um jemand anderem einen Gefallen zu tun. Er spürte ihre Müdigkeit, ihre Erschöpfung, aber sie klagte nicht, sondern freute sich, dass sie der Kollegin eine Last von den Schultern nehmen konnte.

Nicholas rieb sich die Hände. Alles passte perfekt. Dies war die Lady seiner Wahl …

***

Es war dunkel, schwül und nass, als Cecile eine Stunde später ihr Fahrradschloss öffnete, ihre Tasche auf dem Gepäckträger befestigte und losfuhr.

Es regnete nach wie vor ohne Unterlass, und die Tropfen liefen ihr unangenehm in den Kragen ihrer dünnen Strickjacke. Sie beschloss, noch schnell beim Supermarkt vorbeizufahren – und freute sich auf einen gemütlichen Fernsehabend mit Spaghetti Bolognese und einem Gläschen Rotwein.

Sie seufzte erleichtert auf, als sie endlich die Haustür erreichte. Starker Nebel zog auf, und sein Dunst umhüllte Häuser, Bäume und die Straße mit einem milchigen Schleier. Es war nicht kalt, aber dennoch fröstelte Cecile. Der Nebel mit seinen Schwaden, die wie Fangarme nach allem zu greifen schienen, strahlte etwas Geheimnisvolles, ja fast Unheimliches aus, und ließ sie erschauern.

Cecile stieß einen leisen Fluch aus. Sie konnte ihren Haustürschlüssel nicht finden. Wie ärgerlich, dass sie ihn nicht schon vorher herausgesucht hatte. Jetzt musste sie mühsam ihre ganzen Einkäufe balancieren.

„Geben Sie her, ich helfe Ihnen."

Cecile bemerkte den Mann erst, als er sie ansprach. Sie musterte ihn kritisch und musste sich eingestehen, dass er einfach umwerfend aussah.

Sein langes dunkles Haar hing in nassen Strähnen um sein gut geschnittenes Gesicht, und sein Hemd warf zuckende Falten, als eine Windböe aufkam. Atemlos betrachtete sie ihn von Kopf bis Fuß.

Als der Fremde Ceciles Blick auffing, lächelte er. Verführerisch, sinnlich – ja, fast zärtlich. Ceciles Herz begann heftig zu klopfen.

Sie hatte das Gefühl, als müsste ihr Brustkorb jeden Augenblick auseinanderbersten, so schnell und hart schlug ihr Herz. Nie gekannte Gefühle erwachten in ihr.

Sie musste sich zwingen, nicht wie hypnotisiert auf die schlanke Gestalt zu starren, die etwas unglaublich Mystisches an sich hatte.

Rasch wandte sie den Blick ab. Ihr Mund war trocken, ihr Blut schoss heiß durch ihre Adern und ihre Knie zitterten.

Schließlich hielt sie es doch nicht länger aus und drehte ihren Kopf erneut in seine Richtung. Atemlos blickte sie in die unergründlich funkelnden Augen des Fremden.

„Danke, es geht schon." Sie lächelte ihm verkrampft zu, nickte freundlich in seine Richtung und begann ihre Suche nach dem Schlüssel erneut.

„Lassen Sie mich Ihnen doch helfen. Ihr Wein rutscht Ihnen gleich aus den Armen, die Spaghetti werden folgen, und Sie können anschließend Resteessen auf diesen ungemütlich nassen Treppenstufen machen. Ist es das, was Sie wollen?"

„Nein, natürlich nicht." Cecile versuchte es erneut mit einem unbefangenen Lächeln, was ihr jedoch gründlich misslang.

Sie wäre diesem Mann gerne bei anderer Gelegenheit begegnet. Zu einem Zeitpunkt, an dem sie vorteilhafter aussah und zur Konversation fähig. Ihr schokoladenfarbenes Haar fiel ihr in nassen Strähnen auf die Schultern, und sie trug keinerlei Make-up. Außerdem wirkten ihre braunen Augen sicherlich gehetzt, und ihr überraschter Gesichtsausdruck war ganz bestimmt nicht der intelligenteste.

Cecile fühlte sich auf eigentümliche Weise sehr stark zu diesem attraktiven Fremden hingezogen. Etwas in seinem Blick faszinierte sie so sehr, dass sie am liebsten für alle Ewigkeit dort stehen geblieben wäre, um ihn hemmungslos anzustarren. Es schien fast so, als würde er tief in ihr Inneres schauen und dabei einen Teil von ihr zum Leben erwecken. Einen Teil, der ihr bisher verborgen geblieben war. Sie erschauerte, räusperte sich nervös, behielt aber ihr Lächeln bei und ließ sich ihre Sachen bereitwillig von ihm abnehmen.

„Sorry, aber mein Schlüssel liegt sicher wieder ganz unten in der Tasche, und ich habe dummerweise viel mehr eingekauft, als ich geplant hatte."

Ihr fiel auf, dass er kräftige wohlgeformte Hände hatte.

Rasch wandte sie ihre Aufmerksamkeit wieder ihrer Handtasche zu.

Während der Schlüsselsuche stellte sie sich jedoch in allen Einzelheiten vor, wie es wohl wäre, wenn diese Hände über ihren Körper gleiten würden.

Wie sie sich wohl auf meiner Haut anfühlen?

Cecile kam ins Träumen. Sie fand, dass diese Hände hervorragend zu den regelmäßigen Zügen seines Gesichtes passten. Ein Seufzer entrang sich ihrer Kehle. Und dann hatte sie den Schlüssel gefunden.

„Endlich“, rief sie und wedelte triumphierend mit ihrem Schlüsselbund vor seiner Nase. Dabei wurde ihr bewusst, dass auch er vollkommen durchnässt war.

Und bevor sie noch daran denken konnte, dass der Mann ja praktisch ein Fremder für sie war, hörte sie sich sagen: „Und nun kommen Sie erst einmal herein. Sie sind ja ganz nass. Ich bereite uns einen heißen Tee zu, und Sie können sich dann etwas aufwärmen.“

Als sie die Tür aufschloss, bemerkte sie nicht, wie triumphierend es in seinen Augen aufblitzte. Auch sein siegessicheres Lächeln, als er an ihr vorbei den Korridor betrat, entging ihr. Sie folgte ihm.

Der alte Holzboden knarrte unter ihren Füßen, und die kleinen Absätze ihrer Schuhe klackten gleichmäßig. Seine Schritte waren merkwürdigerweise gar nicht zu hören. Doch sie machte sich keine weiteren Gedanken darüber.

Als sie mit ihm zusammen den langen engen Korridor entlangschritt, spürte sie seine Nähe überdeutlich. Heiße Schauer rannen ihren Rücken hinauf und wieder hinab – sämtliche Härchen ihres Körpers stellten sich auf.

Da sie nicht die Absicht hatte, sich für einen Mann zu interessieren, versuchte sie, diese aufkommenden Gefühle zu vertreiben. Aber es war sinnlos.

Nervös und wie verzaubert schritt sie vor ihm her und hätte weiß Gott was dafür gegeben, in seinen Armen liegen zu dürfen.

Inzwischen waren sie an ihrer Wohnungstüre angekommen.

Nicholas sah lächelnd auf sie hinab.

Was für ein Bild von einem Mann! Sie räusperte sich nervös.

„Na, dann hinein in die gute Stube“, gab sie schließlich stammelnd von sich und fühlte sich wie ein hypnotisiertes Kaninchen und zu keinem klaren Gedanken fähig. Ein paar Minuten später war sie froh, dass sie erst einmal damit beschäftigt war, die Lebensmittel zu verstauen, während er im Wohnzimmer wartete. Das gab ihr ein paar Minuten, in denen sie sich ein wenig sammeln konnte …

„Wenn ich Ihnen behilflich sein kann?“

Sie hatte ihn nicht kommen hören. Dabei waren es einige Schritte vom Wohnzimmer bis zur Küche – und gerade auf diesem Abschnitt knarrten die Holzdielen normalerweise immer.

Sie drehte sich um und sah ihn an … diesen attraktiven Mann mit den schönen ausdrucksstarken Gesichtszügen. Nervös strich sie sich eine feuchte Strähne ihres Haares aus der Stirn und ließ ihren Blick unschlüssig durch die aufgeräumte Küche schweifen. Die Lebensmittel waren weggeräumt, und es gab absolut nichts, was sie noch hätte tun können. Dabei hätte sie so gern etwas getan! Sich mit irgendetwas beschäftigt, um ihre Unsicherheit zu verbergen und nicht ständig wie gebannt zu ihm hinzustarren. Natürlich hätte sie den Teekessel aufsetzen können – schließlich hatte sie dies ja angekündigt – aber merkwürdigerweise erinnerte sie sich überhaupt nicht mehr daran.

Sie senkte ihren Blick und ließ ihn auf seinen langen schlanken Beinen ruhen, die in pechschwarzen Hosen steckten. Sicher waren seine Beine muskulös – mit wohlgeformten Schenkeln und Waden. Cecile seufzte leise auf und erschrak, als sie bemerkte, wohin sich ihre Gedanken abermals verirrt hatten.

So war sie doch sonst nicht. Im Gegenteil! Cecile verstand die Welt, vor allem aber sich selbst, nicht mehr.

„Äh … ich … nun … wie wäre es, wenn wir ins Wohnzimmer gehen, dort ist es gemütlicher."

Nervös schob sie sich an ihm vorbei und wurde sich bewusst, dass es sinnvoll wäre, sich der durchnässten Kleidung zu entledigen. Aber sie wagte nicht, dies anzusprechen, denn sie hatte Angst, es könnte falsch ausgelegt werden.

Ihre Nackenhärchen stellten sich auf – sie spürte, wie der fremde Gast ihr folgte. Im Wohnzimmer blieb sie mit dem Rücken zu ihm stehen und erschauderte, als er dicht hinter sie trat und seine Hände links und rechts auf ihre Schultern legte.

Sein kühler Atem kitzelte angenehm in ihrem Nacken … ein süßes Prickeln füllte ihren Magen und schließlich ihren gesamten Körper aus.

„Ich habe mich noch gar nicht vorgestellt." Seine Stimme war ganz nah an ihrem Ohr. „Mein Name ist Nicholas."

„Cecile." Ihre Stimme war leise, unsicher.

„Cecile", raunte er ihr ins Ohr, und wie von Zauberhand geführt drehte er sie langsam zu sich um und schenkte ihr einen verführerischen Blick.

Die Intensität ihrer Gefühle schien Cecile zu überwältigen.

„Nicht", flüsterte sie kaum hörbar.

„Warum nicht?"

„Weil ich … ich gehöre nicht … ich meine, ich habe noch nie … bitte nicht …", brach sie ab. Mit Herzklopfen schaute sie Nicholas an, der ihren Blick nicht minder intensiv erwiderte. Ihre Augen versanken ineinander, und Cecile hatte das Gefühl, in die Tiefe seiner Iris einzutauchen. Die Magie des Moments schaltete die Realität aus, und wie von selbst kamen ihre Lippen einander näher, bis sie sich schließlich in einem zarten, warmen Kuss vereinigten.

Wie verzaubert legte Cecile ihre Arme um seinen Nacken und schob die Finger in sein weiches dichtes Haar. Das erregende Spiel seiner Zunge jagte ihr einen wohligen Schauer über den Rücken.

Als er den Kopf senkte und mit seinen Lippen eine brennende Spur auf ihrem Hals zurückließ, warf sie den Kopf zurück und stöhnte leise auf. Voll Entzücken schloss sie die Augen und gab sich ganz diesen wundervollen Liebkosungen hin, die süß wie Honig und verlockend wie Himbeersahne schmeckten. Nur seine Nähe zählte noch. Diese gefährliche, überaus sinnliche

Nähe, die ein Feuer in ihr entfachte, welches nur er löschen konnte. Mit einem zufriedenen Seufzer schmiegte sie sich eng an ihn.

Als Nicholas die Leidenschaft in ihrem Blick sah, applaudierte er sich innerlich für sein gekonntes Vorgehen, umfasste ihr Gesicht und blickte ihr tief in die Augen. Ein Blick, der Cecile voller Begehren aufstöhnen ließ.

Hilfe, ich bin verloren. Ein Zustand, den ich gar nicht mag. Erschrocken wollte sie sich aus dem Bann des Momentes lösen, doch als sie gleich darauf spürte, wie seine Hände fordernd ihre Wirbelsäule entlangstrichen, schob sie alle störenden Gedanken beiseite. Nein, sie würde weder an das Vorher, noch an das Nachher denken. Nur dieser Augenblick zählte, und sie würde sie genießen, jene himmlischen Momente, die auf sie warteten.

Wie magisch gelenkt vermeinte sie, ganz im Hier und Jetzt aufzugehen. Sie ließ es zu, dass sich ihr Körper vor Wonne in kleine Moleküle aufzulösen schien. Es war ein Gefühl, als zerflösse sie unter seinen Berührungen.

Wieder stöhnte Cecile voller Leidenschaft auf. Wie im Rausch begann nun auch sie, ihn zu liebkosen. Zärtlich strich sie über die markante Kontur seines Gesichtes, wanderte im Zeitlupentempo seinen Hals abwärts und schob ihre Hände unter sein feuchtes Hemd, um endlich seine nackte Haut unter ihren Fingerkuppen zu spüren.

Nicholas zog sie näher zu sich heran und küsste sie mit einem Feuer, welches ihr die Sinne schwinden ließ.

Ohne den Kuss zu unterbrechen nahm er sie in seine Arme, zog sie hoch und führte sie in enger Umarmung ins angrenzende Badezimmer.

Er lächelte verheißend, als er die Duschkabine öffnete und den Wasserhahn bediente. Dann befreite er erst sie, dann sich von der feuchten Kleidung und schlüpfte mit ihr unter die Dusche.

Das warme Wasser plätscherte gleichmäßig auf sie herab. Es hüllte sie ein wie ein warmer weicher Mantel der Sinnlichkeit.

Ihre Zungen bekamen nicht genug voneinander, spielten miteinander und lockten die jeweils andere. Es war ein süßer Tanz der Leidenschaft, den sie vollführten, während vier Hände in eine dicke Schicht von Schaum eintauchten und damit beschäftigt waren, Hals, Schultern, Arme und Bauch einzuseifen.

Nicholas drückte Cecile mit dem Rücken gegen die Duschwand, betrachtete ihre nassen bebenden Brüste und begann an ihren rosigen Spitzen zu knabbern.

Ihre Finger krallten sich in sein Haar und langsam, ganz langsam ging er in die Knie, während er den sanften Hügel ihrer Brüste, die weiche Linie ihres Bauches und ihren Venushügel gekonnt mit der Zunge liebkoste.

Unwillkürlich spreizte Cecile ihre Beine, um Nicholas ungehindert Zugang zu ihrer samtenen, feuchten Grotte zu gestatten, wo sich ihre Körpersäfte gesammelt hatten und nun zu fließen begannen.

Sie stöhnte lustvoll auf, lehnte ihren Kopf gegen die Duschwand und stieß einen kleinen Schrei aus, als Nicholas seine Zunge in ihre süße Nässe stieß. Während er sie ausschleckte, begannen seine beiden Daumen ihre Klitoris zu necken. Sanft umrundeten sie die angeschwollene Perle, zogen neckisch daran und rieben so lange, bis Ceciles Körper vor Lust zu zittern begann. Ein prickelndes Feuerwerk der Lust begann sich in ihrem Schoß auszubreiten, und als sie spürte, wie er ihre beiden Pobacken umfasste, ihren Schoß dabei näher an seinen Mund zog und ihre Klitoris auf teuflische Weise mit der Zunge zu verwöhnen begann, gab es kein Halten mehr. Die Wellen der Lust schlugen über ihr zusammen, bescherten ihr Wonnen der Sonderklasse und mündeten schließlich in einem gewaltigen Orgasmus.

Nicholas leckte sie so lange, bis die Wellen des abklingenden Orgasmus vollkommen nachließen. Dann erhob er sich, stellte das Wasser ab und schob sie, nass wie sie war, in Richtung Schlafzimmer

An der Tür zum Schlafzimmer hob er sie mit Schwung auf seine Arme und trug sie das Stück bis zum Bett. Er frohlockte innerlich und betrachtete sie mit einem eigentümlichen Funkeln in den Augen.

Das klappt ja wie am Schnürchen. Noch ein paar Tage, und ich habe sie da, wo ich sie haben will. Mit glühenden Augen betrachtete er ihr Gesicht. Sie hatte die Augen geschlossen und sehnte sich brennend nach weiteren Liebkosungen.

Nun, die sollte sie haben. Ihm war alles recht; solange er zu seinem Ziel kam.

Nicholas konnte in ihrem Gesicht lesen wie in einem offenen Buch. Er lachte innerlich auf, als sie ihr Gesicht an seiner Brust rieb und ihn mit ihrer Zunge liebkoste.

„Du bist immer noch nicht satt? Na gut, dann werde ich dir geben, wonach es dich dürstet." Diese Worte flüsterte er in ihr Ohr und begann erneut, ihren Körper zu verwöhnen. Cecile erschauerte unter seinen geschickten Händen. Sanft massierten sie ihren Nacken, ihren Rücken, ihr Gesäß, bis sie schließlich zwischen ihre Schenkel glitten und dort verweilten.

Leise stöhnte sie auf. „Das tut so gut!"

„Du sollst noch viel mehr bekommen. Du sollt alles bekommen!"

Cecile erschauerte, als seine Hände sanft die Innenseiten ihrer Schenkel zu massieren begannen. Erwartungsvoll schob sie sich ihm entgegen.

Ich stehe in Flammen. Bitte nimm mich!

Doch Nicholas ignorierte ihre stumme Aufforderung. Er ließ seine Hände unverschämt langsam zu ihren Waden gleiten. Von dort aus strich er an den Außenseiten ihres Körpers entlang bis zu ihrem Nacken. Und dann endlich erbarmte er sich ihrer. Sanft legte er sich auf sie, schob mit dem Knie ihre Schenkel auseinander und drang tief in sie ein. Wie berauscht krallte Cecile ihre Finger in seinen Rücken und genoss es, ihn endlich tief in sich zu spüren.

Er führte sie endlich zu nie gekannten Höhen, und es fühlte sich an, als würde ihr Körper von tausend kleinen Explosionen heimgesucht – bunt, ekstatisch und wahnsinnig prickelnd.

Vollkommen berauscht stöhnte Cecile leise auf. Heiße Tränen rollten über ihre Wangen, die Nicholas ihr zärtlich wegküsste.

Wohlig träge lagen sie anschließend noch eine ganze Weile auf dem Bett.

Cecile genoss die sinnliche Atmosphäre des Augenblicks.

Sie nahm diesen Moment mit all ihren Sinnen wahr, speicherte ihn ab für die Ewigkeit, dachte gleichzeitig aber mit Bedauern daran, wie schnell dieser lustvoll träge Augenblick ein Ende haben könnte. Rasch schob sie diese trüben Gedanken wieder von sich, stützte sich auf ihren Ellbogen und betrachtete liebevoll das markante Gesicht von Nicholas. Er hatte die Augen geschlossen, seine Mimik war entspannt, sein Lächeln weich.

Während Cecile ganz versunken in ihrer Betrachtung war, begann Nicholas erneut innerlich zu triumphieren. Der wichtigste Schritt war getan und weitere würden folgen.

Gezielte Schritte.

Geschickt und durchdacht.

Er liebte dieses strategische Vorgehen und wusste, dass er auch dieses Mal genau das erreichen würde, was er erreichen wollte. Mit diesen Gedanken öffnete er seine Augen, zog ihren Kopf zu sich hinab und schenkte ihr erneut heiße Küsse. Dabei rollte er sich so geschickt, dass sie unter ihm zu liegen kam.

Das lustvolle Spiel ihrer Zungen ließ Cecile innerlich explodieren. Sie warf die Arme um seinen Nacken, zog ihn fest an sich, umschlang seine Hüften mit ihren Beinen und gab entzückte Laute von sich, als er erneut in sie eindrang.

Sie flüsterte seinen Namen, als sie ihn in sich spürte und bog sich unter ihm. Ihre Nägel gruben sich in seinen Rücken. Sie passte sich in voller Harmonie seinem Rhythmus an, nahm ihn immer tiefer in sich auf.

Er gab ihr alles, blickte ihr dabei unverwandt ins Gesicht, denn er wollte die Tiefe ihrer Empfindungen sehen, wenn sie zum Höhepunkt kam. Und er wollte hören, wie sie im Augenblick höchster Leidenschaft seinen Namen rief.

„Nicholas!“ Wogen köstlichster Lust brachen über ihr zusammen und ließen sie in seinen Armen erzittern.

Nicholas schloss ihre Lippen mit einem Kuss. Die Wellen ihres soeben erlebten Orgasmus waren noch nicht verebbt, da trieb er sie erneut zu prickelnden Höhen. Er bewegte sich zunächst ganz langsam in ihr, beschleunigte das Tempo und vögelte sie schließlich so wild und hemmungslos, dass ihre schweißnassen Körper bis zum süßen Finale immer wieder hart aufeinanderklatschten. Als er merkte, dass sie erneut zu zittern begann, strich er ihr die feuchten Haare aus dem Gesicht und lächelte.

Der Ausdruck ihrer Augen zeigte ihm, dass sie ihm schon jetzt verfallen war – körperlich. Doch er wollte mehr, wollte alles von ihr, wollte ihre Seele.

Aber fürs Erste sollte dies genügen.

Cecile hätte sich gerne an ihn geschmiegt, um in seinen Armen ins himmlische Traumland hinüberzuschlummern, doch Nicholas entzog sich sanft ihren Armen und erhob sich.

Ihren enttäuschten Blick erwiderte er mit einem charmanten Lächeln. „So gerne, wie ich auch bleiben würde, es geht leider nicht. Träume was Schönes – am besten etwas Unanständiges von mir." Er zwinkerte ihr zu, verschwand im Badezimmer und suchte seine Kleidung zusammen.

Bevor er ging, warf er Cecile noch einen Luftkuss zu, sagte: „Wir sehen uns", und dann war er weg.

***

Nicholas abrupter Abgang setzte das Muster für die nächsten drei Wochen. In diesen Wochen wusste Cecile nie, wann sie ihn sehen würde. Und auch nicht, wie lange er blieb. Manchmal sah sie ihn ein paar Tage nicht, dann stand er plötzlich wieder vor ihrer Tür wie ein Phantom, das urplötzlich auftauchte und so geheimnisvoll und rasch wieder verschwand, wie es gekommen war.

Wenn er zu ihr kam, schien er nie mehr als ein paar Stunden Zeit zu haben. Er war nicht daran interessiert, bei ihr zu übernachten, hatte kein Bedürfnis nach irgendwelchen Unternehmungen und gemeinsame Mahlzeiten reizten ihn ebenfalls nicht. Cecile hatte keine Ahnung, was er tat, wenn er nicht bei ihr war. Sie wusste nicht, welchen Beruf er ausübte, wohin er ging, und was er dachte.

Sie wusste nichts, außer dass er ein begnadeter Liebhaber und wunderschön war. Sie nahm sich oft vor, ihn darauf anzusprechen, ihm all die Fragen zu stellen, die ihr auf der Seele brannten. Bei einem Blick in seine Augen verschwanden jedoch diese Vorsätze komplett aus ihrem Gedächtnis.

Wenn er bei ihr war, war sie selig. War er nicht da, lief ein gewaltiges Kribbeln der Sehnsucht durch ihren Körper. Ihr Herz pochte gewaltig, wenn sie nur an ihn dachte. Und wenn sie sich sein Gesicht vorstellte, füllte sich ihr Inneres mit warmer Glückseligkeit. In den Nächten lag sie in ihrem Bett, sehnte ihn herbei und fantasierte, er läge neben ihr. Warm, sinnlich, stark.

Cecile stürzte sich kopfüber in diese Affäre, ließ alle anderen Dinge außen vor und begann sich in ihrer Freizeit ausschließlich auf ihn zu konzentrieren.

Ihren Freunden und Kollegen erzählte sich nichts von Nicholas. Sie wollte dieses süße Geheimnis mit niemandem teilen.

Es sollte nur ihr gehören. Verlockend, sinnlich und kostbar …

***

Milchig weißes, schattenhaftes Zwielicht begleitete Nicholas, als er die labyrinthähnlichen Gänge hinunterlief, die zum Herz des Schattenreiches führten. Die Wände waren glatt, wie poliert, während der Boden mit unzähligen Verzierungen versehen war, bedeckt von einer dünnen Schicht aus rotem Staub.

Der Gang, dem Nicholas folgte, führte in einen sechseckigen Saal. Auch hier herrschte bleiches Zwielicht, welches sich spiralförmig nach oben bis unter die hoch geschwungene Kuppel zog.

Die Wände des Saales waren auch hier glänzend glatt und hatten die gleiche Farbe wie die grauen Nebel, die dem Raum eine mystisch irreale Atmosphäre verliehen.

In der Mitte des Saales befand sich eine große blutrote Kugel, die auf einem Podest aus Stein lag und in allen erdenklichen Rottönen schimmerte.

Die Kugel sandte einen ungewöhnlichen Glanz aus und schickte rötliche Flammen in den Raum, die zischend mit den grauen Schattennebeln verschmolzen und sich schließlich in Nichts auflösten. Ringsum, an den Wänden entlang, standen onyxschwarze Bänke mit hohen Lehnen, in deren glatten Flächen sich die rote Kugel widerspiegelte.

Da dieser Saal nur zur Versammlung der Oberen des Schattenreiches genutzt wurde, befand sich jetzt, außer Nicholas, niemand dort. Ansonsten diente der Saal lediglich als Entree. Mit geschmeidigen Bewegungen trat er auf die Kugel zu, legte seine Hand auf die glatte Oberfläche und aktivierte einen Mechanismus, der die Kugel in ein tiefes Schwarz verwandelte und sie gleichzeitig in die Tiefe sinken ließ. Eine Treppe, die steil hinabführte, wurde sichtbar. Schwarzer Nebel kroch empor. Nicholas schritt die Stufen hinab, und kaum war er unten angekommen, bewegte sich die Kugel in ihre ursprüngliche Position zurück.

Er durchschritt ein riesiges Gewölbe. Das blutige Licht der Fackeln, die links und rechts in den Steinwänden eingelassen waren, flackerte wild. Sie gaben unzählige winzigkleine Fünkchen ab, die kurz aufzüngelten und schließlich verpufften.

Es herrschte ein reges Treiben, obwohl eine Vielzahl der Bewohner des Schattenreiches – gefallene Engel und Dämonen – auf der Erde unterwegs waren, um ihr Unwesen zu treiben.

Rote Nebelschwaden waberten träge durch die Ecken und Winkel. Sie gaben der gesamten Atmosphäre etwas Teuflisches.

Mit einem amüsierten Grinsen in den Mundwinkeln beobachtete Nicholas, wie Gabriel, ein weiterer gefallener Engel, sich mit drei jungen Frauen amüsierte, die er wohl gerade erst ins Schattenreich gelockt hatte, denn ihre Aura war noch nicht komplett finster. Ihre Seelen waren noch warm, steckten mitten in der Umwandlungsphase und würden noch eine Weile brauchen, um Dämonenseelen zu werden.

Gabriel war hoch gewachsen und schlank. Goldenes Haar umrahmte sein edles Gesicht, und wenn er lächelte, leuchteten seine hellbraunen Augen ebenfalls golden auf.

Nicholas beobachtete, wie die drei Frauen entzückt zu ihm aufblickten. Sie befanden sich in einer Art Trancezustand, lächelten glücklich und himmelten ihren Meister an. Gierig streckten sie ihre Hände nach Gabriel aus und fielen augenblicklich auf die Knie, als dieser die Hand hob und auf den Boden deutete.

Sie räkelten sich lasziv zu seinen Füßen, spitzten erwartungsvoll ihre Lippen und entblößten ihre Brüste. Ihre erwartungsvollen Körper rieben sich an seinen Beinen, und sie warfen ihm sehnsüchtige Blicke zu.

Nicholas kannte ein derartiges Szenario nur zu gut. Er wusste, wie es sich anfühlt, wenn man mit erbeuteten Seelen ins Schattenreich zurückkehrte, und diese sich nach einem verzehrten. Er musste lachen, denn Gabriel war dafür bekannt, dass er unersättlich war. Gleich drei Frauen auf einmal hatte er diesmal auf Erden also becirct und anschließend ins Schattenreich gelockt.

Durch vorbeiziehende Nebelschwaden hindurch beobachtete er die Szene noch einen Augenblick, dann schritt er in die entgegengesetzte Richtung, teilte eine Wand aus phosphoreszierender Energie und gelangte in ein weiteres Gewölbe. Die Luft war erfüllt von Schwefeldämpfen. Sie schien zu glühen und gab immer wieder zischende Funken ab.

Inmitten des Gewölbes befand sich ein großer ovaler Pool, der in dem glänzenden Steinboden eingelassen war. Jadegrünes Wasser sprudelte leise vor sich hin und verwöhnte eine Hand voll bildschöner Dämoninnen, die sich leicht bekleidet und fröhlich kichernd darin tummelten.

Um den Pool standen dicke Kerzen, deren blutrote Flammen zuckende Lichtreflexe ins Wasser warfen.

Nicholas hatte für dieses anmutige Bild keinen Blick übrig. Er war müde und hatte lediglich vor, in den Schatten des Reiches ein wenig Energie aufzutanken, um ausgeruht und mit neuen Kräften zur Erde zurückzukehren.

Zielstrebig durchschritt er das Gewölbe, durchschritt mehrere Gänge und teilte schließlich einen Vorhang aus Schatten, der den Raum, der dahinter lag, vor neugierigen Blicken schützte. Inmitten des Raumes stand ein schwarzer Sessel mit hoher Rückenlehne und kunstvoll verzierten Armlehnen.

Im Sessel saß eine wunderschöne Frau mit langem blutrotem Haar, ebenso roten Lippen und einer Haut – so zart und weiß wie Milchcreme.

In ihrer Rechten hielt sie einen Handspiegel. Sie betrachtete sich eingehend und warf dem jungen Mann, der hinter ihr stand und ihr Haar bearbeitete, durch den Spiegel feurige Blicke zu. Der Feuerschein der zahlreichen Fackeln spiegelte sich glitzernd in ihren smaragdgrünen Augen und ihre vollen Brüste, die kaum von dem Spitzengewand bedeckt wurden, hoben und senkten sich anmutig.

„Was machst du hier?“

„Ich mache mich schön für dich, denn ich habe dich erwartet."
„Ich habe keine Zeit für dich."
„Seit wann denn das? Du bekommst doch sonst nicht genug von meinen Liebesbissen."
Sie begann wie eine Katze zu schnurren. Der Sklave hinter ihr hatte ihre langen Haarflechten, die noch feucht vom Dampf des Bades waren, entwirrt und ließ nun langsam und gleichmäßig die Zinken des Kammes durch das Haar gleiten. Sie teilten und trennten das schwere Haar, bis es in weichen Wellen auf ihren Rücken fiel. Dann begann er es zu flechten. Seine Hände legten Strähne auf Strähne, zogen sie zurecht und umwickelten den langen Zopf schließlich äußerst geschickt mit einem Sternenband. Dann schob der Sklave ihr das Gewand von den Schultern. Es rutschte lautlos hinab und gab den wohlgeformten perlweißen Körper frei. Er tauchte seine Hände in eine Schüssel, in der sich warmes duftendes Öl befand. Schließlich war er ganz damit beschäftigt, ihren Nacken, ihre Schultern und ihren schlanken, fein gebogenen Rücken mit dem wohlriechenden Öl einzureiben. Seine Finger glitten mit sanften rhythmischen Bewegungen und leichtem Druck über ihren schönen Körper – auf und ab. Die Frau seufzte wohlig auf und wand sich mit leisen Bewegungen unter den kundigen Händen.
Nicholas hob seine Augenbrauen. „Ich bestimme, wann und wo wir es miteinander treiben. Und momentan habe ich andere Dinge im Kopf. Ich bitte dich also zu gehen, Salome."
„Warum so kühl und abweisend?", kam es spöttisch zurück.
„Weil ich es nicht leiden kann, wenn man über mich und meine Zeit verfügt."
Salome lachte hell und kalt auf. „Immer Herr der Lage, nicht wahr?"
„Ganz recht."
„Bring mir mein Kleid", rief sie ihrem Diener mit einem Blick über die Schulter zu. Dieser gehorchte und Salome erhob sich. Dann ließ sie sich das kostbare Gewand anlegen. Die meergrüne Seide legte sich sanft um ihre Schultern, umhüllte ihre Arme und schließlich ihren gesamten Körper.
Sie erwiderte Nicholas Blick mit leisem Spott.
„Du scheinst alt und träge zu werden. Ich kann mich an Zeiten erinnern, da hast du nicht genug von mir bekommen können, auch nicht, wenn du gerade auf Beutezug warst."
Eine Antwort wartete sie nicht ab. Mit schnellen Schritten räumte sie das Feld, und in ihren Augen glomm Eiseskälte auf. *Ich werde mir etwas einfallen lassen müssen, um mir seine Lust zu Eigen zu machen.*

***

Cecile betrat das Krankenzimmer eines weinenden Mädchens. Ihr wurden die Mandeln entfernt, und nun hatte sie Schmerzen und riesigen Durst.

Cecile brachte ihr ein Glas Tee, hüllte sie behutsam in die Decken ein und versprach, ihr am nächsten Morgen ein Eis zu bringen.

Die Tür zum Krankenzimmer öffnete sich, und die Oberschwester trat ein. „Schwester Cecile, der Oberarzt möchte sie sprechen. Bitte kommen Sie doch in sein Büro, wenn Sie hier fertig sind."

Cecile nickte, und ein wenig später klopfte sie an die Tür des Arztes und wurde hineingebeten.

Das Neonlicht im Raum war blendend hell und keineswegs dazu angetan, dem Teint zu schmeicheln. Cecile rückte selbstvergessen ihr Schwesternhäubchen zurecht und blinzelte.

„Schwester Cecile, gut, dass Sie da sind", wurde sie von der sonoren Stimme des Arztes, einem Mann so um die Sechzig, begrüßt. Cecile mochte ihn. Er hatte etwas so väterlich Beruhigendes und fand auch in der größten Not immer noch ein nettes Wort. Außerdem gehörte er zu den ausgeglichensten Menschen, die Cecile jemals begegnet waren.

„Ich muss Ihnen etwas Trauriges mitteilen." Er räusperte sich und fuhr mit der Hand in seinen schneeweißen Bart. Dann rückte er seine Brille gerade, schaute sie ernst an und fuhr fort: „Es fällt mir nicht leicht, aber da Sie immer sehr mit dem Herzen dabei sind und sich oftmals sogar in ihrer Freizeit aufopferungsvoll kümmern, ist es mir wichtig, dass Sie es von mir erfahren."

Cecile blickte ihn erschrocken an.

Was war passiert?

„Ich weiß, dass Sam Bochon in den letzten Wochen für Sie mehr Freund als Patient war. Umso mehr trifft es mich, Ihnen mitteilen zu müssen, dass sein Herz vor ein paar Minuten leider aufgehört hat zu schlagen."

Eine eisige Hand legte sich um Ceciles Herz.

Sie begann zu zittern.

Den Luftröhrenschnitt vor ein paar Wochen hatte er prima überstanden, doch leider folgte ein Herzinfarkt, der seinen Krankenhausaufenthalt verlängerte.

Cecile hatte sich rührend um ihn gekümmert. Und da sie den Mann aufrichtig mochte, hatte sie täglich auch in ihrer Freizeit und an dienstfreien Tagen bei ihm gesessen, mit ihm über Gott und die Welt geplaudert und ihn von Tag zu Tag mehr in ihr Herz geschlossen.

Da sie beide eine besondere Vorliebe für Kartenspiele – insbesondere Rommé – hatten, war es ihnen zu einer liebgewordenen Gewohnheit geworden, sich täglich ein Match zu liefern und fochten schließlich sogar stundenlange Duelle aus.

Ja und dann gesellte sich auch Agnes, die sich zunehmend mit Cecile angefreundet hatte, dazu. Sie mochte dieses Spiel ebenfalls und so hatten die drei sogar schon Pläne für feste Romméabende – für die Zeit nach Sams Krankenhausaufenthalt – eingeplant.

Ceciles Lippen begannen zu beben. Sam sollte nun plötzlich nicht mehr sein?

Heiße Tränen schossen ihr in die Augen. Sie hatte einen Freund verloren.

Einen guten Freund!

Als sie wenig später mit gesenktem Kopf und verquollenen Augen aus dem Büro des Oberarztes kam, lief ihr Agnes über den Weg.

Sie bemerkte sofort, dass mit der Freundin etwas nicht in Ordnung war. „Was ist passiert?"

Schluchzend begann Cecile zu berichten, und dann lagen sie sich in den Armen und trauerten gemeinsam.

***

Als Nicholas aus dem Schattenreich zurück zur Erde kehrte, spürte er sofort, das Cecile anders war als sonst. Es war ein paar Tage her, seit er sie zuletzt gesehen hatte; umso deutlicher spürte er ihre abrupte Veränderung.

War sie ihm sonst sehnsuchtsvoll in die Arme gefallen, so fiel ihre Begrüßung nun eher mäßig aus.

Als er sie küssen wollte, drehte sie ihren Kopf zur Seite, so dass seine Lippen lediglich ihre Wange trafen.

Stirnrunzelnd folgte er ihr zur Couch, setzte sich neben sie und verstand die Welt nicht mehr, als sie schließlich sogar die Hand beiseite schob, die er ihr mit einem gewinnenden Lächeln ganz vorsichtig aufs Knie gelegt hatte.

Sollte sie etwa .... ?

Er erschrak und beschloss, in den Energiefeldern ihrer Aura nach möglichen Erklärungen zu suchen. Mit Hilfe ihrer Aura ließ er die letzten Tage Ceciles Revue passieren und atmete schließlich erleichtert auf.

Ihr eigentümliches Verhalten hatte also nichts mit ihm zu tun. Er konnte anhand der Energiefelder erkennen, dass sie sich nach wie vor nach ihm verzehrte. Nur war dieses Gefühl momentan zugeschüttet durch die Trauerarbeit, die sie leistete. Er hatte also lediglich etwas Geduld zu haben, dann konnte er dort ansetzen, wo er aufgehört hatte.

Dass sie momentan nicht zugänglich für seinen Charme und seine teuflischen Verführungskünste war, gefiel ihm ganz und gar nicht. Er war ein derartiges Verhalten nicht gewohnt, und Geduld gehörte nicht gerade zu seinen Stärken. Doch er spürte, dass es sich auszahlen würde, wenn er sich in diesem Fall in Geduld übte.

Hinzu kam, dass er nicht leugnen konnte, dass sich ihm hier eine besondere Herausforderung bot, denn ihre Persönlichkeit war stark genug, ihm zu widerstehen, und damit schob sich seine Messlatte ein ganzes Stück höher.

Wenn ihre Seele erst einmal sein Eigentum war, und er sie ins Schattenreich geführt hatte, hatte er einen großen Sieg errungen und einen weiteren Meilenstein auf dem Weg zu seinem Ziel gesetzt.

Er sah sie von der Seite an. Ihr Blick war stumpf.

Als sie spürte, dass er sie betrachtete, versuchte sie ein Lächeln, was ihr gründlich misslang. Stattdessen stiegen dicke Tränen in ihre Augen, und er musste mit ansehen, wie sie von Weinkrämpfen geschüttelt wurde.

Nicholas zuckte unmerklich zusammen. Trösten gehörte nicht gerade zu seinen Lieblingsbeschäftigungen.

Als sie ihren Kopf schluchzend an seiner Schulter barg, hätte er sie am liebsten von sich geschoben, aber er machte gute Miene zum bösen Spiel, denn er wusste, dass es auf weite Sicht zweckdienlich war, auch diesmal seinen Charme spielen zu lassen. Er legte ihr also den Arm um die Schultern und strich sanft durch ihr Haar.

„Was ist passiert, meine süße Lady? Es bricht mir das Herz, dich so leiden zu sehen."

Wenn sie wüsste, dass ich gar kein Herz habe! Spöttisch verzog er seine Mundwinkel.

Und dann begann Cecile ihm zu erzählen. Vergeudete Zeit, wie Nicholas fand, denn erstens wusste er das alles ja schon – was sie wiederum nicht wissen konnte – und zweitens gab es Besseres, als sich solche Geschichten anhören zu müssen. Doch was tat man nicht alles, um die Durchführung der gesetzten Pläne zu sichern.

Der blumige Duft ihrer Haare stieg ihm in die Nase, und zu seiner Verwunderung rührte ihn dies auf eigentümliche Weise an. Er war ihr körperlich schon so nah gekommen wie nie ein anderer Mann zuvor, aber dennoch war ihm nie aufgefallen, wie angenehm ihr Haar duftete.

Na und? Ihre Haare riechen gut. Was ist dabei? Wenn du willst, kannst du dir alle Düfte dieser und anderer Welten herbeizitieren. Also hör auf, dich solch schwachsinnigen Gedanken hinzugeben.

Er schimpfte gedanklich mit sich selbst, was nichts nützte, denn auch ihre Tränen, die sie ihm heiß und verzweifelt ins Hemd schluchzte, ließen ihn nicht kalt, sondern sandten süße Schwingungen aus, die leider Gottes nicht an ihm abprallten.

Er seufzte, legte – ohne dass es ihm richtig bewusst war – seinen Kopf auf ihr Haupt und sog ihren zarten Duft ganz tief in sich hinein.

Ein ihm unbekanntes Gefühl schoss durch sein Inneres. Ein Gefühl, das nicht mit seinem Wesen konform war und ihn irritierte.

Er hob seinen Kopf und starrte angestrengt aus dem Fenster.

Irgendetwas ist nicht so, wie es sein sollte. Sei auf der Hut, alter Junge!

So saßen sie noch eine ganze Weile. Cecile schluchzte, Nicholas bemühte sich um Haltung, und draußen begann es langsam aber sicher zu dämmern.

Als Cecile ihm schließlich zu verstehen gab, dass sie müde sei und nun gerne alleine wäre, musste er sich beherrschen, um seiner grenzenlosen Erleichterung nicht freien Lauf zu lassen.

Er war froh, sich verabschieden zu können, heuchelte allerdings Besorgnis und Enttäuschung. „Dein Wohlbefinden steht an erster Stelle, deshalb werde ich deinem Wunsch selbstverständlich nachkommen – auch wenn es mir unsagbar schwer fällt. Schlaf schön, mein Liebes. Ich werde an dich denken."

„Und du bist wirklich nicht böse?"

„Um Himmels Willen, nein. Das wäre ja noch schöner. Wichtig ist, dass du wieder zu Kräften kommst. Mach dir um mich mal keine Gedanken. Ich werde mich bei dir melden."

„In den nächsten Tagen werde ich viel zu tun haben und bin wahrscheinlich auch nicht in Stimmung für sinnlich gemütliche Stunden. Versteh mich nicht falsch, aber …"

Nicholas zog überrascht eine Augenbraue hoch.

Soll das etwa bedeuten, dass sie mich in den nächsten Tagen nicht sehen will?

Er zwang sich zu einem charmanten Lächeln und legte ihr sanft seine Hand unter ihr Kinn. „Zerbrich dir darüber bitte nicht deinen hübschen Kopf. Ich werde dich in den nächsten Tagen in Ruhe lassen und mich nach angemessener Zeit wieder bei dir melden. Ist das okay?"

Sie nickte dankbar.

Nicholas gab ihr einen Kuss auf die Stirn. Dann ging er.

Dabei konnte er nicht verhindern, dass er sich – trotz anfänglicher Erleichterung – darüber zu ärgern begann, dass sie ihn fortgeschickt hatte.

Dass eine Frau ihn bat, dass er ging, war ihm noch nie passiert, und es würde wohl einige Zeit dauern, bis er mit dieser neuen Erfahrung klarkommen würde.

***

In den folgenden vier Wochen zeigte er sich ihr nicht. Er beschloss allerdings, nicht ins Schattenreich zurückzukehren, sondern war – für Cecile unsichtbar – immer in ihrer Nähe. Bei ihren Gesprächen mit Agnes, bei der Beisetzung von Sam Bochon – ja eigentlich bei allem, was sie tat.

Er war ihr ständiger, unsichtbarer Begleiter. Wenn sie abends auf ihrer Couch saß und fernsah oder ein Buch las, bei ihren Einkäufen, und wenn sie schlief. Natürlich dachte er im Traum nicht daran, sich fernzuhalten, wenn sie sich auskleidete und unter die Dusche schlüpfte. Warum auch? Schließlich kannte er längst jeden Winkel ihres Körpers.

Er saugte jede Facette ihrer Persönlichkeit und ihres täglichen Daseins in sich auf und merkte nicht, dass er dabei war, eine Faszination für sie zu entwickeln, die über sein eigentliches Ansinnen hinausging.

Als er schließlich spürte, das Cecile sich wieder den schönen Dingen des Lebens zu öffnen begann und sich immer mehr nach ihm und seinen Berührungen sehnte, beschloss er, noch ein paar Tage verstreichen zu lassen, um ihr Verlangen noch ein wenig anzustacheln.

Und dann tauchte er wieder bei ihr auf.

Charmant buhlend und verführerisch lockend.

Es folgten Tage, die dort ansetzten, wo sie aufgehört hatten.

Sinnlich, hemmungslos und voller Hingabe.

Dass sich Nicholas Beweggründe langsam aber sicher zu verändern begannen, spürte er nicht. Noch nicht!

***

Es klingelte. Aufgeregt lief Cecile zur Tür und warf sich Nicholas mit einem Jubelschrei in die Arme.

„Ich habe dich vermisst. Schön, dass du da bist."

Er lachte. „Es sind doch erst 24 Stunden her, seit wir uns das letzte Mal gesehen haben. Solltest du etwa süchtig nach mir sein?"

„Als ob du das nicht längst wüsstest!"

„So, so. Und wie können wir deine Sucht befriedigen?"

„Indem du mich ganz fest in deinen Armen hältst und mich nie wieder loslässt."

„Für ein paar Stunden kann ich dir das versprechen. Aber dann ... du weißt ja ..."

„Gar nichts weiß ich. Du kommst und gehst, wie es dir gerade passt und ich ...", weiter kam sie nicht, denn Nicholas legte ihr seinen Zeigefinger auf die Lippen, blickte ihr tief in die Augen und schüttelte den Kopf.

Der Ausdruck seiner Augen war unergründlich ... hypnotisierend ... lähmend und führte dazu, das Cecile alles um sich herum vergaß und nur noch den Rausch des Augenblicks in sich spürte.

Nicholas zog sie nah an sich und ihre Lippen versanken in einem süßen, sinnlichen, nicht enden wollenden Kuss. Einen Kuss, der Cecile die Realität vergessen ließ. Einen Kuss, der nach Fortsetzung schrie.

Nicholas geschickte Hände schienen wie elektrisch geladen zu sein. Schon bei der geringsten Berührung fühlte sich Cecile wie eine ekstatisch entzündete Flamme, die nach mehr gierte und zu einem verheerenden Feuer wuchs.

Alles um sich herum vergessend grub sie ihre Finger in sein dichtes Haar und atmete voller Wonne seinen betörend männlichen – und so vertrauten Duft ein.

Zärtlich schob er ihr die Träger des Sommerkleides über die Schultern, verbarg sein Gesicht zwischen ihren bebenden Brüsten, während seine Daumen die zarten rosigen Knospen liebkosten, die sich unter dem zarten Stoff ihres Büstenhalters aufgerichtet hatten.

Langsam hob er den Kopf, sah sie an. Ihr Blick drückte ihr Verlangen deutlicher aus als alle Worte. Behutsam fuhr er die Linie ihres Mundes nach, um dann wieder ihre Brüste zu liebkosen. Mit glühenden Augen schaute er ihr tief in die Augen.

Dann führte er sie rückwärts zur gegenüberliegenden Wand, löste seine Lippen von den ihren und drehte sie langsam so, dass sie mit dem Gesicht zur Wand stand.

Ihre Handflächen legte er sanft auf die zartgelbe Tapete und blieb dicht hinter ihr stehen, ohne sie zu berühren.

Cecile fühlte ein erwartungsvolles Kribbeln in sich aufsteigen und schloss die Augen. Sie sehnte sich nach seiner Berührung, wollte ihn spüren – überall.

Nicholas stütze seine Hände rechts und links von ihr an der Wand ab, berührte sie dabei allerdings immer noch nicht.

Als er den Kopf neigte, und sie seinen Atem unterhalb ihres rechten Ohres spürte, stöhnte sie auf.

Er pustete sanft, dann fuhr er mit den Lippen verführerisch über ihren Nacken und bedeckte ihn mit kleinen, heißen Küssen.

Cecile erschauerte lustvoll, senkte den Kopf und bot ihm auf diese Weise ihren Nacken dar.

Er strich behutsam ihr Haar beiseite und bedeckte die empfindsame Haut ihres Nackens mit unzähligen hauchzarten Küssen.

Gleichzeitig schob er seine Arme nach vorn um ihren Körper und begann die kleinen Knöpfe ihres vorn durchgeknöpften Kleides zu öffnen.

Seine Lippen wanderten ihre Wirbelsäule hinab, während seine Hände das Kleid nun komplett nach unten schoben, sodass es zu Boden fiel.

Cecile genoss die Süße seiner Lippen. Süß wie Schokolade und heiß wie Feuer. Ihr war, als zuckte ein Stromschlag nach dem anderen durch ihre Glieder. Das Blut schoss heiß durch ihre Adern, brachte sie zum Kochen, während seine Lippen tiefer und tiefer wanderten.

Sie stand nun lediglich mit knappem Höschen und Büstenhalter da, wurde von seinen Lippen verwöhnt, und ihr bebender Körper wünschte sich mit jeder einzelnen Zelle danach, von ihm genommen zu werden.

Hart, leidenschaftlich, wild und unersättlich.

Nicholas griff in ihr Haar, zog ihren Kopf zurück und flüsterte ganz nah an ihrem Ohr: „Ich spüre deine Gier, deine Geilheit und dein Verlangen. Ich kann förmlich riechen, wie die Säfte deines Körpers zu fließen beginnen."

Seine Zunge hinterließ eine feuchte Spur auf ihrem Nacken und sein kühler Atem, den er über diese Spur schickte, bescherte ihr eine Gänsehaut, die sie erbeben ließ.

Er zauberte ein Seidentuch hervor und verband ihr geschickt die Augen.

Ceciles Atem beschleunigte sich. „Was hast du vor?"

„Lass dich überraschen, süße Lady. Ich führe dich in Sphären, von denen du bisher nichts geahnt hast. Ich hoffe, du vertraust mir?"

„Ich … nun … es ist … ja, ich vertraue dir." Zaghaft tastete ihre Hand nach der kühlen Seide, die ihr die Sicht nahm.

„Bist du dir sicher?"

Cecile räusperte sich nervös. „Ich denke schon."

„Du wirst sehen, dir wird gefallen, was ich vorhabe."

Er umfasste ihre Hüften, ging dabei hinter ihr in die Knie und biss ihr spielerisch in ihre Pobacken. Dann schob er ihren Slip beiseite, riss ihn ihr schließlich ungeduldig vom Leib und fuhr mit seiner harten Zunge in einem geraden Strich quer über ihr Gesäß.

Er hielt inne. Ein teuflisches Grinsen umspielte seine Mundwinkel, als er das Lederband – welches um seinen Hals hing – löste, und den ovalen münzgroßen Mondstein, der glitzernd daran baumelte, eingehend betrachtete.

Er küsste den kühlen glatten Stein und umschloss ihn mit seiner Hand.

Cecile wurde unruhig. Sie spürte, dass Nicholas nach wie vor hinter ihr kniete und fragte sich, was er dort tat.

„Nicholas?"

„Schschscht …", war die einzige Reaktion, die sie bekam.

Etwas kühles Glattes legte sich auf ihre Pobacke, wurde von Nicholas geschickter Hand über jeden Zentimeter ihres Gesäßes geschoben und schließlich abwärts zwischen ihre Schenkel nach vorn geführt.

Dieses fremde Gefühl genoss Cecile. „Mmmmhhhhmmm … das ist schön, was ist das?"

„Schweige und genieße." Seine Stimme duldete keinen Widerspruch.

Das kühle glatte Etwas glitt über ihre Schamlippen, tangierte ihre Klitoris, erreichte den Venushügel und verweilte im samtigen Flaum ihrer Schamhaare.

Das Prickeln in Ceciles Bauch verlagerte sich in ihren Schoß. Sie tauchte in eine Wolke aus Glückseligkeit ein, hatte aber Mühe, sich auf den Beinen zu halten – denn ihre Knie waren mittlerweile butterweich und drohten unter ihr nachzugeben. Halt suchend krallte sie ihre Finger in die weiche griffige Tapete und hinterließ dabei Spuren, die sie immer an diesen Moment der Lust erinnern würden.

Ihr Atem ging unregelmäßig. Kleine Seufzer der Erregung kamen über ihre Lippen, als Nicholas geschickte Finger ihre Schamlippen teilten und den Edelstein schließlich zwischen ihnen verschwinden ließ. Er verschaffte sich Zugang zu ihrer feuchten Spalte, tastete sich zunächst mit einem Finger vor und schob dann den Mondstein nach, wo er sofort gierig von ihrer hungrigen Vagina umschlungen wurde.

Wie trunken warf Cecile ihren Kopf in den Nacken, spreizte ihre Beine noch ein Stückchen weiter und wünschte sich nur noch eines: Ohne Unterlass von ihm berührt, verführt, geliebt zu werden. Ihn mit all ihren Sinnen zu kosten – zu riechen, zu schmecken und zu fühlen.

Nicholas brannte darauf, ihre Lust um ein Vielfaches zu steigern. Er wollte sie um den Verstand bringen, ihre Geilheit spüren, riechen und schmecken. Doch er zwang sich dazu, langsam vorzugehen, denn er wusste nur zu gut, dass geschickt ausgedehnte Liebespiele Sinnesfreuden der Sonderklasse zur Folge hatten und eine Gier entfachten, die nicht mehr zu bremsen war. Und genau darauf freute er sich.

Behutsam und äußerst geschickt stimulierte sein Daumen ihre Klitoris, während sein Finger den Edelstein in ihr bewegte und unaufhörlich in ihr rührte.

Dabei übersäte er ihr Gesäß mit einer endlosen Spur von lieblichen Küssen und steigerte ihre Lust, indem er erneut spielerisch in ihre Pobacken biss.

Cecile begann zu wimmern, als er seinen Finger mit einem schmatzenden Geräusch aus ihr herauszog und den Stein mit einem Ruck am Lederband folgen ließ. Sie hatte das Gefühl, nicht mehr komplett zu sein … dass in ihr drin etwas fehlte.

Sie bewegte lockend ihr Gesäß, doch Nicholas Pläne sahen anders aus.

Er erhob sich, umfasste ihre Hüften und drehte sie langsam zu sich herum, küsste ihren Hals, fuhr mit der Zungenspitze über ihr Schlüsselbein bis hin zu ihrer empfindsamen Achselhöhle. Seine geschickten kühlen Finger strichen über ihre Wirbelsäule, während seine Lippen ihre Schultern und ihren Hals entlangwanderten.

Sie genoss es zu spüren, wie seine Hände langsam und sinnlich über ihren Körper glitten. Über ihr Gesicht, ihren Nacken, zu den Schultern bis hin zu ihren Brüsten. Die Tatsache, dass sie nichts sehen konnte, verstärkte die sinnliche prickelnde Atmosphäre und führte dazu, dass ihre restlichen Sinne in ein Feuerwerk der Lust eintauchten.

Zärtlich schob Nicholas die Träger ihres Büstenhalters von den Schultern. Ihre Brüste offenbarten ihm, wie erregt sie war. Die rosigen Spitzen richteten sich ihm einladend entgegen. Federleicht berührte er ihre Brüste zunächst mit seinen Händen. Dann neigte er den Kopf und liebkoste sie mit seiner Zunge.

Cecile stöhnte auf. Leise rief sie seinen Namen, wollte seine Hände auf jedem Zentimeter ihres Körpers spüren. Ihre Hände tasteten nach seinen Schultern, spielten mit seinen Nackenhaaren, fuhren über seinen Körper und öffneten voller Ungeduld die Knöpfe seines Hemdes, welches kurze Zeit später auf dem Boden landete. Nicholas zog sie eng an sich.

Als sie seinen nackten Oberkörper an ihrer Brust spürte, stöhnte sie auf.

Sie genoss jede einzelne Sekunde und war vor lauter Begierde zu keinem klaren Gedanken fähig. Mit funkelnden Augen entledigte sich Nicholas seiner restlichen Kleidung, zog sie erneut in seine Arme und presste seine Lippen auf die ihren.

Mit verzücktem Gesichtsausdruck erwiderte sie seine Küsse, bekam gar nicht genug von ihm und seinen zärtlichen Berührungen. Sie hätte ihn stundenlang küssen können. Tagelang … wochenlang … ein Leben lang.

Als seine Hände ihren Nacken liebkosten und dann sanft einen Weg den Rücken hinab und dann nach vorn zu ihren Brüsten suchten, erschauerte sie.

Da war es wieder, dieses glatte kühle Etwas.

Ungeduldig schob sie ihm ihren Oberkörper entgegen. Sie konnte es kaum erwarten, dass seine geschickten Hände die zarten Rundungen ihrer Brüste liebkosten, und dass er auf die ihm so eigene Art mit den zart aufgerichteten Knospen spielte.

Als Nicholas einen Moment in seinen Berührungen innehielt, wand sie sich verlangend. „Bitte, nicht aufhören. Bitte!"

Ihre Hand griff zur Augenbinde, doch Nicholas fing sie ab und umschloss ihr Handgelenk. „Ich bestimme, wann du sie abnehmen darfst."

„Dann berühre mich. Wenn du in meiner Nähe bist, gerät alles in mir in Aufruhr, und ich sehne mich danach, dass du mich berührst."

Sie brauchte ihn nicht zweimal zu bitten. Er ließ seine Finger ihren Hals hinabwandern, strich über ihre Brust hinab zur Taille und wieder zurück, streichelnd, erkundend.

„Weißt du, dass du Zauberhände hast?", keuchte Cecile.

„Nicht nur Zauberhände." Er lachte rau und musterte sie mit eigentümlich funkelnden Augen.

Nicht mehr lange, und ich habe dich da, wo ich dich haben will.

Grinsend beugte er sich vor, umschloss mit seinen Lippen ihr Ohr und hauchte immer wieder leicht hinein.

Diese Geste brachte Cecile endgültig aus der Fassung, denn sie hatte etwas Animalisches, Forderndes, Sinnliches. Etwas, das sämtliche Dämme in ihr brach. Ihre Knie begannen zu zittern, und sie musste sich an Nicholas festhalten, um nicht den Halt zu verlieren.

Sanft, aber dennoch fordernd schob er sie zu einem Tisch, der in der Nähe stand. Er hob sie hoch, und schon spürte sie die kühle glatte Oberfläche der Tischplatte unter sich – eine köstliche Mischung – die Hitze ihres Körpers und die Kühle ihrer Sitzunterlage.

Nackt saß sie nun vor ihm, die Beine leicht gespreizt, die Wangen gerötet und die Augen verbunden.

Cecile hatte das Gefühl, mit ihm zu verschmelzen, als er erneut seine Lippen auf die ihren presste. Seine Lippen waren voll und weich und bedeckten ihren ganzen Mund, während er seine Zunge zwischen ihre Lippen schob und mit ihrer Zunge zu spielen begann.

Sie schmolz dahin und gab einen unwilligen Laut von sich, als er den Kuss beendete. Er stand da, die Hände auf ihre Oberschenkel gestützt, und schaute sie einfach nur an.

Cecile wand sich vor Lust. „Was tust du?"

„Ich schau dich an."

„Ich …", sie brach ab.

„Ja?"

„Ich … es macht mich unsicher, wenn ich nicht sehen kann, wie du mich anschaust, und wo genau du hinschaust."

„So, so."

„Bitte, küss mich."

„Alles zu seiner Zeit."

Cecile rutschte nervös hin und her.

„Blieb still sitzen. Ich will mir dieses Bild einprägen. Für immer."

Cecile versuchte still zu halten und spürte, wie sich ihre Brüste erregt hoben und senkten. Sie konnte ihren eigenen Atem hören, so still war es.

Als er sie nach – wie ihr schien – endlos langer Zeit endlich auf Kinn und Hals küsste, seufzte sie wie befreit auf.

Wellen der Lust rannten über ihren Körper und sammelten sich in ihrem heißen Schoß, der bereitwillig und gierig das Knie entgegennahm, welches Nicholas sinnlich zwischen ihre Schenkel schob.

Bereitwillig öffnete sie sich ihm, grub ihre Finger in sein weiches Haar und warf ihren Kopf in den Nacken.

Nicholas barg sein Gesicht an ihrem Hals, ließ seine Hände erneut über ihren Körper gleiten und rieb sein Knie derartig verführerisch zwischen ihren bebenden Schenkeln, dass ihr heiß und kalt zugleich wurde.

Alles in ihr verzehrte sich nach ihm. Sie wollte ihn spüren – vollkommen in sich spüren. Nicholas nahm ihre Erregung voller Freude wahr.

„Lehn dich zurück." Seine Stimme war sanft, aber dennoch fordernd.

Cecile stützte sich nach hinten auf ihre Ellbogen und tauchte ins Reich der Ekstase, als seine Handflächen, hauchzart und kaum spürbar, über ihren erwartungsvollen Körper strichen – auch der Mondstein kam wieder zum Einsatz. Nicholas ließ keinen Zentimeter aus. Er führte den Stein zusammen mit seinen Fingerspitzen auf himmlische Weise über ihre Waden, verweilte in ihren Kniekehlen und glitt schließlich an den Außenseiten ihrer Schenkel Stückchen für Stückchen zurück nach oben.

Er ließ den Edelstein über ihren Venushügel gleiten, teilte mit ihm ihre Schamlippen und umkreiste die Klitoris.

Cecils Säfte begannen zu kochen. Sie quollen über und hinterließen eine feuchte Spur auf der Tischplatte und den Innenseiten ihrer Schenkel.

Nicholas badete den Stein in dem süßen Nass, ließ ihn dann verführerisch langsam über ihren Bauch gleiten und wieder zurück in ihren Schoß, wo er zwischen den Schamlippen und schließlich ganz in ihr verschwand.

Während Nicholas Hand das Lederband so führte, dass der Stein sanft in ihr nach vorn tanzte, und sein Zeigefinger immer wieder dafür sorgte, dass er tief in ihre Vagina zurückrutschte, griff die andere Hand in ihr Haar. Er bog ihren Kopf nach hinten, beugte sich weit über sie und raunte ihr: „Na, meine süße Lady, gefällt dir das?", ins Ohr.

„Ja."

„Dann sag es!"

Cecile wand sich, stöhnte vor Lust auf. „Es ist himmlisch. Oh, Nicholas, ich bekomme nicht genug von dir."

Er ließ den Stein schneller auf und ab tanzen, knabberte an ihrem Ohrläppchen und ließ seine Lippen zu ihren bebenden Brüsten gleiten. Ein kurzes Saugen an ihren steil aufgerichteten Brustwarzen, dann arbeitete er sich über ihren Bauch weiter nach unten vor, bis seine Wange auf ihrem Oberschenkel ruhte, und er zusehen konnte, wie sich ihre Möse unter seinen Stimulationen zuckend zusammenzog.

Er nahm den Daumen seiner anderen Hand hinzu und begann ihre geschwollene Klitoris zu reiben.

„Und nun werde ich deinen Nektar kosten“, flüsterte er. Dann barg er sein Gesicht in ihrem Schoß, drang mit der Zunge in sie ein, spielte mit dem Edelstein in ihr und begann sie mit seinen Lippen und der Zunge so gekonnt zu stimulieren, dass ihr Körper unkontrolliert zu zucken begann.

Als er spürte, dass die Wellen des nahenden Orgasmus stärker wurden, hielt er inne und betrachtete die sich windende junge Frau.

Ihm gefiel, was er sah.

Viel zu sehr.

Und zu seinem Leidwesen spürte er mehr und mehr, dass er hier eine Frau vor sich hatte, die nicht nur ungeheuer attraktiv, voller Hingabe und sexy war, sondern auch über ein Wesen und eine Ausstrahlung verfügte, die dazu in der Lage waren, ihn ganz tief zu berühren. Eine Seite in ihm zu wecken, die ihm fremd und unbekannt war. Die er alles andere als brauchen konnte.

Er seufzte leise auf, zog am Lederband, sodass der Stein aus ihr herausflutschte und nahm ihn in seinen Mund, um ihren Nektar zu genießen.

Währenddessen übernahm sein Daumen die Regie, erforschte die Falten ihres Schoßes, grub sich in die Pforte, die zu ihrem Inneren führte und begann in ihr zu rühren.

„Du riechst und schmeckst so verdammt gut“, seine Stimme war rau und heiser. Dann beugte er sich erneut über sie und leckte sie zu einem ekstatischen Höhepunkt, der sie laut aufschreien ließ und ihr ein Meer aus funkelnden Sternen bescherte.

Voll Staunen betrachtete Nicholas die schlanke Gestalt. Das Lächeln, welches sie ihm gerade geschenkt hatte, war umwerfend, und ihm wurde klar, dass diese Person sein Verderben sein könnte.

Sie war nicht nur genau das, wonach er gesucht hatte, sondern löste in ihm etwas aus, was er noch nie zuvor gespürt hatte.

Irgendwo, ganz tief in seinem Innern, wurde es warm. Ein Funke zündete und loderte zu einer alles verbrennenden Flamme auf.

Reiß dich gefälligst zusammen, schalt er sich. *Solche Sentimentalitäten passen nicht zu dir. Nimm dir, wonach es dich gelüstet und dann schick ihre Seele zur ewigen Finsternis … Aber will ich das überhaupt noch?*

Sein Inneres begann zu zweifeln und schließlich zu fluchen.

Er erwiderte ihr Lächeln und fand schließlich den Knopf, der diese unnützen Gefühlsregungen ausschaltete.

Er war erleichtert.

Für den Moment.

Denn er wusste nicht, wie stark diese neuen Regungen in ihm waren …

***

Nachdenklich lief Nicholas wenig später durch die Nacht.

Irgendetwas stimmte nicht. Mit ihm und mit der ganzen Situation.

Diese Person hatte im Laufe der letzten Wochen etwas in seinem Innersten berührt, was er nicht beschreiben konnte.

Der Gedanke – Cecile ins Schattenreich zu verbannen – behagte ihm gar nicht mehr. Im Gegenteil ... es begann ihn sogar zu schmerzen, wenn er nur daran dachte, ihre Seele zu verraten.

Er fluchte.

Ihm war klar, dass jedes weitere Zusammensein mit ihr unwillkürlich dazu führen würde, Ceciles Seele ins Verderben zu stürzen, denn die dunkle Seite in ihm brannte darauf.

Was also tun?

Seine finstere Natur trieb ihn dazu, die gesetzten Ziele zu erreichen. Also würde es nicht einfach sein, sich von ihr fernzuhalten, ihrer süßen Hingabe zu widerstehen, um sie vor ihm zu schützen.

Er wollte sich etwas einfallen lassen, um ihre Faszination für ihn zu brechen. Etwas, dass sie vertrieb und Abscheu hervorrief. War dies erst einmal geschehen, würde es ihm leichter fallen, sich von ihr fernzuhalten.

Sein ursprüngliches Ziel hatte sich in Nichts aufgelöst und stattdessen den Wunsch übrig gelassen, Cecile und ihre Seele unter allen Umständen davor zu bewahren, auch nur ansatzweise Bekanntschaft mit dem Schattenreich zu machen.

***

Cecile öffnete die Türen ihres Kleiderschrankes und ließ ihren Blick über die Auswahl ihrer Kleidungsstücke gleiten. Mit zittrigen Fingern durchstöberte sie Röcke, Hosen, T-Shirts, Blusen und Kleider.

Sie war nervös und nicht fähig, eine vernünftige Wahl zu treffen, denn heute würde sie Nicholas zum ersten Mal außerhalb ihrer Wohnung treffen. Eine richtige Verabredung also! Allein dieser Gedanke machte sie ganz kribbelig, denn es war für sie ein himmelweiter Unterschied, ob er irgendwann urplötzlich vor ihrer Türe stand, sie dann wie Tiere übereinander herfielen, und er anschließend sang- und klanglos wieder verschwand, oder ob sie sich mit ihm an einem Ort ihrer Wahl traf, um sich gemeinsam einen netten Tag zu machen.

Anschließend war schließlich immer noch genug Zeit und die Möglichkeit für süße Stunden der Lust.

Sie hoffte darauf, dass Nicholas plante, ihre Beziehung auszudehnen … zu intensivieren … zu vertiefen, um gemeinsam mit ihr auch andere Facetten ihres Beisammenseins zu entdecken.

Sie freute sich wie ein Kind auf dieses Treffen. Was er genau vorhatte, sollte eine Überraschung sein. Sie wusste nur, dass sie zu einer bestimmten Stelle hinter dem Wäldchen kommen sollte, welches sich am Stadtrand befand.

Dort stand eine alte Eiche, und davor führte eine kleine Brücke über einen Bach, der klar und frisch entlang der Lichtung floss.

Cecile summte leise vor sich hin, gab zwischendurch immer mal wieder unwillige Laute von sich, weil ihr Kleiderschrank nichts Passendes hergab und seufzte mehr als einmal laut und beschwingt, weil sie sonst vor Glück geplatzt wäre.

Irgendwann gab sie die Suche nach einem passenden Outfit entnervt auf, setzte sich auf einen Hocker vor den Spiegel und musterte ihr Gesicht.

Ihre Haut war blass und gab ihr ein zerbrechliches Aussehen, und ihre braunen Augen glänzten ihr voll fiebriger Aufregung entgegen. Sie hatte ein herzförmiges Gesicht, umrahmt von dichtem braunem Haar, welches ihr frisch gewaschen und duftig auf die Schultern fiel.

Sie sah aus wie ein scheues, braves Mädchen, doch sie konnte auch das Feuer in sich erkennen, welches Nicholas entfacht und zum Lodern gebracht hatte. Ein Feuer, welches heiß in ihr brannte und sie zu verzehren drohte, wenn er nicht bei ihr war.

Cecile griff zur Mascara und tuschte sorgfältig ihre Wimpern. Dann trug sie an strategisch wichtigen Stellen etwas Rouge auf, während ihre Lippen mit einem zart roséfarbenen Lipgloss versehen wurden. Ein letzter Blick in den Spiegel, und die Kleidersuche begann erneut.

In Anbetracht der Tatsache, dass es sehr warm war, griff sie schließlich kurz entschlossen zu einem altroséfarbenem Sommerkleid, das einfach, aber raffiniert geschnitten war. Das Oberteil lag eng an, während das Kleid von der Hüfte an locker um ihre Knie schwang. Der dünne Stoff schmiegte sich weich um ihre wohlgeformten Brüste.

Sie verzichtete bewusst auf Büstenhalter und Höschen und musste kichern, weil sie dies noch nie getan hatte und sich fast ein wenig verrucht vorkam.

Sie fuhr mit ihrem Zeigefinger über die Kontur ihrer Brüste, und augenblicklich stellten sich ihre Brustwarzen auf. Sie sehnte sich nach Nicholas geschickten Zauberhänden und konnte es nicht erwarten, in seine starken Arme zu sinken. Rasch schlüpfte sie in Sandaletten im gleichen Farbton wie das Kleid, schnappte sich ihre Umhängetasche und machte sich klopfenden Herzens auf den Weg zum Treffpunkt.

Sie hatte beschlossen zu Fuß zu gehen, denn erstens war das Wetter traumhaft, und zweitens würde ein Spaziergang ihrem erhitzten Gemüt gut tun.

Mit klopfendem Herzen und voller Erwartung erreichte sie den Waldrand. Der Weg führte – an Wiesen vorbei – in leichter Steigung zum Wald hinauf. Sie bog dann in einen Schotterweg ein, der hinter einer Kurve in eine wunderschöne Lichtung mündete. Dort, wo die alte Eiche stand, an der sie sich mit Nicholas verabredet hatte. Das Rauschen der Blätter und das Konzert der Vögel ... sie vernahm es mit Freude im Herzen. Sie freute sich grenzenlos auf die nächsten Stunden und konnte es nicht erwarten, Nicholas gegenüberzustehen. Sicher würden sie einen langen, gemütlichen Spaziergang machen, stundenlang plaudern, und vielleicht würde sie ja dann endlich mehr über ihn erfahren.

Noch eine Biegung!

Die Brücke, die über den Tümpel führte, konnte sie schon sehen.

Und auch die ausholenden Zweige der hoch gewachsenen Eiche waren hinter einem Hügel schon ansatzweise zu erkennen.

Sie beschleunigte ihre Schritte, lief über die Brücke und blieb dann entsetzt stehen. Sie verspürte den Drang wegzulaufen, dennoch blieb sie wie erstarrt genau dort, wo sie war. Das Bild, das sich ihr bot, ließ ihr Blut in den Adern gefrieren.

Unter der Eiche – aufgebahrt auf einem Bett aus Rosenblättern – lag eine wunderschöne Frau mit langem schwarzem Haar, das wie ein glänzender See ausgebreitet um ihren Kopf lag.

Sie war nackt, hatte ihre schneeweißen Schenkel weit gespreizt, und unter ihrem Gesäß lag ein dickes rotes Kissen.

Cecile hob den Blick und traf Nicholas kalt lächelnde Augen.

Er kniete – ebenfalls nackt – zwischen den gespreizten Schenkeln der schwarzhaarigen Schönheit und hatte eine mächtige Erektion.

Cecile wusste nicht, wie sie es schaffte, sich auf den Beinen zu halten. Wahrscheinlich war es der akute Schock, der verhinderte, dass sie zusammenbrach. Wie angewurzelt blieb sie stehen und war nicht dazu in der Lage, sich auch nur einen Millimeter zu rühren.

Die Frau stöhnte leise und auffordernd, räkelte sich lasziv und streckte die Arme über ihrem Kopf aus.

Langsam wandte sie ihr Gesicht, und blickte Cecile nun genau in die Augen. Ihr Blick war intensiv; ihre meergrünen Augen funkelten wie zwei Edelsteine.

Eine nackte junge Frau mit blondem Haar und etwas rundlichen Hüften trat hinter der Eiche hervor.

Cecile erschrak.

Agnes!

Sie wollte ihr zurufen, sich bemerkbar machen, aber eine fremde Macht schien von ihr Besitz ergriffen zu haben und ließ es nicht zu, dass auch nur ein Ton über ihre Lippen kam. Sie hatte gezwungenermaßen still dazustehen, genau hinzusehen, was auf der Lichtung vor sich ging.

Cecile erkannte am starren Blick von Agnes, dass diese gar nicht richtig bei sich war. Mit unnatürlich aufgerissenen Augen und bewegungslosem Gesichtsausdruck stand sie da: Wie eine Maschine, die nur darauf wartete, gesteuert zu werden.

Agnes Blick wurde ganz offensichtlich wie magisch von dem perfekten Schwung der vollen schneeweißen Brüste der Frau angezogen, die malerisch auf dem Bett aus Rosen ruhte. Die rosafarbenen Nippel standen steil nach oben und sahen aus wie köstliche Erdbeeren, die gekostet werden wollten.

Unwillkürlich fuhr sich Agnes mit der Zunge über die Lippen. Sie labte sich an dem erotischen Anblick dieser Schönheit und starrte wie gebannt auf die bebenden Brüste der sich räkelnden Frau, während ihre eigenen Körpersäfte zu fließen begannen.

Cecile, die die Faszination der Freundin bemerkte, erschrak.

Was war bloß mit Agnes passiert?

Und woher kannte sie Nicholas?

Aus vielen intimen Gesprächen wusste sie, dass sie hetero war und keinerlei Ambitionen verspürte, sich in erotischer Hinsicht mit dem Körper einer Frau zu befassen. Und nun stand sie da und lief fast über vor Gier nach dieser Frau, die Nicholas ihr präsentierte.

Zu Ceciles Fassungslosigkeit gesellte sich aber noch etwas anderes: brennende Eifersucht. Nicholas mit zwei nackten Frauen zu erblicken schmerzte sie unsagbar, und sie hoffte, dies alles wäre nur ein böser Traum, aus dem sie bald erwachen würde.

Wie durch eine unheimliche Macht gelähmt stand sie nach wie vor regungslos da und betete, dies alles möge möglichst bald ein Ende haben.

Agnes spürte währenddessen das brennende Verlangen, die vollen Brüste der nackten Schönen zu berühren und deren Fülle mit ihren Lippen zu kosten. Ein tiefes Sehnen breitete sich in ihr aus. Heiß und sinnlich … süß und prickelnd …

Sie trat ein wenig näher … verzaubert … mit glänzenden Augen.

Nicholas begann Agnes verführerisch näher zu locken.

Er warf Cecile ein grausames Lächeln zu, dann beugte er sich vor und stieß rhythmisch in die junge Frau, die vor ihm lag, hinein.

Es war ein kluger Schachzug von mir, Ceciles Freundin willenlos zu machen und strategisch einzusetzen. Ich kann Ceciles Abscheu förmlich spüren und hoffe, dass das, was sie gleich zu sehen bekommt, dieses Gefühl noch verstärken wird.

Agnes schritt näher.

Zwei wunderschöne Menschen vereinten sich auf einem Bett aus Rosenblüten in einem Liebesspiel. Das Bild war zu ästhetisch. Agnes wollte dabei sein, mitmachen, sich körperlich mit der symbiotischen Schönheit der beiden vereinen. Sie trat ein weiteres Stückchen näher – wie magisch angezogen.

Das, was sich ihr dort bot, war mehr als stimulierend. Kraftvoll und dennoch elegant stieß Nicholas immer wieder in die schöne Frau vor ihm, beugte sich weiter vor, nahm erst die rechte, dann die linke Brust in den Mund und ließ seine Zungenspitze mit den steil aufgerichteten Nippeln spielen.

Während er sein Becken verführerisch kreiste und seinen Schwanz unermüdlich mit kurzen, harten Stößen in die Vagina der Frau vor sich hineinfahren ließ, warf er Agnes erneut lockende Blicke zu, forderte sie auf, sich zu ihnen zu gesellen. Für Cecile hatte er nicht mehr als ein kaltes Lächeln übrig.

Cecile beobachtete entsetzt, wie Agnes dem Lockruf Nicholas folgte, sich Stück für Stück näherte und mit weichen Bewegungen niederkniete. Dann legte sie ihre Hand erst unsicher auf die eine, dann auf die andere Brust der Frau, von der sie ihre Blicke einfach nicht lösen konnte.

Nicholas zog seinen Schwanz aus der feuchten Grotte, erhob sich und kniete sich hinter Agnes, die nun mutig beide Hände um die prallen Brüste legte.

„Darf ich vorstellen? Das ist Magdalena", raunte er ihr ins Ohr, laut genug, damit Cecile alles mitbekam. Er umfasste Agnes von hinten und legte seine Hände auf die ihren.

Gleichzeitig begann er zärtlich an ihren Ohrläppchen zu knabbern und immer wieder heiße Küsse auf ihren Nacken zu drücken.

Cecile, die dieses grausame Szenario nach wie vor mit ansehen musste, weil sie weder dazu in der Lage war ihren Kopf beiseite zu drehen, noch ihre Augen zu schließen oder gar von dannen zu laufen, glaubte innerlich zu zerbrechen. Welch grausames Spiel trieb Nicholas da mit ihr? Und woher kannte er Agnes?

Sie musste zusehen, wie Agnes sich mit der samtigen Haut Magdalenas vertraut zu machen begann und dies gemeinsam mit Nicholas.

Agnes umfuhr mit ihren Händen immer wieder die Konturen der schneeweißen Brüste, wagte es aber noch nicht, die einladenden Brustwarzen zu erkunden.

„Trau dich", raunte Nicholas ihr zu – auch diesmal laut genug – sodass Cecile jede einzelne Silbe, die über seine Lippen kam, verstehen konnte.

Der verschlagene Blick, den er ihr dabei über die Schulter zuwarf, ließ Ceciles Blut in den Adern gefrieren. *Was ist das für ein Teufel? Schleicht sich in mein Leben und setzt mich derartigen Qualen aus …*

Cecile spürte Übelkeit in sich aufsteigen. Heißer Schmerz kroch durch ihr Herz und breitete sich brennend in ihrem gesamten Körper aus. Tränenblind musste sie mit ansehen, wie Agnes sich weiter vorbeugte, eine Spur heißer Küsse auf Nicholas Hände setzte und jeden seiner Finger abwechselnd in den Mund nahm. Dann bahnte sich ihre gierige Zunge einen Weg zwischen die Schicht aus Fingern – bis hin zu Magdalenas Brustwarzen. Diese lugten nun vorwitzig zwischen den gespreizten Fingern von Nicholas hervor und warteten nur darauf, gekostet zu werden.

Spielerisch tippte Agnes Zunge erst die eine, dann die andere rosige Spitze an. Aber dann wollte sie mehr. Sie wollte die wunderbar duftige Haut Magdalenas ungehindert inhalieren, wollte die zitternden Nippel vollkommen mit ihren Lippen umschließen und schließlich weitere Regionen dieses prachtvollen Körpers erkunden. Ungeduldig zog sie ihre Hände beiseite und somit auch gleichzeitig die von Nicholas, die die ihren nach wie vor locker umfasst hielten.

Sie stützte sich auf dem Meer aus Rosenblüten ab, stöhnte auf, als Nicholas ihre Hüften umfasste und beugte sich weiter vor, um ihre Lippen endlich gierig und vollkommen ungehindert um einen der saftigen Nippel zu schließen.

Sie saugte sanft, ließ gleichzeitig ihre Zungenspitze um die zarte Warze kreisen und ergötzte sich am blumigen Duft von Magdalenas Haut.

Dann war die andere Brust an der Reihe. Voller Hingabe saugte Agnes die steil aufgerichtete rosige Spitze in ihren Mund. Sie hatte einen Gesichtsausdruck, als würde sie von einem delikaten Dessert naschen und genoss es sichtlich, dass Nicholas Zunge dabei in Wellenlinien über ihren Rücken und ihre Pobacken glitt.

Seine Hände umfassten ihr Gesäß, mit einem kräftigen Stoß drang er in sie ein, und ließ den Säften, die sich in den Falten und Winkeln ihres Schoßes gesammelt hatten, keinen Platz mehr. Heiß quollen sie aus ihr hervor und liefen in kleinen Rinnsalen ihre Schenkel entlang. Agnes warf ihren Kopf in den Nacken und schrie lustvoll auf. Sie drückte ihre Arme durch, bog ihren Rücken zum Hohlkreuz und ließ ihre Hüften im Gleichklang zu Nicholas verführerischen Stößen kreisen.

Ihre Zungenspitze schob sich immer wieder lustvoll zwischen ihre Lippen. Dann blickte sie hinab und traf auf die weit geöffneten Augen Magdalenas, die ihren Blick intensiv erwiderte. Agnes erschauerte. Sie tauchte ein in die Tiefen der Iris wie in die Fluten eines paradiesischen Meeres und konnte sich nicht satt sehen an den wunderschönen Augen, die wie zwei grüne Kristalle glänzten.

Ceciles wachsende Abscheu war nicht stark genug, um die rasende Eifersucht zu überdecken, die sie überkam, als Agnes die Stöße Nicholas wimmernd in sich aufnahm. Sie sah, wie die junge Frau sich erneut über den blumig duftenden Frauenkörper beugte und diesmal von der zarten Haut des flachen Bauches kostete. Ihr Mund schloss sich um den Nabel und wanderte tiefer – bis hin zum Venushügel und der glatt rasierten Scham Magdalenas.

Während Nicholas sie bis zum Anschlag ausfüllte und heftig in sie hineinpumpte, erkundete ihre Zunge die prallen Schamlippen und sämtliche Falten und Winkel von Magdalenas Schoß. Sie neckte die inmitten der Feuchtigkeit keck aufgerichtete Klitoris, die inneren Lippen und die einladende Öffnung zur gierigen Vagina. Die moschusartig duftende Nässe betörte sie. Voller Hingabe strich sie mit der Zunge über das feuchte seidige Gewebe, leckte und naschte wie ein Kind aus einem Honigtopf.

Magdalena räkelte sich wohlig, gab leise Laute von sich und hob ihr Becken ein wenig an, so dass Agnes besseren Zugang bekam.

Geschickt schloss sie ihre Lippen um den Kopf der Klitoris, saugte daran und ließ ihre Zungenspitze einen sinnlichen Tanz um die empfindsame Knospe vollführen. Gleichzeitig lief ihre eigene Möse fast über. Heiß lief ihr Nektar unaufhörlich die Schenkel hinab, und sie spürte, dass es nicht mehr lange dauern würde, bis die Lava ihres Vulkans zum finalen Ausbruch bereit war.

Nicholas Stöße wurden sanfter.

Seine Hände glitten nach vorn und stimulierten Agnes Klitoris ebenso verführerisch, wie ihre Zunge es mit Magdalenas tat.

Ihr Körper schüttelte sich vor Lust, und während Nicholas Stöße nun wieder wild und hemmungslos wurden, verwöhnte seine Zunge ihre Ohrmuschel.

Hart umfasste er ihre Hüften, und bevor ein buntes Feuerwerk der Lust ihre Sinne schwinden ließ, sah sie tausend kleine Sterne, die vor ihren Augen tanzten. Dann leitete ein buntes Flammenmeer eine alles umhüllende Dunkelheit ein, die sie gnädig umfing.

Ceciles Augen füllten sich unaufhaltsam mit heißen Tränen. Das war das schmerzvollste Erlebnis, das sie je hatte.

Ihre Beine schlotterten und die Lähmung, die sie bis dato überfallen hatte, löste sich auf wie der Traum vom Glück, an den sie so sehr geglaubt hatte. Beim Versuch davonzulaufen, stolperte sie, stand wieder auf und verspürte ein zunehmendes Rauschen in den Ohren. Sie schluchzte und hatte keine Kraft gegen die Ohnmacht anzukämpfen, die sich ihrer urplötzlich ermächtigte …

***

Vorsichtig legte Nicholas Cecile auf das Bett aus Rosenblüten.

Sein Blick ruhte weich auf ihr, und er spürte eine tiefe Traurigkeit in sich aufsteigen.

Agnes hatte er befohlen nach Hause zu gehen. Sie würde sich später an nichts mehr erinnern können.

Magdalenas Hilfe benötigte er nun auch nicht mehr. Sie war ebenfalls ein Wesen des Schattenreiches und hatte ihm lediglich ein wenig ausgeholfen.

Nun wurde sie nicht mehr gebraucht und konnte sich um ihre eigenen Ziele kümmern. Sie warf den Kopf in den Nacken, nahm Witterung auf und zog los, um sich auf die Suche nach jungen, starken Männern zu machen, deren Seelen so rein waren wie die von neugeborenen Kindern …

Nachdenklich und zugleich zärtlich betrachtete Nicholas die schlafende junge Frau, die – wie sie da lag – so zart und zerbrechlich wirkte. Er kniete vor ihr und strich ihr sanft die Haare aus der Stirn.

„Lebe wohl, meine süße Cecile. Wir werden uns nicht wieder sehen. Das erste, was du spüren wirst – wenn du aufwachst – wird der Schmerz der Erinnerung sein über das, was du gesehen hast. Es tut mir leid, dass ich dich so verletzt habe – aber es war notwendig, damit dein Sehnen mich nicht mehr zu dir lockt, und ich mich besser von dir fernhalten kann. Wut und Abscheu werden in dir aufsteigen – wenn du erwachst – und du wirst dir wünschen, mir nie wieder begegnen zu müssen."

Der Glanz aus seinen Augen war verschwunden.

Er würde sie vermissen – brennend – und wusste, dass es hartnäckige Kämpfe mit seiner dunklen Seite geben würde. Mit der Seite in ihm, die Ceciles Seele wollte. Unbarmherzig und ohne Gnade.

Aber er war guter Dinge, dass er dagegen angehen konnte, zumal es hilfreich war, wenn Cecile voller Ekel, Wut und Abneigung an ihn dachte, anstatt sich süß und unschuldig nach ihm zu sehnen. Denn dies würde ihn zu ihr locken, ohne dass er auch nur den Funken von Kraft hätte, dagegen anzugehen.

„Du bist mein Engel des Lichtes, und das sollst du auch bleiben – für immer." Mit diesen Worten erhob er sich und verschwand …

***

Cecile erwachte, und ihr schossen augenblicklich die Tränen in die Augen; denn mit einem Schlag waren wieder alle Erinnerungen da, und sie verwünschte den Tag, an dem sie Nicholas begegnet war.

Aufschluchzend erhob sie sich, warf einen bitteren Blick auf das Meer aus Rosenblüten und machte sich weinend auf den Weg nach Hause.

Sie meldete sich krank, schloss sich zu Hause ein, stellte Türglocke und Telefon ab und wollte niemanden sehen. Vor allem Agnes nicht. Obwohl sie ihr ja gar nicht böse sein konnte, denn sie hatte ihr nie etwas von Nicholas erzählt. Agnes konnte ja schließlich nichts dafür, dass auch sie Nicholas verfallen war. Cecile vergrub sich im Bett und weinte. Stundenlang. Sie hoffte darauf, diesen Mistkerl so schnell wie möglich aus ihrer Seele spülen zu können.

Die Tage, die dann folgten, waren grausam. Sie spürte Wut und Enttäuschung in sich, aber leider auch eine schmerzende Traurigkeit und alles verzehrenden Liebeskummer. Sie verbrachte die meiste Zeit im Bett – lethargisch und lustlos.

Und dann stand sie eines Morgens auf und beschloss, gegen diese Trauer anzukämpfen. Auch in der vergangenen Nacht hatte sie tränenreiche und einsame Stunden verbracht und damit sollte nun Schluss sein.

Sie begann ihren Koffer zu packen, meldete sich telefonisch für weitere zwei Wochen krank und atmete entschlossen durch.

Sie beschloss, zu ihrer Tante Hermine zu fahren. Ein Ort, an dem sie sich schon als Kind immer sehr wohl gefühlt hatte, und den sie regelmäßig aufsuchte, um aufzutanken. Doch diesmal war es kein bloßes Kräfte sammeln, was sie dorthin trieb. Es war ein brennender Liebeskummer, den sie unbedingt vertreiben wollte. Mit Hilfe ihrer Tante würde sie diesem Vorhaben sicherlich ein Stückchen näher kommen.

Kurze Zeit später hatte sie das Gepäck in ihrem Kleinwagen verstaut und fuhr so schnell es ging davon. Wenn es eines gab, wozu sie absolut keine Lust mehr hatte, dann war es das: Nicholas noch einmal begegnen zu müssen.

Wie immer freute sich Hermine sehr drüber, Cecile zu sehen.

Und da sie alles andere als auf den Kopf gefallen war, spürte sie sofort, dass mit ihr etwas nicht stimmte.

„Kindchen – was ist los? Du siehst ja furchtbar aus. Komm, ich werde dir einen heißen Tee aufbrühen, und dann darfst du dir jeden erdenklichen Ballast von der Seele reden."

Cecile war froh über die Wärme und Herzlichkeit, die ihr hier entgegengebracht wurde und ließ sich bereitwillig in den gemütlichen Wohnraum führen.

Bei aromatischem Tee und selbst gebackenem Gebäck berichtete sie Hermine, was sich zugetragen hatte. Sie konnte nicht verhindern, dass sie dabei immer wieder in Tränen ausbrach.

„Das ist eine zum Himmel schreiende Unverschämtheit. Was fällt diesem Kerl bloß ein? Na, der soll mir mal in die Finger kommen!" Hermine schüttelte erbost den Kopf.

Cecile musste trotz ihres Schmerzes lachen. Es war einfach zu drollig, wenn Hermine sich erboste. Mit Tränen in den Augen und einem dicken Kloß im Hals legte sie ihren Kopf auf die Schulter ihrer Tante.

Diese strich ihr liebevoll durchs Haar. „Und was hast du jetzt vor?"

„Ich würde bei dir gerne ein wenig unterkriechen – bis ich wieder klar denken kann. Wäre das okay?"

„Aber Kindchen, natürlich ist das okay. Du weißt doch, wie gerne ich dich um mich habe. Bleib also so lange hier, wie du magst."

„Danke!"

Sie plauderten noch eine ganze Weile, dann forderten die letzten Stunden ihren Tribut. Grenzenlose Erschöpfung machte sich in Cecile breit.

„Sei mir nicht böse, aber ich muss ins Bett. Ich will nur schlafen. Schlafen und vergessen."

Cecile hatte sich kaum in die zarte grün-weiße und herrlich weiche Blumenbettwäsche gekuschelt, da war sie auch schon eingeschlafen. Die Erschöpfung der letzten Tage legte sich als Ring bleierner Müdigkeit um ihren Körper.

Zu ihrer grenzenlosen Erleichterung schlief sie diesmal traumlos und ohne einmal wach zu werden. Am nächsten Tag buddelte sie mit ihrer Tante zusammen im Garten, bewunderte die bunte Blütenpracht, weinte sich zwischendurch immer mal wieder bei Hermine aus und fiel abends erneut wie ein Stein ins Bett.

Ganze zwei Wochen blieb Cecile bei ihrer Tante. Als sie schließlich wieder zurück zu ihrer Wohnung fuhr, hatte sie das Gefühl, um ihr Herz sei es schon nicht mehr ganz so schwer wie noch vor ein paar Tagen.

***

Nicholas versuchte in den nächsten Wochen vergeblich, sein altes Dasein wieder aufzunehmen.

Täglich machte er sich auf die Suche nach passenden weiblichen Wesen. Erstens, um seine übergroße Leere zu füllen und zweitens, weil er ja schließlich ein Ziel hatte …

Eine dieser „Ersatz-Damen" hatte ihm sogar mehr als gut gefallen, sodass er froher Hoffnung gewesen war, Cecile aus seinen Gedanken verbannen zu können.

Die Frau war unschuldig, rein und voller Hingabe. Gleichzeitig aber auch intelligent, attraktiv und sympathisch. Sie war die passende Seele für seinen teuflischen Plan. Doch es nutzte nichts. Ständig hatte er Ceciles Gesicht vor seinem inneren Auge, und er begann immer weniger Gefallen daran zu finden, unschuldige Wesen ins Verderben zu stürzen.

Bilder zogen wie in einem Film an ihm vorüber – Bilder von ihrem ersten Treffen, von ihren sinnlichen Stunden und von ihrem süßen Lächeln, die sich so tief in seine schwarze Seele gebohrt hatten, so, dass die Finsternis in ihm immer mehr bröckelte.

Bei den Bildern, die sich wie ein Kaleidoskop vor ihm abspielten, spürte er einen unerträglichen Schmerz in sich.

Er erschrak.

Seit wann kann ich derartige Schmerzen empfinden?

Grübelnd lief er durch die Nacht – immer in der Hoffnung, zu seiner alten Form und Stärke zurückzufinden.

Vergebens!

Soll ich einfach bei ihr vorbeischauen und sie um Verzeihung bitten? Aber was dann? Dann beginnt alles von vorn, und ihre Seele ist erneut in Gefahr.

Also schob er diesen Gedanken weit von sich, denn er hatte Angst, sie in die Finsternis zu stürzen.

***

Etwas Bedrohliches lag in der Luft. Etwas Unerklärliches, was sich in jede einzelne Zelle ihres Körpers fraß, in ihre Träume schlich und Cecile schließlich weckte.

Erschrocken fuhr sie hoch und lauschte ins Dunkel.

Mit zitternder Hand tastete sie zur Nachttischlampe, doch eine unsichtbare Macht – eine Wand aus kalter Energie – hinderte sie daran, den Lichtschalter zu betätigen.

Ihr stockte der Atem.

Unwillkürlich zog sie ihre Hand zurück. Angst schnürte ihr die Kehle zu.

Schatten, dunkler als die Nacht, huschten wie winzige Fledermäuse an ihr vorbei, und ein grauenvolles Stöhnen drang tief aus dem Inneren der Wände – unwirklich, aber doch so nah und real. Dieser Laut fuhr Cecile durch Mark und Bein, kroch durch ihre Glieder und zog eine eisige Spur um ihr Herz. Eine Spur, die sich wie ein stählernes Band um ihren pochenden Herzmuskel legte und erbarmungslos zudrückte.

Ceciles hektischer Blick wanderte zu den Leuchtziffern ihres Weckers. 3.00 Uhr – und die Sekunden zerrannen so langsam wie tropfendes Blut. Sie machten ihr keinerlei Hoffnung auf baldiges Tageslicht.

Ein monotones Flüstern drang an ihre Ohren. „Cecile … unschuldig süße Cecile."

Es schwoll an.

Ich muss hier raus, schoss es ihr durch den Kopf. Doch die Angst vor kalt zupackenden Klauen, die eventuell unter ihrem Bett hervorschnellen und nach ihr greifen könnten, ließ ihren Körper wie Blei und regungslos im Bett verharren.

Zusammengekauert saß sie dort und lediglich ihre weiche Decke, in die sie sich bibbernd eingewickelt hatte, schenkte ihr leichten Schutz vor dem kalten Hauch der Finsternis – dem Atem einer fremden Macht, die sich in ihrem Schlafzimmer zu befinden schien.

Jeder Muskel in ihrem Körper war angespannt, während ihr Verstand fieberhaft arbeitete.

Das Flüstern verstummte, und mit einem Mal war es mucksmäuschenstill. Es war eine Stille, die fast schmerzte. Cecile hätte nie gedacht, dass Stille einmal so laut sein könnte. Selbst das monotone Ticken ihres Weckers hatte sich der Stille ergeben und war verstummt.

Jetzt oder nie! Sie atmete tief ein, schwang ihre Beine aus dem Bett und stolperte blindlings in die Richtung, in der die Tür sein musste.

Sie hatte Glück; denn trotz ihrer lähmenden Furcht hatte ihre Orientierung genug Kraft gehabt, um sie sicher zur Tür zu leiten.

Mit bebenden Knien und sich überschlagendem Herzen riss sie die Tür auf. Undurchdringliche Finsternis schwappte ihr entgegen. Ihre Finger tasteten zitternd nach dem Lichtschalter in ihrer Diele, fanden ihn, und dann war es endlich hell. Sie atmete auf, bebte und blickte sich hektisch um.

Nichts!

Was war das? Ich weiß, dass da etwas war. Oder beginnt mich mittlerweile schon mein Verstand zu narren, und ich sehe Gespenster, wo keine sind?

Bleierne Müdigkeit legte sich auf ihre Augenlider. Sie ließ die Tür offen, das Licht an, stolperte hastig zum Bett und fiel schon bald in einen traumlosen Schlaf. Als sie am nächsten Morgen erwachte, war jegliche Erinnerung an diese grausige Nacht verschwunden. Sie wunderte sich lediglich, wieso das Licht brannte …

***

„Du wagst es also, das Reich der Finsternis herauszufordern?“ Die Stimme des schwarzen Engels war finster.

„Nenne es, wie du willst, Adrian. Fest steht nur, dass ich es mir anders überlegt habe. Ich möchte Ceciles Seele nicht mehr. Ich werde mir eine andere suchen.“

„Du Narr.“ Adrian trat näher. „Du beginnst sentimental zu werden und willst wahrhaftig darüber nachdenken, diese Seele zu verschonen!? Merkst du denn nicht, dass du uns alle damit verrätst? Dass du beginnst, das zu untergraben, wofür wir so lange gekämpft und gearbeitet haben?“

„Ich sagte doch, ich suche mir eine andere Seele – und danach noch unzählig weitere.“

Adrian lachte bitter auf. „Wie naiv bist du eigentlich? Wenn es irgendetwas gibt, was unser Reich zu Grunde richten kann, dann sind es Sentimentalitäten, wie du sie gerade an den Tag legst – zumal dich keine andere Seele mehr ausreichend zu reizen scheint. Willst du unser Reich schwächen? Willst du das?“

„Natürlich nicht.“

„Dann schnapp dir diese verdammte Seele und bringe sie zu uns. Oder hast du vergessen, dass wir dazu berufen sind, jegliches Weiß in finsterstes Schwarz zu verwandeln? Dies ist eine große Chance. Vermassele sie bloß nicht, denn sonst werde ich eingreifen.“

„Das wirst du nicht.“

Allein schon der Gedanke daran, dass Adrian – ebenfalls ein gefallener Engel, allerdings um Jahrhunderte älter als er – Cecile aufsuchte und seine Spielchen mit ihr trieb, ließ Nicholas fuchsteufelswild werden. Zumal er wusste, dass Adrian sehr grausam vorging, um sein Ziel zu erreichen.

Adrian warf den Kopf in den Nacken und begann lauthals zu lachen.

„Wieso so aufgebracht? Solltest du dich etwa um dieses Seelchen sorgen?“

Sein Lachen verstummte, seine Augen begannen böse zu glitzern, und seine Stimme war eiskalt, als er rief: „Du bringst uns diese Seele, sonst werde ich fortsetzen, was ich letzte Nacht begonnen habe.“

„Du warst bei Cecile?“ Alle Muskeln Nicholas begannen sich zu spannen.

„Ganz recht."
„Lass sie in Ruhe."
„Dann kümmere du dich um sie. Ich jedenfalls werde nicht zulassen, dass uns ein derartig saftiger Fisch von der Angel fällt."
Ein harter Zug legte sich um Nicholas Mund. Seine Augen glühten, als er ein paar Schritte auf sein Gegenüber zutrat.
„Du lässt deine schmutzigen Finger von Cecile, sonst …", er brach ab und packte Adrian am Kragen.
Dieser stieß Nicholas Hand mit einem mitleidigen Gesichtsausdruck fort.
„Was für ein arroganter, selbstgefälliger Idiot du doch bist", zischte er. „Du wagst es, mir zu drohen? Vergiss nicht, dass ich dein Lehrer bin. Alles, was du bist, hast du mir zu verdanken, und ich kann dich nur davor warnen, mich und meinen Zorn herauszufordern."
Nicholas erwiderte den brennenden Blick Adrians ohne mit der Wimper zu zucken.
„Du *warst* mein Lehrer. Und ich gebe zu, ich konnte Wertvolles von dir lernen. Aber du scheinst vergessen zu haben, dass ich mittlerweile meine eigenen Erfahrungen sammle und keinen Mentor mehr benötige."
„Bring uns die Kleine. Mehr verlange ich gar nicht. Tust du es nicht, werde ich es tun."
Mit diesen Worten und einem hämischen Grinsen verschwand Adrian in den Nebeln der Dunkelheit.
Nicholas Gedanken drehten sich im Kreis, quälten ihn, ließen ihm keine Ruhe. Wie konnte er verhindern, dass Cecile verschont blieb? Es musste ihm etwas einfallen! Er selbst konnte und wollte ihre Seele nicht ins Schattenreich locken, und er hatte ja auch endlich einen Weg gefunden, dies zu vermeiden. Aber er kannte Adrian gut genug, um zu wissen, dass dieser seine Drohung in die Tat umsetzen würde.
Verdammt!
Fluchend schob er sich durch die dunklen Nebel des Schattenreiches und begann zu grübeln.
Es musste einen Weg geben, koste es, was es wolle!
Cecile war zu schade für diesen finsteren Ort.
Er stöhnte auf und irgendetwas in seinem Innern begann zu schmelzen. Es wurde warm in seinem Innern. Erstaunt legte er seine Hand auf die Stelle, wo sich bei den Menschen das Herz befindet und spürte der unglaublichen Hitze nach, die sich von dort aus in seinem gesamten Körper ausbreitete.
Dieses fremde Empfinden irritierte ihn, doch er hatte keine Zeit, darüber nachzugrübeln. Er musste über Wichtigeres nachdenken und schwor sich, dass er alles tun würde, um Ceciles Seele davor zu bewahren, Bekanntschaft mit dem Schattenreich zu machen.

Allerdings hatte er nicht mit Adrians Spürsinn gerechnet. Dieser nämlich spürte ganz genau, was in Nicholas vorging und nahm sich vor, dagegen zu wirken. Und er wusste auch schon wie …

Die Nebel des Schattenreiches teilten sich, und die Umrisse einer schlanken Gestalt tauchten vor Nicholas auf.

Er blinzelte und hoffte zu erkennen, um wen es sich da handelte. Doch das war gar nicht so einfach, denn die Gestalt war umgeben von grellrotem Licht, das sich in den Nebelschwaden reflektierte und in grellroten Funken zurückgeworfen wurde.

Die Funken flogen auf ihn zu und lullten ihn ein wie ein schwerer Rotwein, der langsam in die Blutbahn gelangt und von dort aus für ein benebeltes Bewusstsein und ein eigentümlich beschwingtes Gefühl sorgt.

Je mehr Funken seinen Körper erreichten, umso beschwingter fühlte sich Nicholas, und schließlich warf er seinen Kopf in den Nacken und begann lauthals zu lachen. Seine Augen glühten, und er spürte, wie sein Körper nach heißem Sex schrie. Die Umrisse der Gestalt nahmen Formen an. Sie kam näher und stand schließlich unmittelbar vor ihm.

„Hallo, Nicholas." Salomes Stimme klang rauchig.

Ihr makelloser Körper war in ein schwarzes durchsichtiges Gewand gehüllt, welches mehr preisgab, als es verhüllte.

Sie lächelte verführerisch, begann betörend zu singen und bewegte ihren Körper mit eleganten Bewegungen im Rhythmus ihres Gesangs. Das rote Zauberlicht, das sie umgab, gab nach wie vor unzählige Funken ab, die Nicholas Sinne benebelten. Salome tanzte kokett sinnlich, kam dabei näher und warf ihm verführerische Blicke zu. Sie becircte ihn mit ihrem Gesang und ihren schlangenhaften Bewegungen und legte ihre Hand auf seinen Arm. Sie wusste, wie sie ihren Körper einsetzen musste, um ihr Gegenüber zu bezaubern. Nicholas erster Impuls war es, sich von ihr abzuwenden. Sex unter gefallenen Engeln, die heftige, gierige und hemmungslose Vereinigung zweier verdammter Wesen, war zwar im Moment genau das, wonach es ihm gelüstete, doch irgendetwas in ihm wollte sich dennoch nicht dazu hinreißen lassen. Die Erinnerung an Cecile – und seine Sorge um sie – war nach wie vor zu übermächtig und erlaubte ihm nicht, sich auf diese Weise gehen zu lassen.

Aber seine wachsende Geilheit und das benommene Gefühl, welches sich in seinem Körper breit machte, hielten ihn davon ab, Salome von sich zu stoßen.

Sie hob ihre Hand und strich mit ihren feingliedrigen Fingern zärtlich durch sein Haar. An ihren schmalen Handgelenken baumelten dünne Silberinge, die leise klimperten.

Salome lächelte, stellte sich auf ihre Zehenspitzen und küsste ihn sanft auf den Mund. Sie legte eine Hand auf seine Wange, und Nicholas spürte ihr Feuer und die Leidenschaft, die ihr zu Eigen war.

Er fühlte sich wie betrunken. Ein leichter Schwindel erfasste ihn, und als er Salomes Blick begegnete, schaute diese ihn so verführerisch und sinnlich an, dass seine Lust auf heißen Sex mit ihr wie eine Flamme über ihm zusammenschlug.

Seiner nicht mehr mächtig, zog er sie fest an sich, presste seine Lippen auf die ihren und langte nach ihrer vollen Brust, die von dem fast durchscheinenden Gewand, das sie trug, kaum bedeckt wurde.

Der feucht verzehrende Blick, den sie ihm zuwarf – als er seine Lippen von ihr löste – entlockte ihm ein Stöhnen.

Er riss ihr das Gewand vom Leib und barg sein Gesicht im duftigen Tal zwischen ihren weichen weißen Brüsten.

Der Honig ihrer Haut betörte ihn, sandte ein gewaltiges Prickeln in seine Lenden und steigerte sein Verlangen nach ihr.

Nicholas war wie von Sinnen.

Wild zog er sie zu Boden, öffnete seine Hose und warf sich auf sie.

Und dann drang er in sie ein, ritt sie wie der Teufel und versank mit ihr in einem teuflischen Liebestaumel.

***

Eingehüllt in ein Badetuch kam Cecile aus ihrem Badezimmer, lief in die Küche und setzte den Wasserkessel auf. Ihr war nach einem leckeren Tee bei entspannender Musik, und so machte sie sich – nachdem der Tee aufgegossen war – auf den Weg ins Wohnzimmer, um die passende CD aus ihrer Sammlung zu suchen.

Vier Wochen war es her, seit sie Nicholas zuletzt gesehen hatte. Wochen voller Schmerz, Sehnsucht und Trauer. Auch wenn die Erinnerung an ihn immer noch schmerzte, so war sie froh, die schmerzhafte Anfangszeit ihrer Trauer überwunden zu haben. Step by step würde sie die anderen Stufen auch noch erklimmen und irgendwann nichts mehr empfinden, wenn sie an ihn dachte. Höchstens Wut!

Ein kalter Windhauch riss sie aus ihren Gedanken, hüllte sie ein wie ein eisiges Laken und ließ sie erschauern. Es war ein Hauch, der eine Aura des Bösen mit sich brachte. Sie wandte sich erschreckt um, begann zu zittern und spürte, wie sich kalte Schweißperlen auf ihrer Stirn sammelten. Irgendetwas stimmte nicht. Erneut ließ sie ihren Blick prüfend durch das Wohnzimmer gleiten. Ihr Herz raste – und dann setzte es für ein paar Schläge aus. Wie erstarrt blickte sie auf die gegenüberliegende Wand, unfähig sich zu bewegen oder auch nur einen einzigen Ton von sich zu geben. Ein Schatten kroch langsam über die Wand, breitete sich gierig aus und schien mit seinen Klauen nach ihr zu greifen.

Cecile … liebliche Cecile … komm her zu mir! Du bist meine Auserwählte.

Das eindringliche Flüstern jagte Cecile einen Angstschauer nach dem anderen durch ihren zitternden Körper.

Die lockenden Rufe stürmten auf sie ein, lähmten ihren Körper und ihren Verstand, und ihre Gedanken krochen so langsam und zäh durch ihren Kopf, dass ein logisches Gesamtbild unmöglich war.

Sie wusste nur eins: Es war eine unheimliche Macht anwesend. Eine Macht, die sie so deutlich spürte wie einen dunklen Fleck auf einem weißen Kleid.

Und dann sah sie ihn – den schwarzen Engel. Mit Erschrecken starrte sie auf die große dunkle Gestalt, deren Silhouette sich deutlich auf der Wand hinter ihm abzeichnete. Die Macht und Stärke, die er ausstrahlte, waren allgegenwärtig.

Er war in ein schwarzes Gewand gehüllt, und Cecile starrte ungläubig auf die riesigen Flügel, die seinen Rücken zierten.

Der Engel war hoch gewachsen und schlank, sein Gesicht von makelloser Schönheit. Es wurde von dichtem violettblauem Haar umrahmt, das ihm in Wellen auf den Rücken fiel.

„Komm her zu mir." Der Engel lächelte, entblößte dabei makellos weiße Zähne und streckte ihr die Hand entgegen.

Cecile wich am ganzen Leib zitternd zurück und presste sich angstvoll gegen die Wand, die sie bald darauf in ihrem Rücken spürte. Sie zwang sich dazu, ihren Blick von ihm abzuwenden, um so dem hypnotischen Glanz seiner Augen zu entkommen.

Damit konnte sie sich zwar vor seinem Blick schützen, nicht aber vor der schmeichelnden Stimme dieser Kreatur. Sie war überall in ihrem Körper, breitete sich stetig aus und bescherte ihr das Gefühl, als strichen eisige Finger über ihre Seele.

„Cecile … sieh mich an. Komm schon … ich brenne darauf, in die Tiefen deiner Augen abzutauchen."

Seine Stimme war geschmeidig und lieblich. Sie lullte Cecile mehr und mehr ein, machte es ihr unmöglich zu widerstehen, und schließlich hob sie ihren Blick; denn es war ihr nicht länger möglich, dem seinen weiterhin auszuweichen – so sehr sie es auch versuchte.

Ceciles Herz klopfte zum Zerspringen. Mit Schrecken nahm sie wahr, wie die schwarze Gestalt näher und näher kam.

Entsetzt und fassungslos blickte sie ihr entgegen.

„Wer sind … wie kommen … was wollen Sie von mir?"

„Ich will dich, süße Cecile."

„Machen Sie, dass Sie hier rauskommen, sonst rufe ich die Polizei."

Sie wusste selbst, dass dies lächerlich klang, denn dies war kein gewöhnlicher Einbrecher, aber ihr fiel nichts Besseres ein.

Der Engel warf den Kopf in den Nacken und begann laut zu lachen.

„Die Polizei. So, so."

Ganz nah stand er nun vor ihr, blickte sie aus violett schimmernden Augen amüsiert an und packte sie blitzschnell am Handgelenk, als sie zu einem abwehrenden Schlag ausholen wollte.

„Wehr dich nicht, süße Cecile. Du hast sowieso keine Chance gegen mich. Ich werde dich zu meiner Gefährtin machen. Zu einer Schattenseele, die mich durch Raum und Zeit begleiten wird und mir mein Dasein versüßt."

Während seine eine Hand immer noch ihr Handgelenk umklammert hielt, riss die andere Hand ihr das Handtuch vom Leib.

Cecile begann zu zittern. „Nein. Bitte nicht. Lassen Sie mich los."

„Ich denke nicht daran. Glaub mir, es wird nicht mehr lange dauern, dann wirst du wollen, dass ich dir die Kleider vom Leib reiße, dass ich dich betrachte und schließlich wild und hemmungslos ficke."

Wieder war sein raues Lachen zu hören, diesmal ganz dicht an ihrem Ohr.

Er griff in ihr Haar und bog ihren Kopf zurück. Sein Gesicht kam ganz nah ... gefährlich nah. Dann zog seine Zunge eine feuchte Spur über ihren Hals.

Cecile erbebte.

Wie gelähmt stand sie da, unfähig sich zu wehren.

Sie wollte ihn von sich stoßen und laut schreien, doch stattdessen durchströmte es sie heiß und kalt zugleich, und ihr verräterischer Körper begann sich sogar nach ihm zu sehnen.

Das kann nicht sein!

„Mein Name ist Adrian. Ich bin entzückt, deine Bekanntschaft zu machen."

Cecile senkte erneut ihren Blick. Wenn sie es schon nicht fertigbrachte sich zu wehren, so wollte sie ihm wenigstens auf diese Weise zu verstehen geben, dass sie ihn verabscheute.

„Schau mich an, mein Täubchen." Adrians Finger zogen die Kontur ihres Mundes nach. Cecile schaffte es, wenn auch mit Anstrengung, ihren Blick weiterhin von ihm abgewandt zu halten.

„Ich sagte, du sollst mich anschauen." Seine Hand umfasste ihr Kinn und drehte ihren Kopf so, dass sie gezwungen war, ihn anzublicken.

Das tiefe Violett seiner Augen ließ sie erschauern.

Adrian schaute sie eindringlich an, dann blies er seinen Atem über ihre Lippen, die augenblicklich zu beben begannen. „Ich bin davon überzeugt, dass es nicht mehr lange dauern wird, bis du mich ebenso willst, wie ich dich."

Langsam, aber zielstrebig schob er sie zur Wand, presste sie fest dagegen, schob seine Stiefelspitze zwischen ihre nackten Füße – und drückte ihre Beine somit ein ganzes Stück auseinander.

Adrian stützte seine Hände links und rechts von Cecile an der Wand ab und fuhr mit seiner Zunge quer über ihren Hals.

„Nicht mehr lange, und du wirst wie Wachs in meinen Händen sein. Ich werde deinen Widerstand brechen, und du wirst mich dafür lieben."

Er blies seinen Atem in ihr Ohr und begann an ihrem Ohrläppchen zu knabbern.

„Dein Verlangen nach mir wird stetig steigen, bis du lichterloh brennst. Von Kuss zu Kuss, von Umarmung zu Umarmung und von Berührung zu Berührung wirst du immer mehr nach mir lechzen. Du wirst gierig nach mir sein. Und ich werde dir geben, was du brauchst."

Er ließ von ihr ab und trat ein paar Schritte zurück. Dann hob er die Hand, als wollte er sie heranwinken.

Cecile taumelte auf ihn zu wie umnebelt von seiner Ausstrahlung und Macht. Seine violett schimmernden Augen sogen sie förmlich auf, hafteten an ihr wie Pech und dachten gar nicht daran, sie loszulassen.

„Unsere Zeit ist gekommen. Spürst du es?" Adrians Stimme klang lockend, voller Versprechungen. Blitzschnell griff er nach ihrem Arm, drehte sie so, dass sie mit dem Rücken zu ihm stand und presste sie fest an sich.

Cecile schmiegte wie in Trance ihren nackten Körper an den seinen. Sie spürte seine festen Muskeln, seine Hitze und seine animalische Kraft. Sie ließ es zu, dass er über ihre Brüste, ihren Bauch und ihre Hüften streichelte und stöhnte leise auf, als er für einen winzigen Augenblick ihren Venushügel tangierte.

Adrian beugte seinen Kopf zu ihr hinab, barg sein Gesicht in ihrer Halsbeuge, schob ihre Haare beiseite und fuhr mit seiner Zunge in einem geraden Strich über ihren Nacken.

Sie erschauerte – von urplötzlicher Begierde erfüllt. Begierde, die nach Befriedigung verlangte, obwohl ihre Gedanken sich dagegen wehrten – sich gegen ihn wehrten.

„Pschschscht … wehre dich nicht gegen mich, mein Herz. Stell sie ab, diese störenden Gedanken und gib dich mir ganz hin."

Er griff grob in ihr Haar und bog ihren Kopf zurück. „Du gehörst mir, spürst du das denn nicht?" Ganz nah an ihrem Ohr raunte er diese Worte, während seine andere Hand zwischen ihre Beine glitt und genau die richtige Stelle fand.

Während Ceciles Verstand sich nach wie vor krampfhaft gegen Adrian sträubte, sprach ihr Körper eine andere Sprache. Er sprach die Sprache der Wollust, wand sich ihm entgegen und war mehr als bereit für seine teuflischen Liebkosungen.

Seine Finger teilten ihre Schamlippen, neckten die prall aufgerichtete Klitoris und schoben sich mit einem Schmatzen in die feuchten Tiefen ihrer Vagina.

„Nein, bitte nicht." Ceciles Stimme war lediglich ein kaum wahrnehmbares Hauchen. Dennoch besaß sie für einen kurzen Moment die Kraft, sich energisch gegen ihn aufzulehnen – sich seinem gefährlichen Zauber zu entwinden.

„Warum nicht?“ Adrians Griff verstärkte sich in ihrem Haar. Grausig lachend riss er ihren Kopf noch ein Stück weiter zurück. Seine andere Hand umfasste ihre Brust und zog warnend an ihrer Brustwarze.

„Das schüchterne ‚kleine Mädchen-Getue’ zieht bei mir nicht. Es wird dir bedeutend besser gehen, wenn du dich fügst und aufhörst, dich gegen mich zu wehren.“

Cecile stöhnte leise auf. Sie fühlte sich wie ein Kaninchen in der Falle und zitterte, als sie seine Hände an ihrer Kehle und seine Stimme ganz nah an ihrem Ohr spürte.

„Dein Körper sehnt sich nach mir. Er schreit förmlich nach weiteren Berührungen, und deine süße Möse möchte mich am liebsten gleich verschlingen.“

Adrian lachte grausam auf, während seine Hand gefährlich langsam ihre Kehle umkreiste und schließlich leicht zudrückte.

„Nun, mein Täubchen? Wirst du mir gehorchen? Oder soll ich andere Methoden aufziehen?“

Leichter Schwindel erfasste sie. Adrian riss sie grob zu sich herum, und der Blick in seine violett schimmernden Augen ließ ihren Widerstand erlahmen und lullte sie ein.

„So ist es schon besser, Kleines.“

Besitzergreifend glitten seine Hände an ihrer Wirbelsäule hinab, umfassten ihr Gesäß und begannen ihre Pobacken zu kneten. Cecile gefiel ihm, und ihr Widerstand reizte ihn umso mehr. Er wollte sie zu seiner Gefährtin machen, ihre Seele besitzen und sie ins Schattenreich führen, wo sie für jetzt und alle Ewigkeit an seiner Seite sein würde, um ihm sein Dasein zu versüßen. Aus dem Vorsatz, das zu Ende zu führen, was Nicholas begonnen und so stümperhaft beendet hatte, war mehr geworden. Viel mehr. Sein Ehrgeiz war geweckt. Er wollte diese köstliche Seele besitzen. Ganz und gar.

Er hob ihr Kinn, küsste sie zart auf die Stirn, legte seine Hand auf ihre Wange und ließ sie den Hals hinab bis zu ihren Brüsten gleiten. Er knetete ihre Brüste, blickte ihr tief in die Augen und lächelte, als er spürte, dass sie in den Tiefen seiner Augen zu versinken begann. Mit einem dämonischen Grinsen kniff er ihr mehrmals in die Brustwarzen und lachte triumphierend auf, als sie sich gegen ihn warf, nicht so sehr um sich zu wehren, sondern um seine Nähe zu spüren.

„Bitte …“, flehte sie, nicht ganz sicher, ob sie ihn zum Aufhören oder zum Weitermachen bewegen wollte.

Sie schloss die Augen, sah Lichter vor ihren Lidern tanzen und stöhnte leise auf, als er mit einer Hand ihr Gesäß umfasste und sie eng an seinen Schoß presste.

„Du gehörst mir“, murmelte Adrian leise und unnachgiebig.

Er öffnete sein Gewand, drückte Cecile mit dem Rücken an die Wand, hob sie leicht an und drang in sie ein.

Sie stöhnte auf – begehrlich – aber auch überrascht. Wie natürlich es ihr plötzlich schien, sich ihm hinzugeben.

Das rote Leuchten, das von ihm ausging, und sie mehr und mehr einlullte, berauschte sie. Feuerrote Funken strömten auf sie zu, nahmen Besitz von ihren Sinnen und trieben sie zu ihm. Sie krümmte den Rücken, bog sich ihm entgegen.

Adrian drängte sich gegen sie, stieß in sie hinein, immer tiefer und heftiger.

„Du willst es, nicht wahr?"

Cecile wand sich vor Lust, krallte ihre Finger in seine kräftigen Schultern und schrie leise auf.

„Sag es", verlangte Adrian. „Sag: Fick mich."

Er legte eine Hand um ihr Kinn, presste seine harten Lippen auf die ihren, biss lustvoll in ihre Unterlippe und vögelte sie.

Cecile war erstaunt über die ihm innewohnende Kraft. Allein mit der Hand, die unter ihrem Po lag, gelang es ihm, sie gegen die Wand nach oben gepresst zu halten, während sein Schwanz tief in ihr rührte. Ihre Beine schlang sie um seine Hüften, der Kopf lehnte nach hinten gegen die Wand, und ihre Brüste hielt sie ihm auffordernd entgegen.

„Sag es", beharrte Adrian dumpf und drängend. „Sag: Fick mich."

Cecile wiederholte die Worte – zaghaft, beinahe lautlos.

„Lauter. Ich will es hören. Laut und deutlich." Sein Schwanz fuhr weiterhin wild und hemmungslos in sie hinein. „Los, sag es."

„Fick mich", wiederholte sie, diesmal schon etwas kräftiger.

Sein Schoß knallte so fest gegen sie, dass es klatschende Geräusche gab.

„Lauter!", verlangte er.

Cecile klammerte sich an seinen Schultern fest und schrie schließlich aus lautem Hals: „Fick mich!" Sie bäumte sich auf, ihr Körper begann zu pulsieren, und ihre eigenen Worte hallten in ihren Ohren nach wie ein Echo.

Adrian trieb sie in ekstatische Sphären und fing ihren schlaffen Körper auf, der schließlich in sich zusammensackte, als die Wogen des Orgasmus ihn überrollten.

Er hüllte sie in sein Gewand, verließ mit ihr die Wohnung und schlich mit ihr in die Schatten der Nacht. Er breitete seine Schwingen aus, legte den Kopf in den Nacken und schwang sich mit ihr in die Lüfte. Dichter Nebel umhüllte sie, als er sich mit ihr auf den Weg ins Schattenreich machte.

Elegant schwebten sie durch einen dunklen Tunnel.

Als der Tunnel endete, stieg ein roter Sternenregen auf, verwandelte sich schließlich in eine rote Flüssigkeit, die zu Boden fiel und sich in einen smaragdgrünen See verwandelte. Eine lange geschwungene Treppe führte bis zum See.

Sicher setzte Adrian zur Landung an und schritt mit ihr die Stufen zum See hinab. Hellgrüner Nebel kam auf, der die beiden dicht umhüllte. Dennoch schritt Adrian sicheren Schrittes weiter und immer weiter. Er kannte den Weg und hätte ihn jederzeit blind gehen können. Cecile kam zu sich, war aber noch so berauscht, dass sie lediglich leise murmelte und ihren Kopf wieder an seiner Schulter barg.

Dann hatten sie das Seeufer erreicht, doch die Treppe führte weiter … ins Nichts. Der Nebel lichtete sich und der See war verschwunden. Mit funkelnden Augen trug Adrian sie in einen Labyrinth-Garten, durch den ein Weg aus dunkelroten Plastersteinen führte.

Wieder senkte sich leichter Nebel auf sie herab. Über das dunkle Rot der Pflastersteine ging es immer weiter ins Schattenreich hinein. Dichter roter Nebel waberte am Rand des Weges entlang. Still war es hier. Hier und da war ein Blubbern zu hören, welches an das Blubbern von flüssiger Lava erinnerte. Die Bäume und Sträucher am Wegrand waren silbergrau wie mit Nebel bemalt. In diesem Reich war alles in neblige rotgraue Schatten getaucht.

Eine Biegung noch und Adrian hatte die Gewölbe – die das Herz des Schattenreiches bildeten – erreicht. Es ging steil hinab. Cecile hob für einen Moment ihren Kopf und blickte träge und immer noch nicht Herr ihrer Sinne den Hang abwärts in das Tal – viele hundert Meter tief. Auf der anderen Talseite erhob sich ein mächtiges Felsmassiv mit einem Höhleneingang, der einem breiten, gefräßigen Maul glich. Vor der Höhle erblickte sie schemenhaft eine Gestalt in aufrechter Haltung.

Es war der Wächter des Schattenreiches, der Adrian erkannte und zum Gruß die Hand hob.

***

Als Nicholas erwachte, lag er auf einem seidenen Laken. Er war nackt. Er versuchte sich aufzurichten, war jedoch noch zu schwach und benommen.

Er bemerkte Salome erst, als sie sich aufrichtete und über ihn beugte.

„Was machst du hier?“ Seine Augenbrauen zogen sich unwillig zusammen.

„Du erinnerst dich nicht?“ Ihre grünen Augen blitzten ihn schelmisch an und ihr blutroter Mund verzog sich zu einem verschlagenen Lächeln.

Als sie seinen Blick auffing und nicht mehr losließ, sah er sie … die Bilder der letzten Stunden. Sie zeigten sich ihm in ihrer übergroßen Pupille und verursachten ihm Übelkeit.

Er hatte sich mit ihr durch die Laken gekämpft, statt einen Plan zu entwerfen, wie er Cecile vor Adrian schützen konnte.

„Welchen Zauber hast du angewandt, um mich gefügig zu machen?“ Seine Stimme klang erbost.

Salome lachte glockenhell auf. „Das verrate ich dir nicht. Wer weiß, vielleicht werde ich ihn in Zukunft häufiger anwenden müssen, denn du bist nicht mehr der, der du einmal warst.“

„Und von wem du den Schlüssel zu diesem Zauber hast, brauche ich wohl auch nicht zu fragen, oder?“, erwiderte er bitter.

„Keine Chance."
Nicholas begann zu fluchen.
Wie konnte ich so unvorsichtig sein? Ich hätte wissen müssen, dass Adrian alles daran setzen wird, um zu seinem Ziel zu kommen. Cecile … meine süße Cecile.
Übergroße Sorge machte sich in ihm breit und dann kam der Moment, als ihm klar wurde – und er sich ehrlich eingestehen musste – dass er Cecile nicht nur schmerzlich vermisste und sich um sie sorgte, sondern dass er sich wirklich und wahrhaftig in sie verliebt hatte.
Er stand auf und lief unruhig auf und ab.
Das kann doch nicht sein! Verliebt? Liebe? Ich und Liebe? Das kann nicht sein. Oder doch? Sollte es etwa Hoffnung geben? Aber was, wenn ihre Abscheu mittlerweile so groß ist, dass sie … weiter wollte er gar nicht nachdenken.
Salome, die ihm gefolgt war und sich verführerisch an ihn schmiegte, schüttelte er unwillig ab und vermied es, ihr noch einmal in ihre teuflischen Augen zu blicken.
Sie kicherte böse. „Ob du es willst oder nicht … du gehörst mir. Und zur Not nehme ich mir – was mir gehört – auch mit Hilfsmitteln."
„Ich gehöre niemandem, hörst du?" Er packte sie bei den nackten Schultern und blickte ihr grimmig in die Augen.
Sie erwiderte seinen Blick ohne mit der Wimper zu zucken. „Das werden wir ja noch sehen." Sie griff nach ihrem Gewand, zwinkerte ihm noch einmal zu und verschwand in den Nebeln des Schattenreiches.
Nicholas blickte ihr wütend nach. Diese verdammte Hure hatte seine Sinne benebelt. Und er wusste auch, wer dahintersteckte.
Was, wenn Adrian seine Klauen in der Zwischenzeit nach Cecile ausgestreckt hatte?
Da Cecile sich – mit seinem Zutun – innerlich von ihm entfernt hatte, spürte er die süße Verlockung ihrer Sehnsucht, die sonst immer allgegenwärtig gewesen war, nicht mehr. Aber als er in sich hineinfühlte, glaubte er, etwas anderes ganz deutlich zu spüren: Ihre Verzweiflung!
Cecile war eindeutig in Gefahr …

***

Mit aufgerissenen Augen starrte Cecile Adrian entgegen, der langsam und dämonisch grinsend auf sie zukam. Sie befand sich in einer Kammer des Schattenreiches, war gerade aus ihrer Trance erwacht und wurde nun erneut von seinen funkelnden Augen und der Magie, die er ausstrahlte, gefangen genommen.
Cecile wollte ihren Blick abwenden, sich aus dem Bann seiner Aura befreien, hatte aber weder die Kraft, noch die Energie dazu.
Sie war erschöpft und ängstlich, nicht mehr sie selbst – sondern mehr und mehr ein Teil dieses schwarzen Engels, der ihre Seele wollte. Ganz und gar.

Schreckliche Kopfschmerzen plagten sie, und sie fühlte sich erschöpft wie noch nie. Leer – wie eine Hülle. Dies sei der erste Schritt zur Umwandlung, hatte ihr Adrian grimmig lächelnd erklärt.

Cecile erschauerte. Sie wollte nicht verwandelt werden, wollte sie selbst bleiben und hoffte inständig, dies alles sei ein böser Traum, aus dem sie bald erwachen würde.

Adrian, der ihren inneren Widerstand spürte, machte ein paar schnelle Schritte auf sie zu, umfasste ihren Arm und riss sie an sich. Seine Lippen streiften ihren Hals, ihre Wangen und verweilten schließlich auf ihren Lippen. Dann griff er in ihr Haar, bog ihren Kopf zurück und vergrub sein Gesicht in ihrer Halsbeuge.

„Du gehörst mir. Und es wird nicht mehr lange dauern, da bedarf es keinerlei Magie mehr, um diesen Zustand endgültig zu halten. Noch sind deine alten Energien vorhanden. Unnütze Energien, die du in Zukunft nicht mehr brauchen wirst. Ich werde sie dir austreiben. Sie dir wegküssen und wegficken, mein Herz."

Er verstärkte seinen Griff. Adrian war wild entschlossen, diese Seele zu erobern – dauerhaft. Und niemand sollte es wagen, ihn daran zu hindern. Er freute sich auf den Moment, an dem sie voll und ganz ihm gehören würde. Es würde zwar noch eine Weile dauern, weil ihr altes Ich noch nicht komplett ausgetrieben war, aber er hatte keinen Zweifel daran, dass sein Vorhaben von Erfolg gekrönt sein würde. Schließlich war er ein erfahrener Seelenjäger.

Der Nebel verdichtete sich. Ein leichtes Vibrieren war zu spüren, ganz so, als würde sich der Boden für einen Augenblick heben und wieder senken.

Aus dem dichten Nebel tauchte urplötzlich ein großer Schatten auf.

Cecile blickte erschrocken auf die schwarzen riesigen Flügel, die sichtbar wurden. Es waren ebenso mächtige Schwingen wie die Adrians.

Nicht noch so einer, flehte sie in Erwartung dessen, dass sie künftig zwei dieser schwarzen Engel ertragen müsste. Gefallene Engel, die ihr die Seele rauben wollten. Sie sollte eine willenlose Hülle werden, die anschließend mit dämonischen Energien gefüllt wurde.

Dieser Gedanke ließ sie erschauern.

Die Nebelschwaden zogen sich zusammen, dann verzogen sie sich urplötzlich und enthüllten die klaren Konturen einer Gestalt.

Cecile wankte. *„Nicholas!"*, schrie sie in Gedanken, weil ihre Stimme ihr den Dienst versagte. Sie krallte ihre Hände in Adrians Arm, erkannte, dass dieser für eine Weile aus dem Konzept gebracht worden war, nutzte die Gunst der Stunde und riss sich augenblicklich von ihm los.

Sie wich zurück und presste sich an die kühle Schattenwand hinter ihr. Ohne den Blick von Nicholas abzuwenden, sank sie langsam an der Wand hinab, ging in die Hocke und umschlang ihre Knie mit beiden Armen, ganz so, als umklammere sie damit ein Stück Realität.

„Bleib wach", flehte sie ihren Körper an, während sich alles um sie herum drehte. Haltlos baumelte ihre Seele über dem schwarzen Abgrund einer nahenden Ohnmacht. Sie zitterte am ganzen Leib, zwang sich zum Atmen, zwickte sich in die Oberschenkel, um wach zu bleiben und diesem Abgrund zu entkommen. Bunte Nebellichter flackerten vor ihren Augen auf, sie starrte wie benommen auf die riesigen Flügel, die Nicholas Rücken zierten, und dann verzogen sich die Nebelschleier und ihre Sinne klärten sich. Cecile atmete noch einmal tief durch. Was hatte das alles zu bedeuten? Wieso hatte Nicholas plötzlich schwarze Schwingen – und wo kam er so plötzlich her?

Heiße Tränen überfluteten ihr Gesicht, liefen ihr unaufhörlich in den Mund, sodass sie immer wieder schlucken musste.

Nicholas … warum? Sie spürte nichts als den brennenden Schmerz, den die Erinnerung an ihre letzte Begegnung bei ihr hinterlassen hatte und egal, wie sehr ihr dies auch das Herz zerriss, statt Abscheu und Wut spürte sie lediglich tiefe Trauer und Sehnsucht … eine brennende Sehnsucht.

Kaum hörbar schluchzte sie auf. Ihr gesamter Körper wurde von verzweifeltem Verlangen durchflutet. Verlangen nach diesem Mann … egal, was er ihr auch angetan hatte. Ihr Herz quoll über, reckte sich ihm entgegen.

Ihre Benommenheit schwand mehr und mehr, ganz so, als habe das Erscheinen von Nicholas einen Zauber gebrochen und sie von einem bösen Bann erlöst. Dann schrie sie. All ihr Entsetzen, die ganze Absurdität dieses Anblickes und all ihre Angst krochen in diesem Schrei über die glatten Steinwände des Gewölbes und hallten unheimlich nach. Sie schrie, bis auch der letzte Atem verbraucht war.

Adrian und Nicholas standen sich reglos gegenüber. Wie zwei Raubtiere – mit gespannten Muskeln und zum Angriff bereit.

„Nicholas", flüsterte Cecile, rieb sich immer wieder ihre Augen, als könnte sie damit die irrealen Bilder wegwischen und schüttelte ungläubig ihren Kopf.

Für einen Moment löste Nicholas seinen Blick von seinem Kontrahenten, schaute besorgt zu Cecile und rief: „Cecile, habe keine Angst. Ich bin gekommen, um dich zu befreien."

Ceciles unkontrolliert zitternder Körper kam bei der warmen, vertrauten Stimme ein wenig zur Ruhe. Sie legte ihren Kopf auf ihre angezogenen Knie und wünschte sich in diesem Moment aus tiefstem Herzen, in Nicholas Arme zu sinken, seinen vertrauten Geruch zu inhalieren und damit alle Schrecken vertreiben zu können. Egal, was er auch war – und was er vorhatte – ihr Herz schrie nach ihm, sehnte sich nach seiner Nähe und brannte darauf, nie wieder vom ihm getrennt zu sein.

Seine bloße Gegenwart hüllte sie ein wie ein warmes Tuch, gab ihr neue Kraft und ließ sie sogar ein wenig hoffen.

Okay, er hatte auch diese riesigen schwarzen Flügel … schien also auch ein gefallener Engel zu sein, aber er hatte gesagt, er wollte sie befreien und ihr Herz spürte, dass dies nicht gelogen war. Egal, was Nicholas auch mit ihr vorhaben würde, alles war immerhin noch besser, als ihr Dasein in den Klauen von Adrian zu fristen.

Außerdem liebe ich Nicholas noch immer. Und ich spüre, dass sich daran niemals etwas ändern wird, solange ich lebe. Egal, was er auch sein mag, und wie er lebt.

Sie spürte ein unsichtbares Band, das zwischen ihr und Nicholas zu entstehen begann. Seine Nähe stahl sich in ihr Herz, füllte sie voll und ganz aus und berauschte sie auf erquickende Weise.

Das vermag nur die Liebe. Die aufrichtige Liebe. Eine Liebe, die nie sterben wird, und wenn er der Teufel selbst wäre.

Nicholas und Adrian standen sich noch immer wie zwei kampfeslustige Kolosse gegenüber. Sie warfen sich kalte herausfordernde Blicke zu und niemand war bereit, den ersten Schritt zu tun.

Cecile stieß einen unterdrückten Schrei aus, als sie sah, wie rote Blitze aus Adrians Augen schossen. Er murmelte etwas vor sich hin, was wie eine geheime Formel klang, streckte seine Hand nach vorne, und aus seinen Fingern schossen augenblicklich rote Funken.

Laut zischend bewegten sie sich vorwärts, sanken zu Boden und krochen auf Nicholas zu. Sie verwandelten sich in bildschöne Nymphen, die verführerisch zu singen begannen, während sie sich näher und näher schlängelten. Sie wanden sich lasziv zu seinen Füßen, umschmeichelten ihn und versuchten seine Sinne mit ihrem betörenden Gesang zu umnebeln.

Pralle, runde Brüste streckten sich ihm auffordernd entgegen und das rote Licht, welches sie umgab, sandte rote Funken aus … Funken, die sich in Nicholas Bewusstsein setzten und flammende Lust in ihm hervorriefen. Lust auf ungehemmten Sex mit diesen verführerischen Wesen. Ein süßer Duft wie von tausend Rosen ging von ihnen aus … bezaubernd … einlullend … lähmend.

Nicholas fühlte sich wie betrunken. Er wollte sich dem stärker werdenden Sehnen hingeben, sank in die Knie und wäre fast erneut dem starken Zauber seines ehemaligen Lehrers erlegen, doch Ceciles verzweifeltes: „Nein … Nicholas … nein“, ließ ihn innehalten. Sein verklärter Blick fiel für den Bruchteil einer Sekunde auf die zusammengekauerte Cecile, in ihre vor Schreck aufgerissenen Augen, und dieser Augenblick reichte aus, um wieder Herr seiner Sinne zu werden. Wie ein Blitz durchzuckte ihn die Erkenntnis, dass er dem teuflischen Zauber Adrians beinahe erneut auf den Leim gegangen wäre.

Er erhob sich, schloss für einen Moment die Augen, atmete tief durch und straffte die Schultern. Er bündelte seine Energien, errichtete mit ihnen einen Schutzwall gegen die roten Kristallfunken, die Adrian nach wie vor auf ihn ansetzte und schaffte es, dem lieblichen Zauber zu entfliehen.

„Wenn du glaubst, mich auch dieses Mal mit deinen Tricks lahm legen zu können, irrst du gewaltig“, rief er Adrian mit Eiseskälte zu.

Mit einem erzürnten Knurren sprang Adrian auf Nicholas zu, und seine ausgestreckten Hände hatten sich in scharfe Klauen verwandelt.

Nicholas sprang im letzten Moment nach rechts – Adrian verpasste sein Ziel. Noch einige Male versuchte Adrian sein Glück auf diese Weise, doch Nicholas war geschickt, wach und wendig. Er wich ihm stets so rasch aus, dass Adrian die Lust an weiteren Angriffen zu verlieren schien; denn er unternahm keine erneuten Versuche. Seine Augen aber glommen heimtückisch auf.

Dann begann er leise zu lachen, schwang sich in die Luft, verschwand in dunklen Nebelschwaden und tauchte schließlich als dunkelroter Greifvogel wieder auf, der sich mit mächtigen Klauen und weit aufgerissenem Schnabel auf Nicholas stürzte.

„Achtung!“, schrie Cecile, doch Nicholas hatte schon reagiert. Im letzten Moment gelang es ihm, dem riesigen Raubvogel auszuweichen.

Der Greif flog eine Schleife, setzte aber nicht zu einem erneuten Angriff an, sondern ging im Steilflug nach oben, während seine Klauen eine glühende Spur in die Luft zeichneten, die hinabsackte und wie ein Blitz in den Boden einschlug – direkt vor Nicholas Füße. Flammen leckten über den Boden, ein Funkenregen ging nieder. Nicholas duckte sich, wich den Flammen aus und eilte zu Cecile, die wie erstarrt an der Wand kauerte und die heißen Flammen gefährlich nahe auf sich zukommen sah.

Er riss sie in seine Arme, schwang sich mit ihr in die Lüfte und rief: „Liebe ist mächtiger als jede andere Macht. Auch du, mächtiger Adrian, wirst dagegen nicht ankommen.“

„Liebe“, höhnte es schaurig aus den Nebeln zurück. „Was weißt du schon von Liebe.“

Adrian begann grausam zu lachen, durchbrach den Nebel, schwebte auf Nicholas und Cecile zu und verfolgte sie durch den langen dunklen Tunnel, den sie durchflogen.

Er gab zischelnde Laute von sich. Dann rief er: „Vergiss nicht, wir gefallenen Engel sind unfähig zu lieben. Du willst *dein* Ziel erreichen, ich das *meine*. Doch das hat nichts mit Liebe zu tun. Du solltest auf den Boden der Tatsachen zurückkehren und einsehen, dass du mir nicht gewachsen bist.“

Nicholas beschleunigte das Tempo – Adrian schoss hinterher.

Voller Angst klammerte sich Cecile an Nicholas. Sie durchflogen rote Nebelschwaden, dicht gefolgt von Adrian.

„Werter Adrian, ich befinde mich auf dem Boden der Tatsachen. Und ob du es glaubst oder nicht, ich bin sehr wohl zu selbstloser Liebe fähig.“

Leises Rauschen erklang, und Cecile erblickte unter sich einen verträumten smaragdgrünen See. Eine Treppe führte zum Wasser. Sie wusste, dass dies die Treppe war, die aus dem Schattenreich hinausführte.

„Cecile, Liebes, vereinige deine Gedanken mit den meinen und lasse dann dein Herz sprechen. Wenn du mich ebenso sehr liebst wie ich dich, wird alles gut“, flüsterte Nicholas ihr ins Ohr.

Cecile schmiegte sich an ihn, konzentrierte sich voll und ganz auf Nicholas und nahm nichts mehr wahr – außer ihrer Sehnsucht und die tiefe Liebe zu Nicholas. Ihre sehnsuchtsvollen Gedanken trafen sich mit den seinen, während sich die Schwingungen ihrer Herzen vereinigten. Sie schlugen im Gleichklang und schufen ein warmes silbernes Licht, das sie sanft umhüllte, und es Adrian unmöglich machte, sie weiterhin zu verfolgen und zu ihnen durchzudringen.

Adrian spürte die ihm unbekannte Macht, verzog angewidert das Gesicht und nahm eine abwehrende Haltung ein. Dann zog er sich knurrend zurück in die Nebel des Schattenreiches.

Die Sonne versank in einem leuchtenden Farbenmeer, als Nicholas zusammen mit Cecile aus dem Schattenreich auftauchte.

In der Dämmerung zog Nebel auf, der in dichten Schwaden westwärts zog. Sterne funkelten auf und luden dazu ein, wie verzaubert zum Himmelszelt zu blicken und die Geheimnisse der hereinbrechenden Nacht zu erkunden.

Nicholas hielt Cecile fest im Arm. Sie fühlte sich so geborgen wie noch nie, und ihr Herz klopfte schneller, als Nicholas Blick über ihr Gesicht glitt und auf ihren Lippen verweilte, als wollte er sie küssen.

„Ich liebe dich“, murmelte sie an seinem Hals.

„Und ich liebe dich, mein Herz.“

Während sie tiefer glitten, verwandelten sich seine Flügel Stück für Stück in ein helles Licht, wurden zu Sternen, die zum Himmelszelt aufstiegen und ihnen von dort oben zuzuzwinkern schienen. Und als ihre Füße den Boden berührten, war nichts mehr übrig von den riesigen Schwingen des schwarzen Engels.

Erstaunt blickte Cecile zu ihm auf, als er sie bei der Hand nahm und durch die Nacht schritt.

„Nicholas … ich …“, sie brach ab.

„Schscht … Liebes. Ich weiß, dass du viele Fragen hast. Und ich werde sie dir auch alle beantworten. Bald.“

Sie fing den liebevollen Blick auf, den er ihr zuwarf und lächelte. Eigentlich müsste sie ihm böse sein für das, was geschehen war. Aber stattdessen spürte sie nichts als grenzenlose Liebe in sich. Eine eigentümliche Spannung lag in der Luft. Wie elektrisiert – voll vom magischen Zauber und von aufrichtigen Gefühlen. Die unzähligen Sterne, die den Himmel wie ein Netz aus funkelnden Diamanten überzogen, unterstrichen diese zauberhafte Atmosphäre.

Cecile lehnte ihren Kopf an seine Schulter und spürte seine übergroße Liebe zu ihr ebenso stark, wie sie ihre Liebe zu ihm in ihrem Herzen spüren konnte. Sie wusste, dass sie auf ewig mit ihm verbunden war, dass es nichts gab, was das Band zwischen ihnen jemals zerreißen könnte. Es war ihr egal, was einmal war.

Nicholas liebte sie! Nur das zählte, und ihr Herz nahm verzückt die Stimme seines Herzens wahr, die leise flüsterte: „Die Zeit der Schmerzen ist vorbei. Nie wieder werde ich dir Schmerzen zufügen, my sweet Lady. Wir sind vereint – für immer!"

Cecile lächelte und erwiderte seinen zärtlichen Blick, der ihr zu sagen schien: Auch ich werde nun Zugang zum Licht haben.

Ende

Vorstellung der Autorinnen

Astrid Martini

Astrid Martini wurde 1965 in Bad Neuenahr geboren. Schon als Kind hatte sie Freude daran, sich Geschichten auszudenken und diese zu Papier zubringen. Und da sie eine große Leseratte war (und immer noch ist) hatte sie Freude daran, sich auszumalen, wie die gelesenen Kinderbücher wohl weiter gehen könnten, denn wenn sie ein gutes Buch zu Ende gelesen hatte, war es für sie stets so, als müsse sie Abschied von einem guten Freund nehmen. Nach ihrer Ausbildung zur staatlich geprüften und anerkannten Erzieherin, war sie zehn Jahre als Erzieherin tätig und arbeitete anschließend ein Jahr als Kinderbetreuung auf einer deutschen Tauchbasis in Ägypten. Im Rahmen ihrer Arbeit entstanden zahlreiche Geschichten, Gedichte, Lieder und Spiele für Kinder, die sie jahrelang als freie Autorin in Zeitungen, Fachzeitschriften und auf Tonträgern veröffentlichte. Außerdem hat sie zwischen 2003 und 2006 zahlreiche erotische Heftromane veröffentlicht. Seit 2001 lebt Astrid Martini zusammen mit ihrem Lebensgefährten im Norden von Berlin.
Neben *„Engel der Schatten"* hat sie den Erotik-Bestsellerroman *„Zuckermond"* im Plaisir d'Amour Verlag veröffentlicht. Weitere Titel von Astrid Martini sind in Planung.

Besuchen Sie auch die Website von Astrid Martini:
www.astrid-martini.de

Kerri van Arden

Kerri van Arden ist ein Pseudonym unter dem die Autorin Kerstin Dirks ihre Einzelromane veröffentlicht. Die Autorin wurde 1977 in Berlin geboren. Nach dem Abitur absolvierte sie eine Ausbildung zur Kauffrau für Bürokommunikation. Seit Anfang 2004 schreibt sie Heftromane (Adel, Mystik, Fantasy) für die Verlage Bastei, Kelter und Mohlberg. Außerdem ist sie Mitglied bei DeLiA, der Vereinigung deutschsprachiger LiebesromanautorInnen.
Mit der Autorin Sandra Henke verfasste sie die erotischen Vampir-Romane *„Begierde des Blutes"* und *„Zähmung des Blutes"*, die zu der Condannato-Trilogie gehören. Der dritte Band, *„Rebellion des Blutes"*, erscheint Ende 2006 im Plaisir d'Amour Verlag. Mehr über die Vampire, ihre Logen und den Kampf gegen den abtrünnigen Audax Zirkel erfahren Sie auf der Homepage www.Condannato-Vampire.de. Außerdem erschien im Sommer 2006 Kerri van Ardens erotischer Piraten-Roman *„Der Pirat und die Dirne"* im Plaisir d'Amour Verlag.

Besuchen Sie auch die Website von Kerri van Arden:
www.in-secret-gardens.de

Emilia Jones

Emilia Jones ist das Pseudonym der Autorin Ulrike Stegemann. Die Autorin, Jahrgang 1978, ist bis heute wohnhaft in der niedersächsischen Kleinstadt Gronau (Leine). Sie ist gelernte Rechtsanwalts- und Notarfachangestellte. Seit September 2000 ist sie in der technischen Abteilung einer Zeitung tätig. Bisher veröffentlichte sie ihre Kurzgeschichten in diversen Anthologien, Zeitschriften, der lokalen Zeitung sowie als eBooks. 2004/2005 erschienen in Zusammenarbeit mit Kerstin Dirks zwei Heftromane im Mohlberg Verlag. Seit März 2004 ist sie außerdem Herausgeberin des kleinen phantastischen Literaturheftchens „Elfenschrift" (www.elfenschrift.de).
Von Ulrike Stegemann erschien im April 2006 der Vampir-Roman *„Club Noir"* im Plaisir d'Amour Verlag. Weitere Titel sind in Planung.

Besuchen Sie auch die Websites von Ulrike Stegemann:
www.world-phantastika.de & www.emilia-jones.de

Sandra Henke

Die Neusser Autorin Sandra Henke (Jahrgang 1973) veröffentlichte bereits eigene Bücher für Kinder & Erwachsene in den Verlagen Coppenrath, Ueberreuter, Bastei und vielen mehr. 2003 errang sie den 2.Platz beim Literaturwettbewerb der Stadt Sangerhausen; 2004 belegte sie den 1.Platz beim Liebesgeschichtenwettbwerb von DeLia und der Zeitung „ExtraTipp Meerbusch".
Ihre Romane sind explizit erotisch, jedoch legt sie auch Wert auf eine spannende Handlung und ein Prickeln zwischen den Zeilen. Sie arbeitet neben dem Schreiben als Empfangssekretärin in Teilzeit in einem internationalen Softwareunternehmen und ist verheiratet. Sandra Henke ist Mitglied im „Verband deutscher Schriftsteller in ver.di NRW".
Neben Sandra Henkes & Kerstin Dirks' Condannato-Trilogie ist außerdem Sandra Henkes Vampir-Roman *„Purpurfalter"* im Plaisir d'Amour Verlag erschienen.

Besuchen Sie auch die Website von Sandra Henke:
www.sandrahenke.de

Alle vier Autorinnen sind Mitglied bei „Sensual Books", der Autorenplattform für erotische Romane: www.sensual-books.de

Besuchen Sie auch die Plaisir d'Amour Website (www.plaisirdamourbooks.com):

Mona Vara

Laura – Venezianisches Maskenspiel

eBook (Adobe Reader PDF)

Taschenbuch: ISBN-10 3-938281-15-4 / ISBN-13 978-3-938281-15-4

Die schüchterne Laura wird mit dem venezianischen Adeligen Domenico verheiratet, der in ihr nichts weiter sieht als eine bequeme Ehefrau. Nach der Hochzeit reist Domenico nach Paris ab, um dort weiterhin ein ausschweifendes Junggesellenleben zu führen, während Laura in Venedig zurückbleibt. Dort entwickelt sie sich zu einer umschwärmten Frau, bis ihr Ehemann, von einer anonymen Nachricht alarmiert, nach Venedig zurückkehrt und eine völlig neue Laura vorfindet, die er als durchaus verführenswert erachtet. Laura hat ihm jedoch die ihr angetane Schmach nicht verziehen und weist ihn schnöde ab. Domenico sinnt auf Rache, und Laura erhält plötzlich glühende Liebesbriefe eines unbekannten Verehrers, der sie zu einem erotischen Stelldichein einlädt. Laura verfällt dem Charme ihres geheimnisvollen „Ccavaliere d'Amore", der vorgibt, ein französischer Diplomat zu sein und ihr bei jedem Treffen die Augen verbindet. Eine tabulose leidenschaftliche Beziehung nimmt ihren Lauf ...

Eva Indra

Sündige Verführung

eBook (Adobe Reader PDF)

Taschenbuch: ISBN-10 3-938281-12-X / ISBN-13 978-3-938281-12-2

In der quirligen Metropole Rom lernt Chiara Tomaselli, Frau des römischen Star-Anwalts Fausto de Santis, den attraktiven Rechtsanwalt Massimo Conti kennen - und zwar beim Onanieren auf der Damentoilette eines Nobel-Restaurants! Massimo, seines Zeichens Weiberheld und berechnender Jung-Anwalt, erweckt in Chiara ein ungeahntes erotisches Verlangen, das sie nicht abzuschütteln vermag. Was Chiara nicht weiß: Massimo bemüht sich nicht ohne Grund um die schöne Frau, denn Chiaras Mann Fausto hat seit Jahren eine Geliebte und will sich von Chiara scheiden lassen. Aus Angst vor den teuren Scheidungskosten schließt Fausto mit Massimo einen ungewöhnlichen Deal: Massimo soll Chiara verführen und Fausto die beiden in flagranti ertappen. Zuerst läuft auch alles nach Plan: Chiara entpuppt sich als williges Verführungsopfer und Fausto scheint zu triumphieren.

Doch dann bekommt Chiara einen Hinweis, Massimo verliebt sich unabsichtlich in Chiara und zu allem Überfluss will Fausto urplötzlich Chiara zurückerobern ...

Ein turbulenter und frecher erotischer Roman!